Other Voices, *Other* Rooms

Truman Capote

遠い声、遠い部屋

トルーマン・カポーティ

村上春樹 訳

Shinchosha

遠い声、遠い部屋

OTHER VOICES, OTHER ROOMS
by
Truman Capote

This edition is published by arrangement
with Random House, an imprint and division of Penguin Random House LLC
through The English Agency (Japan) Ltd.

ニュートン・アーヴィンに

心は何にもまして偽りを語るものであり、救いがたく
ねじけたものだ。そんなもののことを、誰が知り得よう。

「エレミヤ記」十七章九節

第一部

第一章

旅行者はヌーン・シティーに行くうまい方法をなんとか自力で見つけなくてはならない。というのは、その方角に向かうバスも列車も存在しないからだ。ただチューベリー・テレピン油会社が週に六日トラックを出して、隣町のパラダイス・チャペルで郵便と物資の集配をおこなっており、ヌーン・シティーに向かう人が、ドライバーに頼んで同乗させてもらうこともたまにある。ドライバーの名前はサム・ラドクリフ。どのような手段をとるにせよ、その旅は手荒いものになる。なぜなら道路は洗濯板並みに荒れており、たとえ新品の車だって間を置かずがたぴしになってしまうからだ。そしてヒッチハイカーたちは常に難儀な目にあうことになる。そこはまた淋しい土地でもある。あちこちに沼のような窪地があり、オニユリが人の頭ほどもある花を咲かせている。黒い泥水の下に光る艶やかな緑色の丸太は溺死体を思わせる。その風景の中で動くものといえば、みすぼらしい農家の煙突からくねくねと立ちのぼる冬の煙か、それともこわばった翼を持つ一羽の鳥だけということもしばしばだ。鳥は押し黙って矢のような目を光らせ、人気《ひとけ》のない黒々とした松林の上に輪を描いている。

荒れ地を抜けてヌーン・シティーに至る道路は二つある。ひとつは北からの道路で、もうひとつは南からのものだ。後者は「パラダイス・チャペル街道」と呼ばれ、二つのうちではいくらかましな方だ——それほど大した変わりはないにせよ。どちらも道筋に沿って沼地や野原や森が延々と、うら寂しく続いている。ときどきそこに広告看板がまばらに顔を見せる。「赤玉印・五セント葉巻」「ドクターペッパー」「ニーハイ」「グローヴズ・チル・トニック」「666」など。遥か昔にいなくなったインディアン部族の名前がつけられた、塩気の混じったいくつかの小川《クリーク》には木製の橋が架かっており、車がそこを渡るとき、橋は車輪の下で遠い雷鳴のようなごろごろという音を立てる。豚や牛の群れが、好き勝手に路上をうろついている。時折農家の家族たちが仕事の手を休め、通り過ぎていく車に向かって手を振る。そしてそれが赤い土煙の中に消えていくのを悲しげに見つめる。

焼けつくように暑い六月初旬のある日、テレピン油会社のドライバー、サム・ラドクリフはパラダイス・チャペルのモーニング・スター・カフェで、ごくごくとビールを飲んでいた。ラドクリフは頭のはげ上がった、身長六フィート、男らしいざらりとした顔つきの男だ。そこにカフェの店主が、見慣れない男の子の肩に手を回すようにしてやって来た。

「よう、サム」と店主は言った。名前をシドニー・カッツという。「この子をヌーン・シティーまで乗せていってくれないかな。昨日から、そこに行こうとして苦労しているんだ。ひとつ面倒をみてやっちゃくれまいか？」

　ラドクリフは、ビール・グラスの縁越しにその少年をじっと見たが、その見かけがもうひとつ気に入らなかった。彼は「本当の」男の子がどんな外見をしているべきか、彼なりの考えを持っていたし、その少年の外見はそれにおおむね反していた。少年は顔立ちが良すぎたし、デリケートそうで、あまりに色白な肌をしていた。顔の造作のひとつひとつが繊細な正確さをもって形作られ、少女のような優しさが、そのとても大きな茶色の目を柔和なものにしていた。短くカットされた褐色の髪には、混じりけのない黄色の房が幾筋か混じっていた。そのほっそりした顔には、訴えかけるような疲れた表情がうっすら張り付き、両肩の力ない下がり方には少年らしさがうかがえなかった。皺だらけの白い麻の長めの半ズボンをはき、くしゃっとした青いシャツを着て（襟が喉元で開いている）、タン色の靴はいくぶん磨り減っていた。

　上唇に髭のようについたビールの泡を拭い、ラドクリフは言った。「名前はなんていうんだ、坊主」

「ジョエル。ジョ・エル・ハ・リ・ソン・ノックスです」、彼は音節をきちんと分けて発音した。まるでその運転手の耳が聞こえないと思っているみたいに。しかし彼の声は並外れてソフトだった。

「そうかい？」とラドクリフは間延びした声で言って、空のグラスをカウンターの上に置いた。

「そりゃ、ずいぶんかっこいい名前じゃないか、ノックスくん」

　少年は赤くなって店主の方を見た。店主は慌ててとりなすように口を挟んだ。「この子はいい子なんだよ、サム。頭がすごくいい。おれやあんたが聞いたこともないような言葉をいくつも知っているんだ」

ラドクリフはそれをうるさく思った。「よう、カッツ」と彼は言いつけた。「ビールのお代わりだ」。店主が二杯目のビールを取りによたよたと去って行ったあとで、サムは優しく言った。「なにもおまえさんをからかったわけじゃない。で、どっから来たんだね？」

「ニューオーリンズからです」と彼は言った。「木曜日にそこを出て、ここに金曜日に着きました……でも、ここから先には進めなかったんです。誰も迎えに来てくれなかったし」

「ああ、なるほど」とラドクリフは言った。「ヌーン・シティーの親戚を訪ねるってわけか？」

少年は肯《うなず》いた。「父です。父と一緒に暮らすことになっているんです」

ラドクリフは目を天井の方に向け、「ノックス」と何度か呟いた。それから困惑したように首を振った。「いいや、おれの知る限り、そんな名前の人間はヌーン・シティーにはいないぜ。住所に間違いはないんだね？」

「間違いありません」と少年はとくに動揺も見せずに言った。「カッツさんに聞いてください。ぼくの父の話を耳にしたことがあるそうです。そしてぼくは手紙を彼に見せて……ちょっと待って」。彼はみすぼらしいカフェのテーブルの間を足早に抜け、大きな金属製のスーツケースを抱えて戻ってきた。少年のしかめ面からすると、それはとびっきり重たいらしい。スーツケースには世界中の遠隔地の、色褪せた記念ステッカーが貼られており、まことに色彩豊かだった。パリ、カイロ、ヴェネチア、ウィーン、ナポリ、ハンブルク、ボンベイ、その他いろいろ。パラダイス・チャペルのような規模の町で、暑い昼間に目にするにはいかにも場違いな代物だ。

「おまえさん、そんな場所にぜんぶ行ったのかい？」とラドクリフが尋ねた。

「い・い・いいえ」とスーツケースを縛っていた革製のストラップを苦労して解きながら、少年は言った。「これはぼくの祖父の持ち物でした。ノックス少佐です。歴史の本で、きっと彼のことはお読みになったでしょう。南北戦争で輝かしい勲功を立てた人です。いずれにせよ、これは彼が新婚旅行で世界一周したときに使っていた鞄なのです」

「世界一周したって？」とラドクリフは感心したように言った。「そりゃ、ずいぶんお金持ちだったんだろうね」

「でもそれはずいぶん昔のことです」、少年はきちんと仕分けされたいろんな所有物の中から、手紙の薄い束を取り出した。「ほら、これです」と彼は淡い緑色の封筒を選んで言った。

　ラドクリフはそれを開く前に少し指で弄んだが、それでも不器用な手で緑色の薄葉紙の便箋を取りだした。そして唇を動かしながらそれを読んだ。

　　　エドワード・R・サンソム拝
　　　スカリーズ・ランディング
　　　１９＊＊年5月18日

親愛なるエレン・ケンダル様。

私の手紙にかくも早急に、まさに折り返しで返事をいただき、感謝の念にたえません。そう、十二年のご無沙汰の末に突然手紙を受け取られ、おそらく首を傾げられたことでしょう。しかしこの長い沈黙がもたらされた経緯につきましては、納得いく理由を示すことができます。そしてこのたび、「タイムズ＝ピカユーン」紙を読み（私どもはその日曜版を定期購読しております）、私の先の妻が亡くなったことを知りました。神よ、彼女の魂が安らかならんことを。そして私は即座にこのように判断したのです。私は自らの名誉にかけて、そう、実に長年にわたって放棄してきた父親としての役目を、どうしても今再び引き受けなくてはならないのだと。現今の我が妻、ミセス・サンソムと私は、おっしゃるとおりあなたがその大いなる心痛をこらえ、あえて私どもの強い願いを叶えてくださろうとしていることを知り、喜んでおります。いや、文字通り驚喜しております！　そのような犠牲がいかほど深い悲しみをもたらすものか、私にはわかっております。私もかつて同じような感情を味わったことがあるからです。あの最終的なおぞましい出来事の後、私のただ一人の、最愛の子供に別れを告げなくてはならなかったときです。そのときあの子はまだ頑是《がんぜ》無《な》い幼児でありました。しかしそれもすべて過去の出来事です。どうか奥様、ご安心ください。私どもはこのランディングの地に美しい家を構え、豊富な食べ物と、文化的な雰囲気を揃えております。そして我が息子とそれらを分かち合いたいと願っているのです。

　旅程について述べます。私どもはジョエルを、遅くとも六月一日までには我が家に迎えたいと切に望んでおります。ニューオーリンズを出立し、ビロクシまで列車に乗ります。そこで列車を降りて、パラダイス・チャペルまでのバスの切符を購入します。パラダイス・チャペルは、ヌーン・シティーから二十マイルほど南方にあります。現在のところ、私どもには機械化された乗り物はありません。そのようなわけで、私としては妥当な移動の手段が整うまで、彼がパラダイス・チャペルで一晩、宿泊することを推奨します。「モーニング・スター・カフェ」の二階に貸し部屋がいくつかあります。それらに要するすべての費用をカバーする小切手を同封いたします。

敬具

エドワード・R・サンソム

店主がビールを手に戻ってきたとき、ラドクリフは困ったように顔をしかめ、便箋を封筒に仕舞い込んでいるところだった。この手紙には二つ、彼の気に入らないところがあった。まずひとつはその手書きの文字だ。字は乾いた血のような錆色インクで書かれており、渦巻き形の文字の迷宮のようであり、華奢なiの上には点のかわりに、それに輪をかけて華奢な○（小さな丸）が用いられていた。いったいどこのどんな男がそんな字を使ってものを書くだろう？ そして第二には……「パパがサンソムというのなら、なんでおまえさんはノックスって名乗っているんだね？」

少年は恥ずかしそうにじっと床を見つめていた。「それは」と彼は言って、責めるような目でちらりと素早くラドクリフを見た。まるでその運転手が彼から何かを奪い取ろうとしているみたいに。「両親は離婚したのです。そして母はいつもぼくのことをジョエル・ノックスと呼んでいました」

「おいおい。坊主」とラドクリフは言った。「おっかさんにそんな勝手なことをさせちゃいけないぞ！　いいかい、おまえさんのパパは、何があろうといつだっておまえさんのパパなんだからな」

　店主は、彼の方に向けられた助けを求める少年の熱い視線を、他の客の相手をするべく移動することで避けた。「でもぼくは父さんに会ったこともないんですよ」とジョエルは言って、手紙をスーツケースに戻し、ストラップを締めなおした。「その場所はご存じですか？　スカリーズ・ランディングというところを？」

「ランディングかい？」とラドクリフは言った。「ああ、もちろんよく知っているさ」、そしてごくごくと勢いよくビールを飲み、盛大にげっぷをし、にやりと笑った。「もしおれがおまえさんのパパだったら、その半ズボンを引きずり下ろして、ちっとばかり鍛え直してやるところだがな」。それからグラスを空にし、半ドル硬貨をぴしゃりとカウンターに置いた。そして壁の時計が四時を打つまで、髭の生えた顎をぽりぽりと掻きながら、考えに耽るようにそこに立っていた。

「よし、さあ行こうぜ、坊主」と言って、彼はさっさと戸口に向かった。

　一瞬迷いはしたが、少年はスーツケースを持ち上げてそのあとを追った。

「またのお越しを」と店主はいつもの習慣通りに声をかけた。

トラックはフォードのピックアップ型だった。車内は陽光で温まった革の匂いと、排気ガスの匂いでムッとしていた。壊れた速度計の針は、二十マイルのところにぴたりと留まったままだ。雨の遺した跡と、潰れた虫たちのせいで、フロント・ガラスはぼんやり曇っており、一ヶ所には星が爆発したような形にひびが入っていた。玩具の頭蓋骨がギアシフトに飾りとしてついていた。盛り上がったりへこんだり、カーブしたりするパラダイス・チャペル街道を、車はどすんどすんと跳ねながら進んでいった。

　ジョエルは窓枠に肘を載せ、顎に手をやって、座席の隅に縮こまって座り、眠るまいと必死に耐えていた。彼はニューオーリンズを発って以来、一時間もちゃんとした休息をとっていなかった。というのは今もそうなのだが、彼が目を閉じると気の滅入るようないくつかの思い出が、頭の中を滑り抜けていったからだ。そんな中でひとつの思い出はとりわけ際立っていた。彼は食料品店のカウンターにいて、母親はその隣で待っていた。外の通りでは一月の雨が、葉を落とした樹木の太い枝に氷柱《つらら》をこしらえていた。二人は一緒に店を出て、濡れた舗道を無言のうちに歩いた。彼はキャラコの傘を、蜜柑の袋を抱えた母親に差し掛けていた。二人は誰かがピアノを弾いている家の前を通りかかった。その音楽は灰色の午後にあって、悲しげに響いたのだが、母親はそれはとても美しい曲だと言った。そして家に帰り着いたときにも、その曲をハミングしていた。しかし彼女は寒気を感じて、そのままベッドに入った。医師がやってきた。それから一ヶ月以上、医師は毎日のようにやってきたが、それでも寒気は去らなかった。エレン叔母さんもそこにいた。いつも顔に微笑みを浮かべて。医師もまたいつも微笑みを浮かべていた。食べられなかった蜜柑は冷蔵庫の中でむなしく萎びていった。そしてすべてが終わったとき、彼はエレンに連れられてそこを去り、ポンチャートレイン湖（ニューオーリンズの北にある汽水湖）近くのすすけた二世帯住宅に暮らすようになった。

エレンは親切な、なかなか心優しい女性だった。そして思いの至る範囲で最善を尽くしてくれた。彼女には五人の学校に通う年齢の子供がいて、夫は靴屋の店員だった。だから金銭的に余裕があるわけではない。とはいえジョエルは生活を彼らに頼ってはいなかった。彼には母親が遺してくれたささやかな財産があったからだ。エレンと彼女の家族たちは彼に良くしてくれたのだが、それでもジョエルはその人々のことが好きになれなかった。そしてしばしば悪意に満ちた行いをしないわけにいかなかった。たとえばその一家にはルイーズという名の、愚かしい見かけの、少し耳が遠い年上の従姉妹がいたのだが、ジョエルは彼女の真似をしてからかい、手を耳にあてて「なあに？　なあに？」と叫び、彼女がわっと泣き出すまでそれを続けた。そうしないわけにはいかなかったのだ。彼は冗談も言わなかったし、毎夜夕食のあとで叔父が中心になって開催する賑やかなゲームにも参加しなかった。そして誰かが文法的な間違いを犯すたびにそれを指摘することに、奇妙な喜びを覚えた。しかしなぜそれが正しいのか、ケンダル一家のみならず、彼自身にもよくわからない。その何ヶ月間かはまるで、レンズにひびの入った緑色の眼鏡をかけ、耳にワックスを詰めて暮らしていたみたいな感じだった。すべての事物は本来とは違うものに見えたし、一日いちにちが途切れない夢の中に溶け落ちていくようだった。

さて、エレンは子供たちが二階に行って床に就く前に、サー・ウォルター・スコットか、ディッケンズか、ハンス・アンデルセンの本を読み聴かせることを好んでいたのだが、ある三月の冷え込む夜、彼女は『雪の女王』を読んだ。それを聴きながら、自分と少年カイには共通したところがたくさんあると、ジョエルはふと思った。悪魔の鏡の破片が彼の目を傷つけたとき、彼の心は温かみを欠いた氷の塊となり、そのものの見方はねじくれたものとなる。彼は思う、エレンの優しい声に耳を澄ませ、暖炉の炎が従兄弟たちの頰を温めているのを目にしながら、もし自分もまたカイのように「氷の女王」の宮殿に連れ去られたとしたら、どうなるだろう？　そうしたら、いったい誰か、追い剝ぎ男爵たちをものともせず、雄々しく自分を救出してくれる人がいるだろうか？　いや、そんな人はどこにもいない。ただの一人もいないのだ。

　その手紙が届く前の最後の数週間、五日のうちの三日は学校をずる休みして、カナル・ストリートのドックあたりをうろついていた。そしてエレンが作ってくれた弁当を、巨軀の黒人沖仲仕と分け合うのを習慣にするようになっていた。弁当を食べながら黒人は、遠い異国での船乗りの言い伝えを語ってくれたが、じっと耳を澄ませながらも、それがいい加減な作り話であることがジョエルにはわかっていた。しかしその男は大人であり、彼は突然、大人の友だちしかほしくなくなったのだ。そして独りぼっちの時間を、中央アメリカと行き来するバナナ輸送船が積み卸しされる光景を眺めて過ごした。もちろんのこと、彼は密航の策を練っていた。どこか外国の都市に行けば、良い給料が取れる仕事が見つかるはずだ。しかしながらちょうどそのとき、スカリーズ・ランディングからの最初の手紙が届いた。たまたま彼の十三歳の誕生日のことだった。

　エレンは数日の間その手紙をジョエルには見せなかったが、彼女の振る舞いは見るからに奇妙なものだった。彼と視線を合わせるたびに、その目にはこれまで見たこともない色が浮かんでいた。怯えを含んだ後ろめたい表情だ。その手紙への返事の中で、彼女は確約を求めていた。もしジョエルが新しい環境を気に入らないようであれば、即刻当地に送り返してもらいたい。教育をきちんと受けさせること。クリスマスの休暇は彼女の家で過ごさせること。しかし長い手紙のやりとりのあとで、ノックス少佐の新婚旅行用スーツケースを屋根裏から引っ張り出しながら、彼女がどれくらいほっとしているか、ジョエルには察せられた。

　彼はそこに行けることが嬉しかった。それがどうしてなのか彼には考えることができなかったし、それについてとくに首を捻ったりもしなかった。しかし十二年前にわけもわからず姿を消してしまった父親が、藪から棒に姿を現すという信じがたい展開は、彼には異様なことだとはまったく思えなかった。そういうことはいずれ起こるだろうと、前々から見越していたからだ。しかしながら彼が計画していた奇跡とは、親切な金持ちの老婦人が、どこかの街角で彼の姿を目にして、千ドル札のぎっしり詰まった封筒を、彼宛てに取り急ぎ送り届けてくれるといった類いのものだった。あるいはどこかの心優しい見知らぬ人が、神のごとき好意を及ぼすという、似たような展開だ。そしてその「どこかの見知らぬ人」とは彼の父親であったわけだ。それは彼の考えるところでは、ただ単に素晴らしい一片の幸運でしかなかった。

　しかしもっと後になって、モーニング・スター・カフェの二階の、ペンキの剝がれた鉄製のベッドに、暑さと自失と絶望で頭をくらくらさせながら横になっていると、父親と、彼の置かれた状況の異なった姿が浮かび上がってきた。いったいこれから何が起ころうとしているのだろう。

そして怖くもあった。それまでに既に、度重なる失望があったからだ。ニューオーリンズで買い求め、颯爽と誇りを持ってかぶっていた新しいパナマ帽は、ビロクシの鉄道駅で盗まれてしまった。そしてパラダイス・チャペル行きのバスは予定より三時間遅れた。汗まみれになった酷暑の三時間だった。そして決定打は、カフェに着いてみると、スカリーズ・ランディングからの言づてがなかったことだ。木曜の夜ひと晩、その見知らぬ部屋で、彼は電球を煌々とつけっぱなしにしておいた。そして映画雑誌を読み続けた。おかげで最近のハリウッドの映画スターたちの動向は残らず暗記してしまった。もし彼がたとえ一秒たりとも意識を自分の内側に向けたなら、彼の身体はぶるぶる震えだし、意地の悪い涙は後戻りしなくなったことだろう。夜明け近く、彼は映画雑誌を手にとってずたずたに裂き、その切れ端をひとつひとつ灰皿で燃やした。そして階下に降りる時刻がやってくるのを待った。

「おい、坊主、後ろに手をやって、マッチをとってくれないか」とラドクリフが言った。「後ろの棚にあるから」

　ジョエルは目を開き、ふらふらする頭で彼の方を見た。完璧な涙のかたちをした汗が鼻先にぶらさがっていた。「ずいぶんがらくたが詰まっているんだね」と彼は棚の中を手探りで漁りながら言った。棚の中にあったのは黄ばんだ新聞紙や、切れ目の入ったチューブや、油のついた工具や、空気入れや、懐中電灯や、それから……ピストルが一丁。ピストルの横には弾薬を入れた紙箱があり、箱の蓋は開けられていた。弾丸は鋳造したての銅貨のようにぴかぴかだった。彼はそれを手にいっぱい取りたいという誘惑に駆られたが、ひとつを胸のポケットにこっそり入れるだけに留めた。「ほら、これ」

　ラドクリフは唇の間に煙草をひょいとくわえ、ジョエルは——そう頼まれたわけではないのだが——彼のためにマッチを擦ってやった。

「ありがとうよ」とラドクリフは言って、煙を大きく吸い込み、それが鼻の穴から漏れ出てきた。

「なあ、このへんには前にも来たことがあるのか？」

「このへんは来たことないよ。でも母さんが一度ガルフポートに連れて行ってくれた。あそこは海があって、素敵なところだったよ。昨日、そこを列車で通り過ぎたけど」

「このへんは気に入ったかね？」

　運転手の声の調子に何か奇妙なところがあるように、ジョエルには思えた。自分が弾丸を盗んだことがわかったのだろうかといぶかりながら、彼は運転手の無骨な横顔を観察した。もしそうだとしてもラドクリフはそんな素振りを見せなかった。「うん、そうだね……ちょっとほかとは違っているかも」

「もちろん、おれには違いなんてわかりっこないよ。生まれてこの方、ずっとここらにしか住んだことないし、おれには他のどこだってここと同じに思えるのさ、ははは」

　トラックは突然、地面が堅くて幅の広い道路に出た。樹木の陰で両脇を区切られてもおらず、左手に広がっている大きな畑の周縁を、黒々とした松林のふちが暗く染めているだけだ。ずっと向こうの人影が、男女の別も見分けがつかないのだが、鍬《くわ》を振るうのをやめて手を振ってきた。

ジョエルも手を振り返した。もっと先に行くと、亜麻色の髪の二人の小さな少年がやせこけたラバにまたがって、トラックとすれ違うとき歓喜の声を上げた。そして二人はトラックの残す土煙の中に呑み込まれていった。一群の豚が道路を塞いでいて、ラドクリフは何度も何度も警笛を鳴らさなくてはならなかった。しかし豚たちを道路から追い払うのに長い時間がかかった。ラドクリフは、おそらく黒人の沖仲仕を例外として、ジョエルがこれまでに耳にしたこともないくらいひどい悪態をつくことができた。

しばらくあとで、ジョエルは考え深げなむずかしい顔をして言った。「ひとつあなたに尋ねたいことがあるんだけど、いい？」。彼はラドクリフが同意の肯きをするのを待った。「あのね、ぼくが知りたいのは、あなたはぼくの……ミスタ・サンソムを知っているかっていうことなんだけど」

「ああ、そう、おれはその男のことを知っているよ」とラドクリフは言った。そして汚れたハンカチーフで額の汗をとんとんと叩いて拭いた。「おまえさんが名前を二つも出してくるものだから、ちっと混乱しちまったのさ。サンソムとノックスってさ。ああ、うん、サンソムはエイミー・スカリーと結婚した男だ」、彼はそこでちょっと間を空けてから付け加えた。「しかし実を言うとな、おれはその男を実際に目にしたことはないんだよ」

ジョエルは唇をぎゅっと噛み、しばし沈黙した。尋ねたいことがいっぱいあって、彼の頭はおかしくなりそうだった。でもそんなことを尋ねるのは恥をさらすようなものだ。自分の身内のことで、それほど多くの知らないことがあるなんて、みっともない限りではないか。だから彼はどうしても言わなくてはいけないことだけを、思い切った声で言った。「スカリーズ・ランディングってどんなところなの？　つまり、どんな人たちがそこに暮らしているわけ？」

　ラドクリフは目をぎゅっと細めて考えていたが、「そうだな」とやっと口を開いた。「黒んぼ《ニガー》を二人ばかり抱えていて、おれはやつらを知っている。それからおまえさんの父親の奥さんがいて、彼女のことも知っている。うちの女房が彼女のためにときどき仕立物をしているからな。少なくとも前はそうしていた」。彼は煙草の煙を吸い込み、吸い殻を窓の外にはじき飛ばした。「それから従兄弟がいて……ああ、そうだ、従兄弟がいたな！」

「へえ」とジョエルはなんでもなさそうに言った。しかしこれまでに送られてきたどの手紙も、そんな人物の存在には触れていなかった。もっと詳しく説明してほしいと、彼は目で運転手に強く訴えかけたが、ラドクリフはただ意味ありげな笑顔を顔に浮かべただけだった。まるで他人にいちいち説明するのはもったいない、内輪だけのジョークを楽しんでいるみたいに。

　そしてその話はそこで終わった。

「さあ、ひとつぴしっとしようぜ」とラドクリフはやがて言った。「そろそろ町に入るからな」

　一軒の家。一群の黒人たちの住む小屋。ペンキの塗られていない板張りの教会。避雷針のついた尖塔があり、ルビー色のガラスの、宗教的な絵柄を施した窓が三つついている。「イエス様がまもなくお見えになる！　用意はできていますか？」という看板が出ている。大きな麦わら帽をかぶった小さな黒人の子供が、ブラックベリーの入ったバケツをしっかりと摑んでいる。それらすべての上に、太陽がじりじりと照りつけている。すぐに未舗装の短い、名前のない通りになった。通りには似たような平屋建ての家屋が並んでいた。中にはいくらか見栄えの良いものもあり、それぞれの家には玄関ポーチと前庭がついていた。いくつかの庭にはみすぼらしい薔薇の茂みや、サルスベリや、栴檀《せんだん》が繁っていた。そのような樹木の大枝からはたいてい、ロープと古タイヤで作られた、小さな子供のためのブランコが下がっていた。何本かの椿の木が、ワックスをかけたような艶やかな暗緑色の葉をつけていた。ピンク色の肌の太った少女が一人で縄跳びをし、たわんだポーチの上では老婦人が座り込み、椰子の葉の扇で涼を取っているのが見えた。それから赤く塗られた納屋のような貸し馬小屋。馬たち、何台かのワゴン、二輪馬車、ラバたち、そして男たち。急な曲がり角があり、そこを曲がるとヌーン・シティーだった。

　ラドクリフはブレーキを踏んでトラックを止めた。そして手を伸ばして、ジョエルの側のドアを開けた。「悪いけど、ランディングまで乗せていくことはできないんだ」と彼は早口で言った。「会社に知れたらかなりまずいことになるんでな。しかし心配することはない。今日は土曜日だ。あっち方面に住んでいる人たちが、土曜日にはたくさん町にやってくるからさ」

　今、ジョエルは一人でそこに立っていた。汗でぐっしょり濡れた青いシャツが背中に張り付いていた。ステッカーに覆われたスーツケースを提げ、町の中に向けて彼は用心深く最初の一歩を踏み出した。

　ヌーン・シティーはこれといって見所のない町だ。通りが一本あるだけで、そこには一軒の雑貨食料品店、修理店、二つのオフィスが入った建物（ひとつは弁護士事務所、ひとつは医院）、片腕の男とその妻が経営する床屋兼美容室、そして「Ｒ・Ｖ・レイシーのプリンスリー・プレイス」という名前のついたちょっと興味をそそられる、実態のよくわからない店舗らしきものがあった。その張り出し屋根の下には、テキサコのガソリン給油機がひとつ置かれている。それらの建物はしっかりひとかたまりに身を寄せていたので、知恵足らずの大工が一晩でいい加減にこしらえた、たて付けの悪い宮殿のように見えた。通りの向かい側には、二つの孤立した建物があった。ひとつは監獄であり、もうひとつは傾きかけた丈の高い、生姜色の風変わりな家屋だ。監獄はこの四年以上もの間、白人の犯罪者を一人も収監したことがなく、またその罪名を問わず、囚人と名のつく者が中に入っていたこともほとんどなかった。保安官は役立たずの怠け者で、酒瓶を手に安逸に耽る傾向のある男だった。そしてやくざものや泥棒や、とんでもなく危険なタイプの人殺しさえもが堂々と町中《まちなか》をうろついて、好き勝手に振る舞うという状態になっていた。奇怪な古い一軒家についていえば、遥か昔からずっとそこに人が住んだことはなかった。言い伝えによれば、悪鬼のような北部人《ヤンキー》の無法者がやってきて、その家で美しい三人姉妹をレイプし、血も凍るようなやり方で殺害した。その男は銀灰色の馬に乗り、南部娘の血で緋色に染まったビロードのケープをまとっていたということだ。その美しい犠牲者たちとかつて懇意にしていたと主張する老婦人たちの口から聞かされると、その話はゴシック的な光輝を帯びた。家の窓ガラスはひび割れ、砕かれ、まるで眼球を失った眼窩のように虚ろに見える。腐ったバルコニーは危ういほど前に傾いており、黄色いヒマワリドリたちは人知れぬ場所に巣を作っている。ペンキの剝がれかけた外壁のあちこちに、風雨にさらされ色褪せたぼろぼろのポスターが貼られ、風が吹くとはたはたと音を立てた。町の子供たちの間では、日が暮れたあとその真っ暗な部屋を巡り、最上階の窓際でマッチを擦って信号を送ることが、なにより勇気ある徴《しるし》と見なされていた。とはいえ、玄関ポーチはまだかなり良好な状態にあり、土曜日に町を訪れる農家の人々は、そこを自分たちの休憩所として使っていた。

ヌーン・シティーやその周辺の土地に新たに居を構えるものは希だった。なにしろここには仕事の口がほとんどなかったから。しかしまたその一方で、この地を誰かが離れたという話を耳にすることもまずなかった。バプティスト教会の上方にある暗い棚地に向けて、ひとり淋しくよろよろと上がっていくものたちは別にして——ということだが。そこでは見捨てられた墓石たちが、繁茂した雑草の間で石の花のごとく微かに煌めいていた。

土曜日は言うまでもなく賑やかな日だ。日が昇るとほどなくラバに牽かれたワゴンや、おんぼろの自動車や、二輪馬車の行列が、近郊の田舎からぞろぞろ流れ込み始める。そして午前も半ばになると、かなりの規模の会合がもたれる。男たちは一張羅のシャツを着込み、店で買ったズボンを穿いていた。女たちはヴァニラ水をふりかけるか、安売り店の香水をつけている。もっとも人気のある香水のブランドは「ラブ・ディヴァイン」というものだ。娘たちは短く切った髪に粗末な飾りをつけ、頬には燃え上がるように頬紅を塗りたくり、きれいな絵柄がプリントされた五セントの紙製の扇を手にしている。小さな子供たちは、裸足でおそらくは半裸ではあったが、身体をきれいに洗われ、景品付き箱入り糖蜜ポップコーンみたいなものを買うための数セントの小遣いを与えられる。いくつかの商店をまわったあとで、女たちは古屋敷のポーチに集まり、一方で男たちはほどなくふらりと、貸し馬小屋に足を向ける。きびきびと熱っぽく、同じことを何度も何度も繰り返ししゃべりながら、彼らの声は軽いうなりとなり、長い一日をゆったりと抜けていくのだ。病気と結婚式と男女交際と葬式と神様が、ポーチで好まれる話題だ。馬小屋では男たちは冗談を言い合い、ウィスキーを飲む。収穫について語り、ジャックナイフの腕を競ったりする。ときおり激しい喧嘩が持ち上がる。というのは男たちの大半は、頭に血が上りやすい性格だからだ。そしてもし誰かに怨みを抱いたなら、力尽くの決着をつけることを彼らは厭わない。

　黄昏が空に微かに影を落とすとき、あたかも柔らかな鐘の音が人々に散会を告げたかのようだ。沈んだ静寂がすべてを黙らせ、賑やかなしゃべり声は夕暮れの鳥たちのように次第に収まっていく。人々は家族ごとに銘々の乗り物に乗り込み、哀しげな葬列のように、ごとごとと町を出ていく。彼らが残していく痕跡といえば、痛切なまでの静けさのみだ。ヌーン・シティーの様々な店の主人たちは、それからも一時間ばかりは店を開けているが、やがて扉の閂《かんぬき》を掛け、帰宅して寝床に入る。八時を過ぎると、まともな人間はもう外を出歩いたりはしない。そんなことをするのは惨めな酔っ払いか、あるいは恋人の娘とそぞろ歩きをする若者くらいのものだ。

「よう、そこの！　スーツケースを提げた坊主！」

　ジョエルはさっと振り向いて、小柄な片腕のがにまた男が、床屋の戸口から怖い顔で自分を睨み付けているのを目にした。彼は見るからに弱々しく、そんなきつくて太い声の持ち主だとはとても思えなかった。「こっちに来るんだ、坊主」、彼はエプロンをつけた自分の胸を親指で指しながら、そう命令した。

ジョエルが近づいていくと、その男は手を差し出し、その開いた手のひらには五セント玉が光っていた。「これが見えるな？」と彼は言った。ジョエルは黙って肯いた。「よろしい」と男は言った。「さあ、道路の先の方を見るんだ。赤い髪の小さな女の子が見えるな？」

男の言うところのものをジョエルは目にした。そこには燃えさかるような赤毛のおかっぱ頭の女の子がいた。背丈はジョエルと同じくらい、茶色のショートパンツに黄色いポロシャツを着て、丈の高い奇妙な空き家の前を勢いよく行ったり来たりしていた。そして床屋に向けて親指で鼻をぎゅっと押し上げ、憎々しげなしかめっ面をつくっていた。「いいか」と床屋は言った。「あの根性悪の娘をおれのためにとっ捕まえてくれたら、この五セント玉はおまえのものだ。ああ、ほら！　気をつけろ。またこっちにやって来るぞ……」

西部のインディアンのようにほうほうと声を上げながら、赤毛の女の子は勢いよく道を突進してきた。そしてそのあとを、年若い取り巻きたちの一群が叫び声を上げながら、走ってついてきた。ジョエルの立っている真向かいまで来ると、彼女は手にたっぷり握りしめた小石を投げつけた。小石は凄まじい音を立ててばらばらと床屋のブリキの屋根に落ちた。片腕の男は卒中を起こしそうに顔を赤く染め、怒鳴った。「おまえを捕まえてやるからな、アイダベル！　きっと間違いなく捕まえてやる。待ってろよ！」

男の背後から、女っぽい派手な笑い声が網戸越しに聞こえてきた。そしていかにも気難しそうなきんきんとした女の声が言った。「シュガー、馬鹿な真似をするのはよしなさい。そんな暑いところで何をしているのよ」。それからどうやら第三者に向かって語り掛けているらしい声が聞こえた。「まったく、この人がアイダベルよりましだとは思えないわ。二人とも神様から与えられた人間としての分別という持ち合わせがないんだもの。ああまったく、あたしはミズ・ポッターに言ったのよ（彼女は一週間前にシャンプーに来たんだけど、どうやったらあのモップみたいな髪を、よくまああそこまで不潔にできるものか、知りたいものだわ）、それで、あたしは言った、『ミズ・ポッター、あなたは学校でアイダベルを教えているのよね？』、あたしは言った、『どうしてあの子って、あんなにとてつもなく根性が悪いのかしらね？』、あたしは言った、『まったく謎だわ。お姉さんの方はぜんぜん優しいのにね。ほら、フローラベルのことだけどね。双子だっていうのに、あんなにがらっと違うんですもの』、するとね、ミズ・ポッターはこう返してきたわ。『ええ、ミズ・コールフィールド、あのアイダベルは私にずいぶん面倒を持ち込んでくれるわ。あの子は監獄に放り込むべきというのが私の意見よ』、そうなの、それがまさに彼女の言ったことよ。そう聞いてもあたしは驚きはしない。あの子は出来損ないだって、あたしはずっと思っていたんだもの。まったくねえ、あのアイダベル・トンプキンズがまともな服を着ているところをただの一度も目にしたことはない。シュガー、そんな暑いところに立ってないで、中に入りなさいな……」

　男は指で輪っかを作り、その間からぺっと大きく唾を吐いた。彼はジョエルを嫌な目で見て、ぴしゃりと言った。「おまえはなんにもしなかったのに、それでも金をもらおうとそこで待っているのか？　そういうことなのか、え？」

「シュガー、言ったこと聞こえたでしょ？」

「うるせえから黙ってろ」、そして網戸が哀れっぽい音を立てて閉まった。

ジョエルは首を振ってそこを歩き去った。赤毛の少女と賑やかな取り巻きたちはどこかに消えていた。白熱の午後は熟して、一日の静かな時刻となっていった。夏の空はくたびれ切った地表に、柔らかな色合いをこぼし撒いている。彼は好奇の視線を投げかける通行人に向かって、いかにも冷ややかなつんとした微笑みを返した。そして「R・V・レイシーのプリンスリー・プレイス」として知られる店舗の前まで来ると歩を止め、入り口の外にかかっている、小さなおんぼろの黒板にチョークで書かれたリストを読んだ。「ミス・ロバータ・V・レイシーはお待ちしています。香ばしい鯰《ナマズ》とチキンのフライ料理、おいしいディキシー・アイスクリーム、ほっぺたも落ちるバーベキュー、甘いドリンクと冷えたビール」

「甘いドリンク」と彼は半ば声に出して言った。まるできりっと冷えたコカコーラが喉を通っていったみたいに。「冷えたビール」、そうだ、冷えたビールだ。彼はポケットの中の小銭入れが膨らんでいることを指で確かめ、それからバネ式の網戸を押し開けて中に足を踏み入れた。

「R・V・レイシーのプリンスリー・プレイス」というのは箱のような形の部屋で、あちこちに一ダースほどの人々が立っていた。ほとんどが日焼けし、骨ばった顔つきのオーバーオール姿の男たちで、そこに数人の若い女たちが混じっていた。がやがやという話し声は、ジョエルが恐る恐る店内に入ると徐々に静まり、部屋の端から端までわたされた木製のカウンターの席に彼が腰を下ろしたときには、すっかり止んでいた。

「やあ、いらっしゃい、坊や」、筋骨たくましい一人の女性が時をおかず大股でやって来て、彼の前のカウンターに両肘をどすんと載せ、轟くような声でそう言った。彼女の両腕は猿のように長く、黒いうぶ毛に覆われていた。そして顎にはイボがひとつあり、アンテナのような一本の毛がこのイボをしっかり彩っていた。ピーチ色の絹のブラウスは、巨大な乳房の重みにたわんでいた。赤く縁取られた目にはおどけた光が煌めき、その目はジョエルに焦点を合わせていた。「ミス・ロバータの店にようこそ」。爪の汚れた二本の指が伸ばされ、それが彼の頬をぎゅっとつねった。「さて、このかわいらしい坊ちゃんに、ミス・ロバータは何を差し上げればいいのかしら？」

　ジョエルはまさに圧倒されていた。「冷えたビール」と彼は口走った。背後で湧き上がるクスクス笑いや哄笑など耳に入らない様子で。

「未成年にはビールは出せないのよ、ベイビー・ラブ、たとえあんたが超かわゆい男の子であってもね。あんたが今ほしいのはニーハイのグレープポップでしょうよ」と女は言って、のしのしと歩いて行ってしまった。

　クスクス笑いは紛れもない大笑いへと盛り上がって、恥ずかしさのあまりジョエルの耳は付け根まで朱色に染まった。あの女は頭がおかしいのだろうかとジョエルは思った。そして彼の目は饐えた匂いのする店内をしっかり見渡した。まるでそこが精神病院でもあるかのように。壁には白い歯をみせた水着美人たちの写真をあしらったカレンダーがかかっている。また額に収められた「証明書」が掲げられており、そこにはこう書かれている。「毎年恒例のダブル・ブランチ真夏宴会において、ロバータ・ヴェルマ・レイシーが嘘つき部門で優勝されたことをここに証明する」。低い天井からは、ハエ取り紙を戦略的に配置した毒つきの吹き流しが何本か下がり、二つの裸電球はリボン状に刻んだ赤と緑のちりめん紙で飾り付けられていた。水差しにはピンク色のハナミズキの堂々たる枝がぎっしりいけられ、それがカウンターの上に置かれていた。

「はい、ほら」と女は言って、汗をかいて濡れた紫色のソーダ水の瓶をカウンターにどすんと置いた。「暑さに参って、埃まみれってところだね、坊や」、彼女は陽気に彼の頭をとんとんと叩いた。「あんたはきっと、サム・ラドクリフがこの町まで連れてきた子供なんだろう。そうだよね？」

　ジョエルは肯くことで、それを認めた。彼は飲み物を一口飲んだが、それは生ぬるかった。

「ぼくはその、つまり……ここからスカリーズ・ランディングまでどれくらい距離があるのか、わかりますか？」、店にいる全員が、自分の言葉に耳を澄ませていることを意識しながら、彼はそう尋ねた。

「そうだねえ」と女はイボをいじり、ほとんど見えなくなるまで黒目を上にあげた。「よう、ロメオ、スカルズまでどれくらい距離があると思うね？」、彼女はそう言って、狂ったような笑みを浮かべた。「あたしはそこをスカルズ（頭蓋骨のこと）って呼ぶんだよ。というのは……」、しかしその言葉は言いかけたまま終わった。そのとき彼女が問いかけた相手の、黒人の少年が返事をしたからだ。「二マイル。いや、ていうか、三マイルに近いでしょうかね」

「三マイル」と彼女は繰り返した。「でももしあたしがあんたならね、ベイビー・ラブ、そこまでてくてく歩いたりはしないね」

「あたしもしないよ」と黄色い髪の娘が泣き言を言うように言った。

「そこまで、何かに乗せてってもらうことはできますか？」

誰かが言った。「ジーザス・フィーヴァーは町にいねえのかな？」

ああ、ジーザスなら見かけたね――ジーザスなら、貸し馬小屋の近くに馬車を駐めていたよ――なんと、あのジーザス爺さんのことか？　もうとっくに死んで埋められちまったと思ってたぜ――うんにゃ、爺さんはもう百歳を超えているけどさ、おめえと同じくれえぴんぴんしてるさ――ああ、おれもジーザスを見かけたよ――そう、ジーザスは今ここにいるよ……

女はハエ叩きを手に取り、すさまじい勢いでぴしゃっと叩きつけた。「静かにおし！　この子の言うことがちっとも聞こえないじゃないか」

ジョエルは自分がそのような騒ぎの中心になっていることに、微かな怯えを持ちつつも、ちょっとしたプライドの高まりを感じた。女は彼の頭のちょっと上あたりにそのおどけた目を固定し、言った。「ところでスカルズにいったいどんな用事があるんだね、ベイビー・ラブ？」

またその話だ！　彼は経緯を短く物語った。細かいところは端折って、重要なところだけをかいつまんで話した。手紙のことさえ省いた。彼はとにかく父親の居場所を探している。要するにそういうことではないか。で、どうすればいいでしょう？

彼女にもそれはわからなかった。彼女はイボをいじりながら、黙ってそこに立ち、じっと虚空を眺めていた。「よう、ロメオ」とようやく彼女は言った。「ジーザス・フィーヴァーが町にいるんだね？」

「ええ、おります」とロメオと呼ばれた黒人の少年は言った。その子は染みのついた、膨らんだ調理人の帽子を頭にかぶり、カウンターの背後の流しに皿を積み上げているところだった。

「こっちにおいで、ロメオ」と彼女は手招きして言った。「話があるんだ」。ロメオは素速く奥の隅っこに行って、彼女に合流した。彼女は興奮した面持ちでなにごとかを囁き始めた。自分の肩越しに時折ちらりとジョエルを見ながら。彼らが何を話しているのか、ジョエルにはまったく聞こえない。部屋の中はしんと静まりかえって、みんなが彼を見ていた。彼はサム・ラドクリフから盗んだ弾丸を取り出し、それを両手に持って神経質に転がしていた。

　突然ドアがぱっと開き、燃え立つような赤毛のおかっぱ頭の痩せた少女が、ふんぞり返るようにして店内に入ってきた。そして両手を腰にあてて、突然ぴたりと立ち止まった。彼女の顔は扁平で、いかにも横柄そうだった。大きくて醜いそばかすの網が鼻にまたがっている。やぶにらみの明るい緑色の目が、顔から顔を素速く見渡した。しかし目当ての顔は見つからなかったようだ。その視線は一瞬クールにジョエルの上に止まったが、すぐにまたよそに移っていった。

　やあ、アイダベル――どうしたんだね、アイダベル？

「姉さんを探してるんだよ」と彼女は言った。「誰か見なかった？」、彼女の声は男の子のようにハスキーだった。何かざらっとしたもので濾《こ》されたみたいに。おかげでジョエルは思わず咳払いをした。

「少し前にポーチに座っているのを見たっけな」と顎の引っ込んだ若い男が言った。

　赤毛は壁にもたれかかり、鉛筆みたいに細い、骨張った膝を持つ脚を組んだ。左膝を包んだぎざぎざの包帯には、マーキュロクロムの染みがついていた。彼女は青いヨーヨーを取り出し、床に向けてゆっくりと下ろし、また巻き上げた。「あれ、誰よ？」、彼女は頭でくいとジョエルの方を示して尋ねた。誰も答えないでいると、彼女はヨーヨーを宙返りさせながら、肩をすくめて言った。「ふん、どうだっていいけど」。しかし彼女は目の片隅で彼のことを怠りなく見守っていた。

「ねえ、ツケでなんか飲ませてくれない、ロバータ？」と彼女は声をかけた。

「ミス・ロバータって言いな」と女はロメオとのひそひそ話を一時中断して言った。「あんたが小生意気な口をきけるってことは、前々からよくよくわかってるよ、アイダベル・トンプキンズ。いつだってそうだった。それでだね、あんたがレディーらしい振る舞いを少しなりとも覚えるまでは、あたしの店に出入りしてもらいたくないんだ。わかったかい？　それにだね、あんた、だいたいいつからツケなんて偉そうなことができる身分になったんだ？　まったくもう！　さあ、とっとと出て行って、もう戻ってくるんじゃないよ。もうちっと女らしい身なりをするようになるまではね」

「なにさ、偉そうに」と少女は吐き捨てるように言うと、足音も高く戸口から出て行った。「こんなむさい酒場、これから当分は来てやらないよ。いちいち言われなくたってさ」。いったん外に出ると、彼女のシルエットが網戸を暗く染めた。彼女はそこに立ち止まり、ジョエルの姿をじっとのぞき込んでいたのだ。

今では黄昏が訪れていた。深まる緑の海が、まるで風変わりなワインみたいに空いっぱいに広がっていた。そしてその緑色を、陰影のついた雲が穏やかな微風に押されるように、のろのろと横切っていた。やがて家路につく行列が始まることだろう。そしてそのあとはヌーン・シティーの静けさが、ほとんど唯一の音となる——暗い棚地の、苔むした墓標の間を歩き抜ける足音が立てるような音だ。ミス・ロバータはロメオをジョエルの案内役として貸し出したのだ。二人は瓜二つの歩調を保って歩いた。黒人の少年がジョエルの荷物を持っていた。二人は無言のうちに監獄の角を曲がった。そしてそこに馬小屋があった。大納屋のような建物で、赤いペンキは色褪せている。その日の早くにジョエルはそれに目をとめていた。西部劇映画に出てくるならず者の一団のような男たちが、馬をつなぐ杭の近くに集まって、ウィスキーの瓶を手から手へと回していた。もうひとつのグループは、先のものほどうるさくはなかったが、樫の木の下の暗くなったところで、ジャックナイフの腕を競っていた。トンボの群れがどろどろの膜の張ったかいば桶の上を、震えるように飛んでいた。薄汚い猟犬がうろうろと行ったり来たりして、つながれたラバたちの腹の匂いを嗅いでいた。ウィスキーを飲んでいる連中の一人、白い髪と白い髭を長く伸ばした老人は、見るからにご機嫌になっているらしく、おそらくは彼の頭の中だけで鳴っている音楽に合わせて手を打ちながら、ささやかなシャッフルダンスを踊っていた。

　黒人の少年はジョエルを連れて馬小屋の脇を回り、裏の土地に出た。そこにはワゴンがいくつか駐められ、鞍をつけた馬たちが、尾を振れば何かに当たりそうなくらいぴったりくっつけてつながれていた。「あれがそうだよ」とロメオは指さして言った。「あそこにいるのがジーザス・フィーヴァーさ」

しかしジョエルは来たとたんすでに、土地のいちばん奥の端っこに駐められた灰色のワゴンの、厚板を渡した座席の上に丸く縮こまっているピグミーのような人影を見ていた。ノーム（醜い老人の姿をしたこびとの妖精）のような見かけの小柄な黒人で、その原始的な顔は、緑に染まった空を背景にきりっと鋭かった。「怖がることはねえから」とロメオはジョエルを従え、ワゴンと動物たちの間をおずおず用心深く、迷路を行くように通り抜けながら言った。「おいらの手をしっかり握っていた方がええで、ホワイト・ボーイ。ジーザス・フィーヴァーほど年取った年寄りはほかに見たことねえはずだ」

ジョエルは言った。「べつに怖くはないさ」。それは本当のことだった。

「シイイイ！」

少年たちが近づいていくと、その小さなピグミーは頭を用心する角度にくいっと上げた。それからゆっくりと、まるで自動人形のようにカクカクと動いて横を向き、乳白色の斑点が散らされた、黄色く弱々しい目を少年たちの上に落とした。夢を見るような、表情を欠いた視線だった。彼はへんてこなダービーハットを頭の上に小粋に傾けてかぶっていた。その赤い縞模様のリボン・バンドには、斑《ふ》の入った七面鳥の羽根が挿されていた。

ロメオは戸惑いながらそこに立っていた。ジョエルが切り出すのを待っているみたいに。しかしその白人の少年が動きを見せないので、口を開いた。「あんた、町に来て幸運だったよ、フィーヴァーさん。この小さな紳士はスカリーの身内で、そこで暮らすためにランディングまで行くんだと」

「ぼくはミスタ・サンソムの息子です」とジョエルは言った。しかし、その黒いやつれた顔をじっと見上げていると、突然そんなのはどうでもいいことのように思えてきた。ミスタ・サンソム、それはそもそも誰なのだ？　なんでもない人間、誰でもない人間だ。その老人にとって名前は、なんら特別な意味を持たないように見えた。その落ちくぼんだ盲目のような目は、表情を浮かべることなく彼を点検した。

　それからジーザス・フィーヴァーは敬意を込めて、一インチだけダービーハットを持ち上げた。

「ここで、この人を見つけるようにと言われた。ミス・エイミーが言われた」、彼はしゃがれた声でそう囁いた。彼の顔はしわしわの黒いリンゴのようだった。それもほとんど潰れかけたやつだ。その額は、まるで皮膚の下に紫色の光が込められているみたいに、てかてかと輝いている。鎌のように曲がった身体は、背骨が折れてしまったみたいに見える。背骨の折れた哀れな小さな老人、老齢のために足も萎えたのだ。しかしそれでも——そしてそれはジョエルの想像力を刺激したのだが——彼の斑《まだら》のある黄色い目には何か魔術師的な痕跡が窺えた。そこには、そう、本で読んだ魔法やそんなものを示唆する、一筋縄ではいかない要素があった。「わしは昨日も、おとといもここで待っておった。ミス・エイミーがここで待てと言わっしゃったから」、そして彼は深く息をついた衝撃でぶるぶると震えた。「ああ、わしはもう多くはしゃべれん。その力がないのじゃ。だから乗りなさい、子供さん。もう夜になるし、夜はわしの骨にこたえる」

「わかりました、ミスタ・ジーザス」とジョエルは熱意を欠いた声で言った。ロメオが彼を手伝ってワゴンに押し上げてくれた。そしてスーツケースを手渡した。それは古いワゴンで、彼が乗ると、大ぶりな手押し車みたいにぐらぐらと揺れた。床には乾いた玉蜀黍の皮や、甘酸っぱい匂いのする亜麻袋が散らばっていた。

「さあ、行け、ジョン・ブラウン」とジーザス・フィーヴァーは命じて、ラバのタン色の背中をそっと柔らかく手綱で叩いた。「足をしっかり上げるんじゃ、ジョン・ブラウン。足をな……」

ワゴンはそろそろとその場所を出て、苦悶の声を上げながら道路に向かって小径を進んでいった。ロメオは先に立って走り、ラバのお尻を思い切りはたき、そして矢のごとく駆け去った。ジョエルはその子を呼び戻したいという突然の衝動に駆られた。というのは、彼には突然わかったからだ。自分は一人でスカリーズ・ランディングになんか行きたくないのだということが。しかし今となってはもう打つ手はない。馬小屋の正面では、顎髭の酔っ払いは既に踊るのをやめ、猟犬は水桶の下でうずくまって蚤を掻いていた。がたがたと音を立てるワゴンの車輪は土埃を立て、それが青銅の粉となって緑色の空にかかった。そして角をひとつ曲がると、もうヌーン・シティーは見えなくなった。

夜になっていた。ワゴンは人影のない田舎道を這うように進んだ。深く積もった細かい砂を車輪は柔らかく噛み、おかげでジョン・ブラウンのたよりない蹄の音も消された。それまでにジーザス・フィーヴァーは二度口をきいただけだった。どちらの場合も、ぞっとするような責め苦を持ち出してラバを脅すことが目的だった。おまえの皮を剝いじまうぞとか、斧で頭をかち割ってやるからなとか、場合によってはその両方とか。でも最後には彼もあきらめて、座席の厚板の上で、縮めた身体をそれでも立たせたまま眠り込んでしまった。「もっと遠いんですか？」とジョエルは一度尋ねてみたが、返事はなかった。手綱は老人の手首にだらんと巻かれているだけだったが、ラバは助けがなくとも支障なくワゴンを前方に導いていった。

ジョエルは亜麻袋をマットレス代わりにして、その上でぼろ人形のようにだらんと手足を伸ばした。彼の両足はワゴンの後ろ端から外に垂れていた。蔓《つる》のように格子模様を編んだ星々が、南の空に冷ややかに光っていた。ジョエルはそれらの輝く蔓を視野の中でつなぎ合わせ、気ままにたくさんの氷白色の、何かに似たかたちをこしらえていった。尖塔、幻想的な花、飛び跳ねる猫、人の頭の輪郭、そして雪片がつくるような不思議な図案。鮮やかな、微かに赤みがかった四分の三の月が出ていた。行き過ぎていく木々の枝からショールのように垂れ下がったスパニッシュ・モスが、夜の風に気味悪く揺れた。あちこちのおぼろげな闇の中で、蛍たちがまるで暗号を送るみたいに、シグナルを交わし合っていた。夜の虫たちが立てる「歌う鋸《のこぎり》」に似た遠いざわめきに、彼は満ち足りた気持ちで、静かに耳を澄ませていた。

それからほどなく、子供の二重唱のような調べが、うら淋しい田舎の音にかぶさるように聞こえてきた。「コマドリはどうすればいいの？　かわいそうなコマドリは……」。その子供たちがまるで月光に照らされた幽霊のように、草の生えた道路の端っこを足早に歩いていくのを彼は目にした。二人の少女だ。一人はひらりひらりと優雅に歩いていたが、もう一人はまるで男の子のようにぎくしゃくとせわしなく歩いていた。そしてそれがさっき目にした女の子であることにジョエルは気づいた。

「やあ、こんちは」とワゴンが二人を追い越すときに、ジョエルは勇気を出して声をかけた。

　少女たちは二人とも近づいてくるワゴンに気づいて、歩く速度を目に見えて落としていた。しかし彼が目にしたことのない方の少女は、あたかも虚を衝かれたみたいに、「ああ、驚いた！」と叫んだ。彼女の髪は腰の下まで届きそうなくらいすごく長かった。そしてその顔はちょうど暗い陰になっていて、彼にはほとんど見えなかったのだが、とても友好的で、とても美しいものに思えた。「まあ、ちょうどよかったわ。同じ方向に行くみたいだし、同乗させていただけたら、とてもうれしいのですが」

「どうぞ、どうぞ」と彼は言って身体をずらせ、場所を作った。

「私はミス・フローラベル・トンプキンズです」と彼女は告げた。彼女は敏捷にワゴンに飛び乗ると、ドレスの裾を両膝の下にたくし込んだ。「これはスカリーさんちのワゴンですね？　ええ、そこにいるのはジーザス・フィーヴァーだもの……彼は眠っているのかしら。まったくもう、大したものよね」。彼女は小鳥のように早口でぺらぺらとしゃべった。まるでどこかの老婦人の物真似でもしているみたいに。「いらっしゃいよ、シスター、席の余裕はたっぷりあるから」

　その妹《シスター》はワゴンの後ろをとぼとぼと歩いていた。「あたしには足が二本ついているし、それをかわりばんこに前に出すことを辛がるようなへつらい女じゃないよ。どうもご親切に」と彼女は言って、これ見よがしにショートパンツをぐいと引っ張った。

「乗っていけばいいのに」、ジョエルはか細い声でそう言った。他にどう言えばいいのかわからなかったので。とにかくずいぶん変わった子供であるようだ。間違いなく。

「このへそ曲がり」とフローラベル・トンプキンズは言った。「この子のことはかまわないでいいんです。ママはアイダベルのことをいつも『お馬鹿』って呼ぶんですよ。くたくたになるまで歩いていればいいんだわ。それでどうなろうと、誰の知ったことでもないんだから。この子にまともなことを説いてもまるで無駄なんです。なにしろ片意地な子なの、このアイダベルときたら。誰に聞いてもらってもいいわ」

「へん」というのが、それに対する唯一のアイダベルの言い分だった。

　ジョエルは二人を見比べて、フローラベルの方にずっと好感が持てると思った。彼女はとてもきれいだった。というか、少なくとも彼はそのように想像した。はっきり公正に判断できるほど彼女の顔を直視することはできなかったのだが。とにかく妹の方は男勝りのはねあがりだった。そして彼はそういうタイプの女子に対して、アイリーン・オーティスを筆頭に特別な嫌悪感を抱いていた。そのアイリーン・オーティスは体のごつい粗暴な女子で、ニューオーリンズの同じブロックに住んでいたのだが、彼を待ち伏せしてむりやりズボンを脱がせ、それを高い木の上に放り上げることを習慣としていた。ずいぶん昔のことではあるが、それでも彼女のことを思い出すと、いまだにはらわたが煮えくりかえった。フローラベルの赤毛の妹はきっとアイリーン・オーティスみたいなやつだろうと彼は想像した。

「うちには素敵な車があるのよ」とフローラベルは言った。「緑色のシヴォレーで、六人乗ることができるの。誰かを誰かの膝の上に載せたりすることなくね。そして本物の日よけがついていて、可愛い玩具の赤ん坊を引いて上げ下げできるの。パパはこの素敵なシヴォレーを、闘鶏場である男から巻き上げたの。ほんとに抜け目のない人よね。ママはそうは言わないけど。ママはどこまでも真正直な人で、おまけに闘鶏が大嫌いなの。でもとにかく私が言いたいのは、私たちは普段はヒッチハイクなんてする必要はないってことなの。よく知らない人と同乗したりとかね……もちろんジーザス・フィーヴァーのことは知っているわ……まあ一応はね。でもあなたのお名前は？　ジョエル？　ジョエルなんていうの？　ノックス……それでね、ジョエル・ノックス、私が言いたいのは、普段はパパがその素敵な車で、私たちをしっかり町まで送ってくれるってこと……」、彼女はとにかく延々としゃべり続け、彼はそれを聞いているだけで満足していた。でもふと首を曲げて妹の方を見ると、その妹は一風変わった目つきで彼を見ているようだった。この視線のやりとりが続いているとき、笑みこそ浮かばないが、二人の間に面白がっているような表情が交わされるのを、月明かりが照らしだした。それぞれがまるでこう言っているようだった、「こっちだってきみのことがとくに気に入ってるわけじゃないよ」と。「……でもね、一度私はばたんとドアを閉めて、アイダベルの手を挟んじゃったことがあるの」、フローラベルはまだ自動車のことを話していた。「それ以来この子の親指の爪はまったく伸びなくなっちゃったの。ずんぐり膨れて黒いの。でもこの子は泣きもしなかったし、騒ぎ立てもしなかった。それって、この子にしちゃ大したものよね。もし私だったらだんぜん耐えられないわ。そんなみっともない見かけになるなんて……ねえ、シスター、この人にあんたの手を見せてあげてよ」

「あたしのことは放っておいて。さもないとあんたにそれを見せつけてやるからね。すっかり油断しているところでさ」

フローラベルはふんと鼻を鳴らした。そして不機嫌な目でジョエルを見た。彼が笑ったからだ。

「アイダベルをまともな人間として扱ったりしたら、馬鹿を見るわよ」と彼女は吐き捨てるように言った。「誰に聞いてもらってもいいわ。この子が乱暴に振る舞うのを見たら、これが私と同じ立派な家庭に育った子供だなんて、とても思えないでしょう。どう、違う？」

ジョエルは口を閉ざしていた。何をどう言ったとしても、ろくなことにはならないとわかっていたから。

「そうよね」とフローラベルは沈黙を自分のいいように解釈して言った。「そんなこととうてい思えっこないわよね。でも私たちは双子だから、もちろん出自は同じ。同じ日に生まれたんだけど、私の方が十分早かったので、私がお姉さんになったわけ。どちらも十二歳で、もうすぐ十三歳になる。フローラベルとアイダベル。ねえ、そういうのって馬鹿げてない？　名前で韻を踏んだりするのって。でもね、ママだけはそれをすごくキュートだって思っているんだけど、でもね……」

ジョエルはそのあとを聞いていなかった。というのはアイダベルがワゴンのあとをついてきていないことに、はっと気づいたからだ。彼女はずっと背後にいて、まるで青白い動物が駆けるみたいに、道ばたに沿って繁った草の湖を抜け、開花したハナミズキの島に向けて走っていた。道路から少し離れたところで、黒い海岸の波打ち際の泡のように、そのハナミズキは鉛色の花をたっぷりと咲かせていた。しかし彼がフローラベルに向かってそのことを指摘する前に、双子の妹は既にきらきら光る樹木の間に姿を消していた。「あんな暗い中に一人きりでいて、怖くないのかな？」と彼は相手の話を遮って言った。そしてアイダベルが今しがた姿を消したところを身振りで示した。

「あの子には怖いものなんて何ひとつないの」とフローラベルはあっさりと言った。「あの子のことなら心配する必要ないわよ。その気になればすぐに追いついてくるから」

「でもあんな森の中に……」

「妹はね、ええ、思いつきで行動するの。どうしてかなんて尋ねても無駄よ。私たちはさっきも言ったように、双子として生まれたわけだけど、ママが言うようにね、神様はつねに善きものと悪しきものとを抱き合わせで届けて下さるのよ」、フローラベルはあくびをして背板に寄りかかり、その長い髪が肩のあたりにたっぷり広がった。「アイダベルはね、ありとあらゆる悪さをするの。まだ私たちが本当に小さな頃だけど、あの子はスカリーさんのうちまで行って、そこをうろつき回っていた。そしてあらゆる窓からのぞき見したの。一度なんてランドルフさんをじっくり眺めまでしたのよ」、彼女はだるそうに手を伸ばし、頭上の空中で黄金色に脈打っていた蛍を一匹捕まえた。「あなたはあそこで暮らすのが好き？」

「あそこって、どこ？」

「ランディングよ、馬鹿ね」

　ジョエルは言った。「好きになるかもしれない。だけどぼくはまだそこを見てもいないんだ」、彼女の顔は彼の顔のすぐそばにあった。そして彼女は見るからに、その返事にがっかりしたようだった。「そしてきみ、きみのおうちはどこなの？」

彼女はひらひらと手を振った。「このちょっと先よ。ランディングから遠くないところ。だからたぶん、あなたもいつかうちに遊びにこられるわ」、彼女は捕まえた蛍を空中に放してやった。それはまるで小さな月のように、しばらくそこに留まって浮かんでいた。「あなたがランディングに住んでいると考えるべきかどうか、私には当然ながらわからなかった。なにしろスカリー一族の人を目にしたものは、誰ひとりいないんだから。ひょっとしたら誰あろう、神様がそこに住んでいたって不思議はないかもね。あなたは親戚なわけ、その……」、しかしその言葉は身も凍りつくけたたましい悲鳴と、まわりをそっくり取り囲む暗闇の中で何かが荒々しく踏み砕かれる音によって寸断された。

アイダベルが茂みの中からぴょんと道路に飛び出したのだ。彼女は両腕をぐるぐる振り回しながら、すさまじい雄叫びを上げていた。

「この馬鹿、とんちき！」と姉が金切り声を上げた。しかしジョエルはただじっとしていた。というのは彼の心臓は喉元あたりまでせり上がっていたからだ。それから彼はジーザス・フィーヴァーの反応を見るために横を向いたのだが、老人は相変わらずうたた寝を続けていた。そして不思議なことに、ラバが驚いて暴走したりすることもなかった。

「けっこう肝を冷やしたでしょ、ねえ？」とアイダベルは言った。「悪魔が追いかけてきたとか思ったんじゃない」

フローラベルは言った。「ふん、悪魔なんかであるものですか、シスター……悪魔はあんたの中にいるんだから」、そしてジョエルに言った。「私がパパに言いつけたら、この子はひどい目にあうことになるわよ。なぜならこの子は、窪地を通って近道をしなくちゃ、私たちに見られずに先回りすることはできなかったはずだもの。そしてパパはそのことについては、口を酸っぱくして、この子にさんざん注意してきたのよ。この子はね、モミジバフウ（香料がとれる植物）を探してしょっちゅうこのへんをうろうろしているの。きっといつか大きな性悪のヌママムシに、片脚をお尻のところからがぶりと嚙み切られちゃうんだから」

　アイダベルはハナミズキの小枝を一本持っていた。そして意気揚々とその花の匂いを嗅いでいた。「蛇にならもう嚙まれたよ」と彼女は言った。

「ええ、それは本当のことよ」と姉が認めた。「あなたはそのときのこの子の脚を見るべきだったわ、ジョエル・ノックス。まるで西瓜みたいに大きく腫れ上がってね、髪がそっくり抜け落ちちゃったの。二ヶ月のあいだずっと気分が悪くて、ママと私は何から何まで、この子の面倒をみなくちゃならなかったわ」

「命を落とさなくて幸運だった」とジョエルは言った。

「もしあたしがあんたで、どんなふうに処置すればいいかを知らなかったなら、きっと死んでいたわね」とアイダベルが言った。

「たしかにこの子は抜かりなく振る舞ったわ」とフローラベルが認めた。「すぐに鶏小屋に飛び込んでいって、雄鶏を一羽捕まえて、そいつをべろっと引き裂いちゃったの。あれほど痛々しい悲鳴を聞いたことはなかったわね。その温かい鶏の血液が蛇の毒を吸い出してくれたわけ」

「ボーイ、あんたは蛇に嚙まれたことある？」とアイダベルが訊いてきた。

「ないよ」と彼は、引け目のようなものを感じながら言った。「でももう少しで車に轢かれそうになったことなら一度あるよ」

アイダベルはそのことについて少し考えているようだった。「車に轢かれる」と彼女は言った。そのくぐもった声音にはいくらかうらやましそうな響きが混じっていた。

「もう、この子にそんな話をしちゃいけないのよ」とフローラベルがぴしゃりと言った。「そんなこと言ったら、すぐに駆けだして、ハイウェイの真ん中に身を投げ出しちゃうんだから」

道路の下の方、浅い林の中から、小川《クリーク》が小石を転がしながら勢いよく流れる音が聞こえた。それは姿の見えない蛙たちの太い声をいっそう盛り立てていた。ゆっくりと進むワゴンは緩い坂を登り切り、再び下りにかかった。アイダベルはハナミズキの小枝から花びらをつまみ、それを道にぱらぱらと撒いていった。そして裸になった枝を道ばたに投げた。首をかしげて空を見上げ、ハミングを始めた。そして歌った。「北風が吹き始め、やがて雪が降り出せば、コマドリはどうすればいいの？　かわいそうなコマドリは」、フローラベルがそのあとを引き継いだ。「納屋に飛んでいって、身を暖めなくちゃ。そこで翼にくるまって隠れるの。かわいそうなコマドリは！」。それはとても陽気な歌（マザーグースの「北風とコマドリ」）で、二人は何度も何度も繰り返し歌った。ジョエルもやがてそこに加わって、三重唱になった。彼らの声は甘く澄んで響いた。というのは三人とも声はソプラノだったから。そしてフローラベルは架空のバンジョーを楽しげにかき鳴らした。やがて雲が月の前にかかり、訪れた暗闇の中で歌は終わった。

フローラベルはワゴンから飛び降りた。「私たちのおうちはあそこにあるのよ」と彼女は言って、ジョエルには何もない荒野にしか見えない場所を指さした。「忘れないでね……うちに遊びに来て」

「遊びにいくよ」と彼は声をかけた。しかしそのときにはもう暗闇が潮のように押し寄せ、双子の姿を視界から押し流してしまった。


少しすると彼女たちの記憶はこだまとなり、次第に遠のき、そのうちに彼には、最初想像したようにそれは幻《まぼろし》ではなかったのかと思えてきた。彼は自分の頰に手を触れ、玉蜀黍の皮に手を触れ、眠っているジーザスを見やった。老人は夢うつつの状態にあったが、その身体だけはワゴンの揺れに対してゴムのように柔らかく反応していた。それを見てジョエルはひと安心した。手綱はじゃらじゃらと音を立て、ラバの蹄の立てる音は、夏の午後のハエの羽音のように眠気を誘った。空に隈無く鏤《ちりば》められた星は、火の粉となって彼の上に降りかかり、目を眩ませ、瞼を閉じさせた。両腕をだらんと垂らし、両脚をくしゃっと丸め、口をうっすら開いたその姿は、まるで眠りに痛打された人のようだった。

門柱が突然前にぼおっと浮かび上がった。ラバは元気を取り戻し、砂利敷きの引き込み道を小走りに、ほとんど疾走といっていい速さで進んだ。車輪が小石を弾き飛ばし、ジーザス・フィーヴァーははっと我に返り、手綱を引いた。「どうどう、ジョン・ブラウン、どうどう！」。そしてしばしワゴンはそこに、しおれたように立ちすくんだ。

一人の女が立派なポーチから下る階段を、滑るように降りてきた。彼女が高く掲げたケロシンのランタンの黄色い球形のまわりには、いくつもの白い翅《はね》が気が触れたようにまつわりついていた。しかし夢の中の悪魔を睨みつけていたジョエルは、その女が彼の上に思い詰めたように屈み込み、煙ったランプの明かりで、彼の顔をまじまじと覗き込んでいることには気がつかなかった。

第二章

落ちていく……落ちていく……落ちていく！　切り立った竪穴、地下の回廊、彼は扇風機の羽根のようにくるくると回りながら金属の螺旋を抜けていく。その底では、大きく口を開けたクロコダイルが、彼がきりもみ状態で落下してくるのを、重い瞼のついた目でじっと追っている。いつものように、救援は覚醒と共に訪れる。クロコダイルは陽光に勢いよくはじけ飛ぶ。ジョエルは目をしばたたかせ、舌の苦さを味わいつつ、身動きひとつしない。そこは四本の柱のついた広大なベッドだ。丈の高いローズウッドのヘッドボードには、さまざまな果実が粗く彫り込まれている。ベッドは窒息しそうなほど柔らかく、彼の身体はその羽根でふかふかの中心に向けて沈み込んでいた。真っ裸で寝ていたが、体を包む軽いシーツはウールの毛布のように重く感じられた。

かすかな衣擦れの音が、部屋に誰かいるという警告を彼に与えた。そしてもうひとつの音、乾いた風が吹き過ぎていくような音、小鳥の羽ばたきにも似ている。これがぼくを起こした音だ、と彼は寝返りを打ちながら思った。

　淡い黄色の広い壁が、強烈な日差しの当たる二つの窓の間にあった。窓はベッドと向き合った位置にある。その女は二つの窓の間に立っていた。彼女はジョエルには注意を向けていなかった。というのは、部屋の向こう側にある古びた箪笥に視線をまっすぐ注いでいたからだ。そこにある漆塗りの小箱の上に、一羽のアオカケスがとまっていたが、それはぴくりとも動かず、何かのトロフィーみたいにも見えた。女は振り向いて、ひとつだけ開いていた窓を閉めた。それから取り澄ました小幅な横歩きでそちらに近づいていった。

　ジョエルはもうすっかり目覚めていた。しかしその瞬間、アオカケスとそれを追う人は、夢の奇異な断片のように彼には思えた。彼女が箪笥に近づき、鳥がそれに気づかないようにばたばたしているのを見ていると、胃の筋肉がぎゅっと締めつけられた。鳥は鮮やかな青色の頭を上下に振りながら、あたりを跳び回っていた。彼女が手の届きそうなところまで来ると、鳥はさっと翼を羽ばたかせ、ベッドを越えてジョエルが前夜衣服をかけておいた椅子の上にとまった。そこで昨夜の記憶が洪水のように彼を満たした。ワゴン、双子、ダービーハットをかぶった小さな黒人。父親の妻であるその女性――ミス・エイミーと彼女は呼ばれていた。その家に入ったことを彼は覚えていた。そしてつまずきながら、奇妙なかたちをした小部屋を抜けたことを。その部屋の壁は、ゆらめく蠟燭《ろうそく》の炎の影で、生きて動いているように見えた。そしてミス・エイミーは指を自分の唇にぴったりと押しあて、まるで盗賊のように足音を忍ばせ、カーブした絨毯敷きの階段を上り、二つめの廊下を抜けてこの部屋のドアにジョエルを導いたのだ。すべての出来事が夢遊病者の記憶のように、細切れの模様になっている。そのようなわけだから、箪笥の横に立ち、新たな場所にとまったアオカケスを直視しているミス・エイミーは、彼にとって初めてまともに目にする彼女の姿と言ってもよかった。そのドレスはほとんど透けた灰色の素材でできており、どうしてかはよくわからないが、左手にドレスに合った灰色の絹の手袋をはめていた。そしてその手を常に華奢な感じに丸めていた。まるで何か障害があるみたいに。か細い白髪の筋が、野暮ったく編まれた茶色の（あるいはほとんど色がないとも言うべき）お下げ髪にジグザグに走っていた。彼女はほっそりして、骨はいかにも脆そうで、両目はその柔らかな細い顔に埋め込まれた二つの干し葡萄のように見えた。

　さっきのようにまっすぐ鳥を追うかわりに、彼女はその大きな部屋の反対側の端にある暖炉の方に、足音を忍ばせて行った。そして巧みに手をひねって鉄の火かき棒をとった。アオカケスは椅子の手すりからひょいと下に降りて、そこに落ちていたジョエルのシャツをくちばしでつついた。ミス・エイミーは唇をぎゅっと結び、素早く軽快な女性らしい足取りで五歩進み……

　火かき棒は鳥の背中をまともに捉え、ほんの一瞬だけそれを釘付けにした。しかし鳥はすぐに身をふりほどき、窓に向かって荒々しく飛んだ。そしてジャージャーと鳴き、窓ガラスに翼を打ち付け、ついには床に落ちて、錯乱したようにそこを這いずり回り、広げた翼で絨毯をこすった。ミス・エイミーは部屋の隅に鳥を追い詰め、すくい上げて胸に抱いた。

　ジョエルは顔を枕に押しつけた。彼女はきっとこちらを見るだろうとわかっていたからだ。その騒ぎが彼にどのような影響を与えたか、見届けるためだけにでも。部屋を横切る彼女の足音を彼はじっと聴いていた。それからドアが静かに閉められる音を。

　彼は前日に着ていたのと同じ服を着た。青いシャツと薄汚れたリネンのズボン。スーツケースはどこにも見当たらなかった。ひょっとしてワゴンに置き忘れたのだろうか？　髪に櫛をあて、洗面器の水で顔を洗った。洗面器は、ローズウッドの四ツ柱ベッドの脇に置かれた大理石のテーブルの上に載っていた。ところどころ剝げた東洋風の複雑な模様の絨毯は、彼のはだしの足の下でべたつき、ざらざらしていた。部屋はむっとして黴《かび》臭かった。古い家具と、冬の間に焚かれていた火の臭いがした。埃の破片がまるでブヨのように、陽光を受けて明るい空中を回るように漂っていた。ジョエルが手を触れるところはどこも、指のあとが埃の上に残った。箪笥にも、鏡台付きの戸棚にも、洗面台にも。この部屋はもう長い間、使われていなかったのだろう。ここで真新しいのはベッドのシーツだけだが、それさえもどことなく黄ばんでいた。

　靴紐を結んでいるとき、アオカケスの羽根を見つけた。それは彼の頭の上にふわりと浮かんでいた。まるで蜘蛛の巣にかかったみたいに。彼はそれを空中でつまみ、箪笥まで持っていって、漆塗りの小箱にしまった。箱の内側には赤いビロードが張られていた。これはサム・ラドクリフの弾丸をしまっておくのにいいかもしれないと、ジョエルはふと思った。ジョエルは記念品みたいなものが大好きで、ちょっとしたものを大事に保管し、目録を作るのが性癖みたいになっていた。彼は多くの立派なコレクションを持っていて、それをニューオーリンズに置いていくようにエレンに説得されたときには、胸が張り裂けるように痛んだものだった。雑誌の写真があり、外国のコインがあり、本があり、類を見ない形の石があり、ただ「雑多な物」としてしか区分けできない、素晴らしい寄せ集めがあった。羽根と銃弾はその区分にぴったり収まることだろう。しかしひょっとしたらエレンは彼の所持品を郵便で送ってくれるかもしれない。ひょっとしたら、彼はここでまたゼロから蒐集を始めるかもしれない。あるいはまた……

ドアが叩かれた。

父さんに違いない、彼はそう思った。そうに決まっている。なんて言えばいいのだろう？ ヘロー、ダッド、お父さん、それともミスタ・サンソム？ こんちは、ヘロー？ ハグか、握手か、それともキスか？ ああ、どうして歯を磨かなかったんだろう？ 少佐のスーツケースを見つけて、清潔なシャツに着替えられればよかったんだけど。彼は靴紐をしっかりと蝶結びにして、「はい」と叫んだ。そしてまっすぐ立ち上がり、できる限り大人っぽく見えるように居住まいを正した。

ドアが開いた。ミス・エイミーが、その手袋をはめた手を丸めて上に向け、敷居のところで待っていた。彼女は優しげに肯き、前に足を踏み出したが、ジョエルはそのとき、彼女の唇の上に口髭らしきものがうっすらと生えていることに目を留めた。

「おはようございます」と彼は微笑みながら言って、手を差し出した。彼はもちろんがっかりしていたが、同時にいくぶんほっとしてもいた。

彼女は差し出された彼の手をじっと見つめていた。戸惑いの表情がそのちっぽけな顔を更に小さく引き締めた。彼女は首を振り、彼のそばを通り過ぎて窓の方に行き、背を向けた。「もう十二時を回っています」と彼女は言った。

　ジョエルの微笑みは突然こわばり、ぎこちないものになった。彼は両手をポケットに突っ込んで隠した。

「ゆうべ、あなたがずいぶん遅くなってからここに到着したのは残念だったわ。ランドルフはもっとにぎやかに歓迎しようと計画していたのよ」。彼女の声にはくたびれた、作り笑いでもしているような響きがあった。それは彼の耳には、風船の空気が抜けるときのしゅうっという音みたいに聞こえた。「でもそれでよかったのかもしれない。ほら、あのかわいそうな子は、喘息に苦しんでいたから。昨日、あの子はひどい発作に襲われたのよ。あなたが到着したことを教えなかったことで、彼はきっとかんかんに怒るでしょうね。でも少なくとも夕食までは、自分の部屋でおとなしくしているのがいちばんだと私は思ったの」

　ジョエルは口にすべき言葉を必死に漁った。そういえば、サム・ラドクリフが従兄弟のことを口にしていた。そして双子の一人、フローラベルもランドルフとかいう人について、やはり何か言っていた。いずれにせよ彼女の口ぶりからして、その人物はどうやら自分に近い年齢の子供であるらしいとジョエルは推測した。

「ランドルフは私の従兄弟で、あなたのことに夢中になっているの」と彼女は向きを変え、彼の顔を正面から見て言った。きつい日差しが彼女の顔の青白さを更に際立たせていた。そして彼女の小さな目は警戒的に、鋭い視線を彼の上にしっかり定めていた。彼女の顔には焦点が欠けていた。その愚かしく気取った無愛想なうわべの下には、それとはまったく違う別の人格が潜んでいて、注意を要求しているように見える。その焦点の欠如のおかげで、ふと警戒が解かれた瞬間に、怯えうろたえた表情が彼女の顔に浮かぶことになった。口をきくときも、すべての言葉が意味するところが、彼女には正確にはつかめていないみたいだった。「私の夫がミセス・ケンダルに小切手で送ったお金は、まだいくらか残っているかしら？」

「一ドルくらいだと思いますが」と彼は言って、小銭入れをしぶしぶ差し出した。「カフェに滞在するのにずいぶん使ってしまったものですから」

「いいのよ。それはあなたのものだから」と彼女は言った。「私はただ知りたかっただけなの。あなたが賢くてつましい男の子かどうかをね」。彼女は突然苛ついたように見えた。「どうしてあなたはそんなにそわそわしているの？　洗面所に行きたいとか？」

「いえ、違います」、そう言われたとたんに彼は、人前でズボンを濡らしてしまったような気持ちになった。「いえ、違います」

「気の毒だけれど、うちには近代的な水洗装置は備わってないの。ランドルフはその手の新奇な装置に反感を抱いているものだから。でも」、そして彼女は洗面台の方を顎で示した。「あそこにおまるがあるわ……下の仕切りの中に」

「わかりました」とジョエルは恥ずかしさを感じながら言った。

「それからもちろんのこと、この家には電気も引かれていません。私たちは蠟燭とランプを使っていますが、そのどちらも虫たちを引き寄せます。あなたはどちらが良いかしら？」

「たくさんある方でいいです」と彼は言ったが、本心では蠟燭の方がよかった。というのはそれは彼に「セント・ディヴァル通り・秘密九人組」のことを思い出させたからだ。それは近所の探偵クラブで、彼はそこの会計係と「公式記録者」を兼ねていた。クラブの集会では、安売り店から万引きしてきた丈の高い蠟燭が、コカコーラの瓶の上で燃えていたことを彼は思い出した。そして「上級探偵一号」のサミー・シルヴァスタインが、判事の持つ木槌代わりに古い牛の骨を使っていたことも。

　彼女は火かき棒にちらりと目をやった。それはウィング・チェアの下に半分隠れて転がっていた。「それを拾って、暖炉の横にかけておいてくれない？　私は少し前にもここに来たのよ」と彼女は、彼がその命令を実行しているあいだ、説明した。「そうしたら小鳥が窓から飛び込んできたの。まったく厄介よね。気にならなかった？」

　ジョエルは躊躇した。「何か音を聞いたような気はします」と彼は言った。「それで目が覚めました」

「でもまあ、十二時間も眠ればもう十分でしょう」、彼女はそう言って椅子に座り込み、爪楊枝のように細い脚を組んだ。その靴は看護婦の履くような、踵の低い白い靴だった。「ええ、朝は過ぎてしまって、何もかもがまた焼けつくように暑くなった。夏って本当にうんざりするわね」。そのいかにも素っ気ない態度にもかかわらず、ジョエルは彼女に対してとくに反感を覚えなかった。ただ少しばかり居心地の悪さを感じただけだ。ミス・エイミーくらいの年齢（おそらくは四十五から五十歳の間）の女性は、概して彼に優しく接してくれたし、ジョエルは彼女たちの示す好意を当たり前のことと見なしていた。そしてもし――これはほとんどなかったことだが――相手が愛情を示すことを差し控えたような場合、それを簡単に引き出す術《すべ》を彼は心得ていた。微笑みと、切なげな視線と、いんぎんな褒め言葉。「あなたはとても素敵な髪をお持ちですね。素敵な色だ」

そのお世辞がうまく効かなかったのを見て、彼は言い添えた。「この部屋はとても気に入りました」

この言葉は効果をあらわした。「ここはこの家で最上の部屋だと、私はずっと思ってきた。従兄弟のランドルフはここで生まれたのよ。まさにそのベッドでね。そしてアンジェラ・リーも……ランドルフのお母さんのことだけど。メンフィスの出身で、美しい人だった……彼女もここで亡くなったの。ええ、そんなに昔のことではないけれど。以来この部屋はずっと使われていなかった」。彼女は突然、首をぴんと立てた。まるで何か遠くの物音を聞こうとするかのように。目が細められ、それからぴたりと閉じられた。しかしほどなく彼女は身体の力を抜き、再び椅子に身を沈めた。「ここからの眺めはもう目にしたのでしょうね？」

いいえ、まだです、とジョエルは答えた。そして相手の話に合わせて窓際に向かった。窓の下には、痛烈な太陽光の波の表面下、乱雑に詰め込まれた庭園が広がっていた。ゼブラウッド、ライラック、象耳木《エレファント・イヤー・プラント》、しだれ柳（細い葉のついた弱々しい枝がちらちらと微かに煌めいている）、そして何本もの桜の低木（東洋の版画でよく見かけるようなものだ）がお昼の熱波の中で、思うがまま緑色に拡散していた。そのもつれ合った長方形の領域は、ただ単に捨て置かれて結果的にそうなったという類いのものではなかった。それはむしろ、狂騒状態にある誰かが、でたらめに混ぜ合わせた植物の種子を撒き散らした、そのなれの果てであるように見えた。草と茂みと蔓と花は、みんなひとまとめにぎゅうぎゅう押し込まれていた。密に茂った栴檀とウォーターベイが堅牢な壁となって、その庭園を囲い込んでいた。そしてその一番奥、家の反対側には、突飛な光景があった。縦に筋が彫られた白い円柱が五本、まるで五本の指のように列をなして立っていたのだ。それらは庭園に、失われた廃墟のような原始的にして奇怪な様相を賦与していた。ユダの木の蔓が、それらの傾《かし》いだ細い円柱に絡みつき、真ん中の円柱では一匹の茶色のトラ猫が爪を研いでいた。

　ミス・エイミーは椅子から立ち上がって、今では彼の隣に立っていた。彼女の背丈はジョエルより一インチばかり低かった。

「学校で古代史の授業のとき、ああいう円柱の絵を描かされました。ミス・カディンスキーはぼくの絵がいちばん上手だと言って、掲示板に貼りだしてくれたんです」と彼は自慢げに言った。

「あの円柱……ランドルフもあれが大好きなの。あれらはかつては、古いサイド・ポーチの一部だったのよ」と彼女は昔を懐かしむように言った。「アンジェラ・リーはメンフィスからやってきたばかりの若い花嫁だった。そして私は今のあなたより幼い子供だった。夕暮れになると私たちはサイド・ポーチに座って、チェリーエイドを飲みながら蟋蟀《こおろぎ》の声に耳を澄ませ、月の出を待ったものだった。アンジェラ・リーは私のためにショールを編んでくれた。あなたもいつか見てみるといいわ。ランドルフはそれを彼の部屋のテーブル掛けとして使っているから。そんなのってほんとに情けなく、もったいないと思うけど」。彼女はとてもひっそりと話した。まるで自分だけに聞こえればいいと思っているみたいに。

「ポーチは吹き飛ばされちゃったのですか?」とジョエルは尋ねた。

「焼けたのよ」と彼女は言った。手袋をはめた手で汚れたガラスをこすって、そこにきれいな円を描きながら。「十二月、クリスマスの前の週の出来事だった。そしてそのときに、家に男はジーザス・フィーヴァー一人しかいなかったし、彼はそのときですら相当な老人だった。火事がどのようにして始まり、どのようにして終わったか、それは誰にもわからない。それは青天の霹靂のように起こって、食堂とミュージック・ルームとライブラリーが焼け落ち……そして終わった。誰も知らないうちに」

「そしてこの庭園は、焼け落ちたところの一部だったのですか?」とジョエルは尋ねた。「すごいなあ。とんでもなく大きなおうちだったんですね」

　彼女は言った。「ほら、あの柳と麒麟草の生えているあたり……あそこがミュージック・ルームのあったところよ。あそこで舞踏会が催されたの。もちろんこぢんまりした舞踏会だけれどね。ここらでアンジェラ・リーがもてなしたいと思うのは、数少ない人たちでしかなかったから……そしてそういう人たちもみんな亡くなってしまった。宵の催しに訪れた人々もね。ミスタ・ケイシーもたしか去年に亡くなった。彼が最後の一人だったわね」

　ジョエルはその厚く繁茂した緑をじっと見下ろしながら、ミュージック・ルームと踊り手たちの姿を思い浮かべようとした（「アンジェラ・リーはハープを弾いたのよ」とミス・エイミーは語っていた。「ミスタ・ケイシーはピアノを弾いた。ジーザス・フィーヴァーは、誰に習ったわけでもないけれど、ヴァイオリンが弾けた。そしてお父さんの方のランドルフは歌った。彼はこの州でいちばんの美声を持った男性だとみんなが言っていたわ」)。しかし柳は柳でしかなく、麒麟草は麒麟草でしかなく、踊り手たちはみんな亡くなってしまっていた。茶色のトラ猫は忍び足でライラックの間を抜け、丈の高い草の中に姿を隠した。そして庭園は、うわぐすりをかけられたように秘密裏に静止していた。

ミス・エイミーはため息をついて、部屋の陰になった部分にするりと戻った。「あなたのスーツケースはキッチンに置いてあります」と彼女は言った。「下に降りてきたら、何か食事を用意できるか、ミズーリに聞いてみましょう」

曇りガラスのついた明かり採り窓が、上階の長い廊下を真珠色の光で照らしていた。雨降りのときに部屋をしっとりと充たす類いの光だ。壁紙は見たところ、かつては鮮やかな赤色だったらしいが、今では色褪せ、緋色の浮腫と、地図に似た染みから成る壁画になっていた。廊下には、ジョエルの部屋のドアも含めて、全部で四つのドアがあった。大ぶりな真鍮のノブがついた、立派な樫材のドアだ。どのドアが――もしそれが開けばだが――自分を父親のもとに導いてくれるのだろうと、ジョエルは思いを巡らせた。

「ミス・エイミー」、二人が階段を降りかけたときに彼は言った。「ぼくの父さんはどこにいるの？　お父さんに会うことはできないんですか？　教えてもらえませんか？」

答えはない。彼女は彼の数段下を歩いていた。その手袋をはめた手は、暗い色合いのカーブした手すりの上を滑っていた。階段の軋みは、踏み出す足の繊細さを示していた。彼女のくすんだ茶色の髪に混じった、くねくねした白髪の筋は、まるで雷光の煌めきのようだ。

「ミス・エイミー、ぼくの父さんのことですが……」

　彼女はいったいどうしたというのだ？　耳が少し遠いのだろうか？　従姉妹のルイーズと同じように。緩やかな階段を降りきったところは円形の小部屋になっていた。夜に見て覚えている部屋だ。そこには等身大の姿見があり、彼の姿を青っぽく映していた。まるで見世物小屋のびっくり鏡のように。その歪んだ深みの中で、彼は輪郭を失ってゆらゆらと揺れていた。ケロシンのランタンを載せた杉材のチェストを別にすれば、小部屋はがらんとして、家具ひとつ置かれていなかった。左手にはアーチ状の戸口があり、その奥にはごみごみと混み合った薄暗い客間が大きく開けていた。右手には藤色のビロードのカーテンが下がっていたが、カーテンはあちこちいろんな形に剝げていて、それが冬の草の葉の露のようにきらきらと光っていた。彼女はカーテンを押し分けて中に入っていった。そこには別の廊下があり、別のドアがあった。

　キッチンは無人だった。ジョエルは格子柄のオイルクロスがかかった大きなテーブルの前の、籐の座面の椅子に腰を下ろした。一方ミス・エイミーは裏階段に出て、そこに立って声を上げた。

「ユーフー、ミズーリ、ユーフー」と、まるで年老いた耳障りなフクロウみたいに。

　錆び付いた目覚まし時計がテーブルの上に伏せて置かれ、それがチクタク・チクタクと音を立てていた。キッチンはずいぶん広々としていたが、窓がひとつしかないために薄暗かった。窓のそばには、もわもわとしたイチジクの木の葉が重なり合って暗く繁っていた。そして板張りの壁は、曇り空のような陰気な灰青色に塗られていた。時代物の真っ黒な薪ストーブの中では、ちらちらと炎が脈打っていた。その細い煙突も同じように真っ黒で、それは低い天井まで伸びていた。床は擦り切れたリノリウムで覆われていた。エレンのうちのキッチンと同じように。しかしジョエルに我が家を思い出させたのはそれくらいだった。

　その静まり返ったキッチンに一人で座っているうちに、彼はある恐ろしい考えに取りつかれた。もし父さんが既にぼくを目にしていたとしたら？　というか、ぼくがここに到着してからずっと、ぼくのことを観察していたとしたら？　そしてこの今もどこかからぼくを見ているとしたら？こんな古い屋敷にはしばしば秘密の通路が張り巡らされているものだし、絵画に描かれた目は実はのぞき穴になっていたりする。そして父さんはこう思ったのだ。「あの小僧は偽者だ。私の息子ならもっと背が高く、たくましく、もっとハンサムで、もっと頭の良さそうな顔をしているはずだ」と。そしてミス・エイミーにこう言ったのだろう。「あの偽者に何か食べさせてやり、ここから追い出してくれ」と。ああ、そんなことになったら、これからいったいどこに行けばいいんだ？　見知らぬ土地に行って、きらきらの衣装を着た小猿を連れたオルガン弾きにでもなればいいのか？　それとも盲目の子供辻歌手になるか、鉛筆売りの物乞いになればいいか？

「まったく、もう、ミズーリったら、あんたは五秒も同じところにじっとしていられないんだから」

「薪割りをしなくちゃならなかったんですよ。薪割り、しなくてもいいですかね？」

「私に口答えするんじゃない」

「口答えなんかしとらんですよ、ミス・エイミー」

「それが口答えじゃなかったら、なんなのよ？」

「まったくねえ！」

階段を上がって、裏口の網戸ドアを開けて、二人がやってきた。ミス・エイミーは、苛立ちでその白い顔をしかめ、優雅な黒人の娘は薪《たきぎ》の束を抱えて歩いてきた。そしてそれをストーブの横にある籠の中に落とした。その籠の背後に少佐のスーツケースが押し込まれているのを、ジョエルは目に留めた。

絹の手袋の指の部分を伸ばしながら、ミス・エイミーは言った。「ミズーリはジーザス・フィーヴァーの下で働いているの。孫娘だから」

「お目にかかれて嬉しいです」とジョエルは言った。ダンスの教室で習った最上級の礼儀をもって。

「あたしもよ」と黒人娘は自分の仕事を続けながら応答した。「ようこそ」と彼女は言って、フライパンをすとんと下に落とした。「ランディンに」

「もっと注意深くならないと」とミス・エイミーはわざとらしく声を潜めた。「私たちはずいぶん困った立場に立たされることになるよ。こんなに騒がしいと、ランドルフがヒステリーを起こしますからね」

「あたしだって疲れちまうことがあるからね」とミズーリはぶつぶつ言った。

「彼女は料理がうまいのよ……その気になればね」とミス・エイミーは言った。「この子があなたの面倒を見てくれる。でも食べ過ぎないようにね。日曜日の夕食は早く開始されるから」

ミズーリが尋ねた。「礼拝には来られますかね？」

「今日は出ません」とミス・エイミーは気もそぞろに言った。「彼の具合が良くないの。とても良くない」

ミズーリはフライパンを棚に載せ、訳知り顔で肯いた。それからまっすぐジョエルを見た。

「あんたをあてにしてるからね、お若いの」

それは「セント・ディヴァル通り・秘密九人組」で、部外者を排除し戸惑わせることを目的としてしばしば交わされていた、あの七面倒くさい暗号の会話のようだった。

「ミズーリとジーザスは日曜日の午後に、自分たちだけのお祈りの集会を開いているの」とミス・エイミーは説明した。

「あたしがアコーディオンを弾いて、みんなで一緒に歌うんだよ」と彼女は言った。「すごく楽しいんだから」

しかしジョエルはミス・エイミーがそこを立ち去る用意をしているのを見て、黒人娘を無視した。彼にははっきりさせておきたい緊急の事柄がいくつかあったからだ。「ぼくの父さんのことですが……」

「なあに？」とミス・エイミーは戸口で歩を止めて言った。

ジョエルは言葉に窮した。「それで、ぼくは会いたいのです……父さんに」と彼は弱々しく締めくくった。

彼女はドアノブをいじった。「だから、彼は具合があまり良くないの」と彼女は言った。「今、彼があなたに会うのは、適切なことだとは思えない。話をするのもきついような状態だから」、彼女はお手上げという仕草をした。「でもどうしてもというのであれば、本人に訊いてみましょう」

ジョエルはカットされたコーンブレッドで、温かいお皿の上の、リッチなソーセージ・グレイヴィーのかかったフライド・エッグとグリッツをきれいに拭った。それはミズーリが彼の前に置いてくれたものだった。

「男の子がもりもり食べているのを見るのって、実に愉しいものだよ」と彼女は言った。「でもお代わりは勘弁してほしいね。背中が痛くて、まったく死にそうなんだよ。ゆうべなんてほとんど一睡もできなかったね。この痛みは、まだあたしが小さい子供の頃から、途切れ途切れにずっと続いているんだ。これまでいっぱい薬を飲んできた、合衆国海軍の艦隊を全部浮かせることができるくらいたくさん。でもちっとも楽にはならんかった。昔、この道路のちょっと先に女魔術師が住んでいて（ミズ・ガス・フリーっていうんだけどね）、素敵な魔法の薬を煎じてくれたものさ。これはちっとは効いたよ。でもこの白人のレディー、ミズ・ガス・フリーは気の毒に、恐ろしい事故にあっちまってね。古いインディアンの墓に落っこちたんだが、身体がひ弱だったもので、そこから這い上がることができなかったのさ」、長身のミズーリ・フィーヴァーは裸足で力強く、身のこなしが優雅で、音を立てずに悠々堂々とキッチンを歩き回る様は、しなやかな黒猫を思わせた。彼女の歩行のさりげない流れはあでやかに官能的であり、いかにも傲慢そうだった。つり上がった目をして、肌は焦げついたストーブよりもまだ黒かった。そのねじれた髪は、まるで幽霊を目にした人のように、先端がぴんと直立していた。唇は分厚く紫色だった。彼女の首の長さは実に刮目すべきものだった。というのは彼女の首はほとんど畸形、キリン人間と言ってもいいほど長かったからだ。それはジョエルに、かつて「ナショナル・ジオグラフィック」誌から切り抜いた写真を思い出させた。数え切れないほど多くの銀の首輪をつけて、あり得ないほど首を高く引き延ばした、不思議なアフリカの女性たちの写真だ。彼女は銀の首輪こそつけていなかったが（当然だ）、汗の染みのついた水玉模様の青いバンダナを、そのそびえ立つ首の真ん中あたりに巻いていた。「じいちゃんとあたしはね、あんたがあたしたちの集まりに出てくれることをあてにしてるんだよ」、二つのカップにコーヒーのお代わりを注ぎ、男みたいにテーブルの椅子にまたがるように座って、彼女はそう言った。「あたしたちは庭の奥の方に自分たちの小さな住まいを持っているんだ。だからあとでそこにささっと駆けておいで。みんなで愉しもうじゃないの」

「行けたら行くよ。でも今日はぼくのここでの最初の日だし、父さんはぼくが会いにいくのを楽しみに待っていると思うんだ」とジョエルは希望的観測を述べた。

ミズーリはコーヒーを受け皿にすっかり空け、それを吹いて冷まし、もう一度カップに戻し、一口ごくりと飲んだ。そして舌鼓を打った。「今日は主の日（日曜日のこと）だよ」と彼女は告げた。「あんたは神様を信じるかい？　神様がお持ちの癒やしの力に信を置いてるかい？」

ジョエルは言った。「ぼくは教会に通っているよ」

「そういうことを言ってるんじゃないんだよ。たとえばさ、あんたが主について考えるとき、あんたの心を横切るのはどんなものだね？」

「ああ、いろんなことさ」と言ったが、実のところ天上で帳簿をつけておられる（であろう）神様のことを思い出すたびに、彼の頭に浮かぶのはただひとつ、お金のことだ。聖書の一節を暗記するたびに母親がくれる二十五セント貨、日曜学校の献金皿に行くはずだったのに、ガバルドーニのソーダ水売り場に直行した十セント貨、教会での集まりで会計係が献金を募り、そこで雨のようにぱらぱらと音を立てる貨幣。しかしジョエルは神様のことがそれほど好きではなかった。神様は彼をあまりにもたびたび裏切っていたからだ。「お祈りをするとか、そんなこと」

「あたしが神様のことを考えるときにはね、じいちゃんが永遠《とわ》の休息に入ったときに、あたしは何をしようかって考えるんだよ」とミズーリは言った。そしてコーヒーをたっぷり含んで口をゆすいだ。「それでね、あたしはいっぱいに翼を広げて、北の方のどっか素敵な都市《まち》に飛んでいくんだ。たとえばワシントンＤＣだとか」

「ここでは幸福じゃないの？」

「ハニー、若いあんたにはまだ理解できないことがいっぱいあるんだよ」

「ぼくは十三歳だよ」とジョエルはきっぱりと言った。「ぼくがどれくらいものを知っているかわかったら、きっとびっくりしちゃうよ」

「ところがね、坊や、このあたりは何でもご存じの人間でいっぱいなんだよ。でもそいつらは何ひとつわかっちゃいない。そんな奴ばっかりさ」、そして彼女は上の歯をつつき始めた。彼女はまぶしく光る金歯をひとつ入れていた。そしてジョエルはふと思った。彼女はそれに注意を引きたくて、歯をつついているのではなかろうかと。「理由のひとつはね、あたしは淋しいってことさ。いつも言ってることだけどね、孤独というのがどういうものか、このランディンでしばらく暮らしてみないことにはわかりっこない。そしてこのあたりには、あたしが興味を持てそうな男なんて一人もいない。少なくとも今のところはね。かつてはケグっていう名前のろくでなしがいた。そいつはあたしに悪いことをして、今では監獄につながれている。たちの悪いカスみたいなやつだったから、まったくいい気味ってものさ。そいつに悪さをされたとき、あたしはまだ十四歳だった」。拳くらいの大きさの蠅の塊が、砂糖壺の上をぶんぶんと飛んでいた。彼女が苛立ったように手を振ると、蠅たちは思い思いの方向に飛んで逃げた。「うん、そうだよ、そいつはケグ・ブラウンという名前で通っていた」。彼女は指先で金歯を磨き、更なる光沢を出し、そうしながらつり上がった目でジョエルをじろじろと観察した。その目はまるで野生の葡萄のようだ。あるいはふたつの黒い陶磁の円盤のようだ。その瞳はアーモンド形の裂け目から、考え深げに外をうかがっていた。「都会での暮らしを思うと、憧れで血が疼くんだよ。というのはあたしはセントルイスで育ったからさ。でもあるときじいちゃんにここに連れてこられたのさ。死にかけているじいちゃんの世話をするためにね。そのときじいちゃんはもう九十を過ぎていたし、もう長くはないとみんな言っていた。だからここに来たんだよ。それが十三年前のことだ。それでね、今では思うんだけど、じいちゃんはきっとメトセラより長生きするよ（メトセラは聖書中の人物。九六九歳まで生きた）。間違えてもらっちゃこまるけど、あたしはじいちゃんのことがとても好きだよ。でもさ、もしじいちゃんが死んだら、あたしはすぐにワシントンDCだか、コネッキカット州（コネチカット州のこと）ボストン（ボストンはマサチューセッツ州にある）だかに向けて旅立つよ。そしてそれが、神様について考えるときにあたしの考えることさ」

「どうしてニューオーリンズじゃないの？」とジョエルは言った。「ニューオーリンズにはいろいろと顔立ちのいい男たちがいるよ」

「ニューオーリンズのことは考えてないね。なにも男たちだけが目当てじゃないんだよ、ハニー。あたしはね、雪のあるところに行きたいんだ。こんな始終カンカン照りのところじゃなくってさ。腰まで雪の積もっているところを歩いてみたいんだ。それが大きな塊になって空から降ってくるところを見たい。ああ……なんてきれいなんだろう。あんた、雪を見たことあるかね？」

　いくぶん上ずった声で、ジョエルは虚偽の申し立てをした。確かに見たことがあるよと。でもそれは許されてしかるべき嘘だった。というのは彼は、本物の雪を見たいとずっと真剣に思い焦がれていたからだ。それは「コ・イ・ヌール」ダイアモンド（インドで発見された一〇五カラットのダイアモンド）を所有することの次に彼が心中密かに、熱く求めていることだった。かわり映えしない退屈な午後にときどき、彼はセント・ディヴァル通りの敷石の上にしゃがみこんで、夢想に耽ったものだった。乾いた汚らしい樹木の枝の間を、真珠色をした無言の雪雲が、冷ややかに流れていかないものかと。ガラスのようにつるつる光った舗道を銀色に変える八月の雪、彼の髪を冷やし、屋根を覆い、むさ苦しく古びた近隣をしんと静まり返った凍った純白の荒野に変えていく、幻のごとき雪片。そこにいるのは彼自身と、普通ではない風変わりな一群の動物たちだけだ——白子の羚羊、象牙色の胸のユキホオジロたち。そして時折そこに息を呑む人たちが姿を見せる。見世物小屋の催眠術師、ミスタ・ミステリー、映画スターのラッキー・ロジャーズ、ヴュー・カレ・ティールームで運勢を読んでいるマダム・ヴェロニカなど。

「カナダで、ある嵐の夜のことだけど、ぼくは雪を見たよ」と彼は言った。実を言えば、これまで行ったことのある最北の地はヴァージニア州リッチモンドだったのだが。「ぼくらは山の中で迷っちゃったんだ。母さんとぼくと。ぼくらの周りには何トンもの雪がどんどん積もっていった。そしてぼくらは丸々一週間、氷みたいに冷たい洞穴の中で生き延びたんだ。眠らないようにお互いをピシャピシャ叩きながらね。雪の中でいちど眠ってしまったら、もう二度と日の目は拝めないんだよ」

「そしてどうなったんだい？」とミズーリは疑わしげに微かに目を細めながら言った。

「それでね、事態はますますひどいことになっていった。ママは泣いて、その涙は顔の上で、空気銃の小さな弾みたいに粒になって凍っていった。そして母さんはずっと寒がっていた……」。そう、何をもってしても彼女を温めることはできなかった。上等のウールの毛布も、エレンがこしらえたマグいっぱいの温かいトディーも。「毎晩、お腹をすかせた狼たちが山中で吠えた。そしてぼくは祈った……」。ガレージの暗闇の中で彼は祈った。学校の洗面所の中で。そしてニモ劇場の最前列で、抗争するギャングスターたちが魔法のスクリーンの上を行き来していることも忘れて。「雪は降り続いて、すごい吹雪が洞穴の入り口を塞いでしまった。でも、えーと……」。

そこで行き詰まった。それが土曜日の続きもの映画の終わりだった。主人公はガス室に閉じ込められ、ガスがだんだん部屋を満たしていく。

「それで?」

「それから赤い上着を着た男の人が、カナダの騎馬警官が、ぼくらを救助してくれたんだ……といっても救助されたのはぼくだけだけど。ママはそのときにはもう凍死していたから」

ミズーリはいかにもうんざりした顔で彼をとっちめた。「あんたはまったくたいした嘘つきだよ」

「嘘じゃないよ、誓って」とジョエルは言って胸の前で十字を切った。

「へえ、そうかい、あんたのママは病気で死んだって、ミスタ・ランドルフは言ってたよ」

なぜか話を作っているうちに、ジョエルは自分の口にした一言ひとことをそのままそっくり信じるようになっていた。洞穴や、遠吠えする狼、それらはミズーリや、彼女の長い首や、ミス・エイミーや、薄暗いキッチンよりもリアルなことに思えた。「誰かにいいつけたりしないでよ、ミズーリ。ぼくが嘘つきだとか」

ミズーリは彼の腕をとんとんと優しく叩いた。「もちろんいいつけたりしないさ、ハニー。まったくの話、あたしがひとつ作り話をするたびに二十五セントもらえていたらって思うよ。それにあんたはなかなか素敵な嘘をつく。聞いていて楽しくなるようなやつをね。あたしたちはきっと、すごくうまくやっていける。あたしたちの年は八つしか違わないし、あんたは学校に行っているし」、彼女の声は溶けたチョコレートみたいに温かくとろけていた。「お友だちになろうね」

「いいよ」とジョエルは言って、コーヒーカップを掲げて乾杯した。「お友だちだ」

「それからもうひとつ、あたしのことはズーって呼んでほしいんだ。それがあたしの正式な名前で、前はずっとそう呼ばれていた。じいちゃんがそれを、ミズーリを略したものだと言いふらすまではね。ミズーリってのは、セントルイスがある州の名前だよ。で、ミス・エイミーとミスタ・ランドルフはなにしろ正式を重んじる人たちだから、毎日毎日、ミズーリああしろ、ミズーリこうしろって、言い続けてさ。まったくもう！　あんたにはズーって呼んでほしいね」

ジョエルはとっかかりを見いだした。「ぼくの父さんはきみのことをズーと呼ぶのかい？」

彼女はギンガム・ドレスの前ポケットの中に手を突っ込み、銀色のコンパクトを取り出した。それを開け、嗅ぎ煙草をひとつ摘まんだ。そして広い鼻穴からそれを吸い込んだ。「ハッピー・ディップ、これがいちばん良いブランドなんだ」

「そんなに具合が悪いのかな、ミスタ・サンソムは？」とジョエルはしつこく尋ねた。

「ちょっとやってごらん」と彼女は言ってコンパクトを差し出した。

彼はそれを受け取った。彼女をいやな気持ちにさせたくなかったので。その生姜色の粉は、ひりひりとおぞましい味がした。まるで唐辛子みたいだ。くしゃみが出て、目には涙があふれてきた。そして彼は恥ずかしさのあまり、両手で顔を覆った。

「あんた泣いてるの、それとも笑ってるの？」

「泣いてるよ」と彼は訴えかけるような声で言った。そしてそれはおおむね真実に近かった。

「この家の人たちはみんな耳が聞こえないみたいだ」

「あたしの耳はちゃんと聞こえてるよ、ハニー」とズーは、真剣に心配しているように言った。「背骨は痛むし、胃はうずうずしてるけど、とにかくつんぼじゃないね」

「じゃあ、どうしてみんな、変な具合に振る舞うんだい？　だってさ、ぼくがミスタ・サンソムの名前を口にするたびに……まるで……まるで……町にいたときだって……」、彼は目をこすって、ズーの顔をちらりとのぞいた。「今さっきみたいに、父さんの具合がそんなに悪いのかって訊いたら……」

　ズーは困ったように窓にちらりと目をやった。イチジクが聞き耳を立ててるように窓ガラスに緑の葉を押しつけていた。「ミス・エイミーが言っただろう。あの人はなにしろ身体の具合がよくないんだって」

　蝿たちが砂糖壺にまた舞い戻っていた。そして壊れかけた時計のチクタクという音が大きく聞こえた。「父さんは死にかけているの？」とジョエルは言った。

　椅子をずらせる音。ズーは立ち上がり、井戸からバケツで汲んできた水を使って、桶の中で鍋を洗い始めた。「あたしたちは友だちだね。それはいい」と彼女は肩越しに話した。「でもさ、ミスタ・サンソムのことであたしを問い詰めるようなことはしないでおくれ。ミス・エイミーがあの人のお世話をしている。だから彼女を問い詰めればいい。ミスタ・ランドルフを問い詰めればいい。あたしはミスタ・サンソムにはぜんぜん関わっちゃいないんだよ。あの人の食事の世話だってしちゃいない。あたしもじいちゃんも、あたしたちなりの問題を抱えているんだよ」

　ジョエルは嗅ぎ煙草の入ったコンパクトを検証しな

がら、両手の中でくるくると回した。コンパクトは円形で、銀は鼈甲《べっこう》のようにカットされ、一羽の本物の蝶が、薄い石灰ガラスの膜の下に収められ、蓋の装飾となっていた。蝶の翅は満月のような艶やかでほんのりしたオレンジ色だった。その容れ物はとてもエレガントだったので、本来は嗅ぎ煙草を入れるようなものではなかったはずだとジョエルは推測した。珍しい黄金色のパウダーとか、貴重な魔女の霊薬とか、愛の砂とか、そんなものが中身として相応しい。

「そうさ。あたしらにはあたしらなりの問題があるんだよ」

「ズー」と彼は言った。「これをどこで手に入れたの？」

　彼女は床に膝をついて、ストーブの灰をシャベルで掬い出しながら、小さな声で毒づいていた。炎の明かりが彼女の黒い顔の上でちらちらと波打ち、その野葡萄色の目の中で黄色い光となって躍っていた。その目は問うように、さっと横に向けられた。「あたしのそのボックスかい？」と彼女は言った。「ずっと昔のクリスマスに、ミスタ・ランドルフがあたしにくだすったのさ。自分でそれをこさえたんだよ。そういうきれいな装飾品をたくさんつくられるんだ」

　ジョエルは敬意を込めてそのコンパクトをじっくり眺めた。店で買ったものだと言われても、きっと疑いもしなかっただろう。彼は自分がこれまでに作ったプレゼント用の品物を思い出して、参ったなと思った。ネクタイ・ラックや、工具入れや、そんな類いのものだ。それらは、このコンパクトにくらべたらまったくお粗末なものだった。従兄弟のランドルフは思っていたよりもずっと年上に違いないと思って、ジョエルはそれを慰めにした。

「前はそれを頰紅入れに使っていたんだよ」とズーは言った。その宝物を取り戻そうと前に進みながら。そしてドレスの前ポケットにそれをしまい込む前に、嗅ぎ煙草をもうひと嗅ぎした。「でもヌーン・シティーに出かけることももうないだろうから（もう二年も行ってないね）、ハッピー・ディップを入れておくのにちょうどいいと考えたんだ。乾燥した状態に保っておけるからね。それにレディーが心を惹かれるようないい男がいないところで、お化粧をする必要もないじゃないか……ここらにはそんなのぜんぜんいないしね」。リノリウムの床にちらちらと斑に揺れる陽光を見つめながら、彼女の顔に意地悪い表情がきっと走った。「あたしに悪いことをしたせいで、刑務所で重労働させられているケグ・ブラウンが、このきつい太陽の下で、九十ポンドのつるはしを振るわせられているといいと思うよ」、そしてひりひりと痛みを感じたみたいに、その長い首に軽く手を触れた。「さてと」と彼女はため息をついた。そろそろじいちゃんの世話をしなくちゃね。コーンブレッドと糖蜜をもって帰ろう。きっとずいぶんお腹をすかせているはずだからさ」

　彼女が冷えたコーンブレッドの片端をちぎり、とろりとした糖蜜を保存瓶に半分ほど注ぐのを、ジョエルは気の入らない目で見ていた。「パチンコを作って外に出て、小鳥をいっぱい撃ち殺してくればどうかね？」と彼女は言った。

「父さんがたぶん、すぐにでもぼくに会いたがるはずだ」と彼は言った。「ミス・エイミーが訊いてくると言ったし、ぼくはここにいたほうがいいと思うんだ」

「ミスタ・ランドルフは死んだ小鳥がお好きなんだよ。とくに美しい羽を持ったのがね。こんな薄暗いキッチンにじっと座り込んでいたってつまらないだろう」、彼女が立ち去るとき、その素足は音を立てなかった。「集会にはおいでよね。わかったかい？」

火は弱まって灰になっていった。そして古い壊れた時計が疲弊した心臓のようにこつこつと時を刻んでいるあいだ、床に落ちた陽光の斑点は拡散し、暗さを増していった。壁の上に菱形格子模様を描いていたイチジクの葉の影は、大きく膨らんで、くらげの透き通った身体のような、ひとつの巨大な震えるかたちに変わっていた。蠅たちはテーブルの上を飛び回り、毛の生えた足をせわしなくこすり、ジョエルの耳のまわりでぶんぶんと歌声をあげた。二時間後（それは五時間にも思えたのだが）に、ジョエルが時計の疵だらけの面を起こしたとき、それはとたんに時を刻むのをやめ、キッチンのすべての生命の感覚が遠のいていった。時計のたわんだ針は三時二十分を記録していた。三時、限りない午後のちょうど真ん中、空っぽの時刻だ。彼女はやって来ない。ジョエルは指で髪を梳いた。彼女はやって来ない、すべては気の触れた誤魔化しに過ぎないのだ。

長いあいだじっと同じ姿勢を続けていたせいで、ジョエルの片脚は感覚を失っていた。立ち上がってキッチンを出ようとするとき彼の脚は、血の循環が失われてぴくぴくしていた。彼は廊下に出て、悲痛な声で叫んだ。「ミス・エイミー、ミス・エイミー」

彼は藤色のカーテンをさっと開き、そのがらんとした、よく磨かれた小部屋を満たしている侘しい光の中に、足を踏み入れた。そして表面がゆらゆら波打つ姿見に漂う、自らの姿に向かって進んだ。鏡に映った彼の顔は歪んで、唇は横に広がり、目は片方しかなかった。まるで熱で溶けていく蠟人形のようだ。唇の線はぼんやり不確かで、両目はどぎつい泡となっている。「ミス・

エイミー……誰か！」

　ジョエルの持っていた学校の教科書のどこかに、こんな記述があった。地球はおそらくかつては太陽と同じような、白熱した球体だったのだと。今こうして焼けつくように暑い庭に立ち、彼はそのことをふと思い出した。家の正面から、絡み合った樹木の壁を抜けるようにして、回り込む小径を進んでいくうちに、彼は庭に出ていた。そこでは樹木は取り留めなく繁りすぎて、植物の中には彼の背丈より高いものがあり、剃刀より鋭い棘を持つものがあった。太陽に焼かれてかりかりに丸まった木の葉が、注意深く踏み出される彼の足下でぱりぱり音を立てた。ひからびて絡まった雑草が、彼の腰のあたりまで茂っていた。夏やら、クロバナロウバイやら、黒い地面やらのしょっぱい匂いは重々しく、沈黙を刺すマルハナバチたちの羽音が耳にむず痒かった。空は混じりけのない青い火となっており、ほとんど目を上げることもできない。庭を高く囲む家屋の塀は巨大な黄色の断崖のようだった。そしてヴァージニア蔦《づた》のかたまりがあちこちに広がり、そこについた八つの庭を見下ろす窓をすべて緑色に縁どっていた。

　ジョエルはしつこい下生えを踏みつけて、家屋に接するところまで近づいていった。彼は退屈していた。そして「脅迫《ブラックメイル》ごっこ」でもしてみようかという気になった。それは「秘密九人組」のメンバーが、他に何もすることがないときに遊びでおこなう、一種の覗き見ゲームだ。「ブラックメイル」は日が暮れたあとに限って、ニューオーリンズで実行される。明るいうちにそれをやると、実行者にとって命取りになりかねないからだ。その内容は、知らない家に近寄り、こっそりと窓から中を覗き込むというものだ。そのような危険な夜の巡回中に、ジョエルは様々な奇妙な情景を目にすることになった。蓄音機の音楽に合わせて、若い女性が真っ裸でワルツを踊っているのを目にしたこともある。また一人の老婦人が、誕生日ケーキの上で燃えている美しく華奢な蠟燭を吹き消しているときに、ばったり死んでしまうのも目にした。何より面食らったのは、醜い小さな部屋の中で、二人の大人の男たちが立ったままキスをしているのを目にしたときだった。

スカリーズ・ランディングの客間は、一階の横幅全体を占めていた。サテンの飾り紐で縛られた金色の厚いカーテンが、その陰鬱で見捨てられたインテリアの多くの部分を見えなくしていたが、窓ガラスに鼻を押しつけると、一群の重々しい椅子が、ティーテーブルを囲む太った貴婦人たちのように鈴なりになっているのが見えた。そしてライラック色のビロードのシートを持つ、フレームに金箔が施されたラブシート、大理石の暖炉の隣にひとつ置かれた帝政様式のソファ、そしてキャビネットがひとつ。キャビネットは三つ組で、他の二つは中国の小立像や、象牙の扇や、骨董品などで眩しく輝き、明瞭には見定められない。彼の真正面に置かれたテーブルの上には、日本の塔があり、羊飼い人形の付いた凝った作りのランプ・スタンドがあり、薄赤のほやからカットグラスが、宝石でできた氷柱《つらら》のようにいくつも下がっている。

彼はそっと窓際を離れ、庭を横切って傾いた柳の陰に入った。ダイアモンドのような眩しい光が彼の目を痛め、身体は汗のおかげで、グリースを塗ったレスラーのように滑りやすくなっていた。このような気候が長く維持されるわけはない。庭の向こうで一羽の雄鶏が声を上げ、彼にはそれが、夜遅くにむせび泣くように鳴る列車の汽笛と同じく、哀しく淋しい響きをもって聞こえた。列車。ここから離れていく列車に自分が乗っていたらいいのにと彼は思った。父さんに会うことができたらなあ！　ミス・エイミーは根性の曲がった意地悪女だ。継母はいつだってそうなのだ。うん、もしこのぼくに手でも出してみろ。彼女の顔を睨んで、よしやがれと、すぐさま言ってやる。ほんとうさ。ぼくはけっこう勇敢なのだ。今度の十月で一年前のことになるが、サミー・シルヴァスタインをこてんぱんに叩きのめしたのは誰だ？　でも、サミーはいいやつだ。まずまずのところ。そしてジョエルは思いを巡らせた。サミーのやつ、今頃いったいどんな悪さをしているだろう？　おそらくニモ劇場に座り込んで、ポップコーンでお腹をいっぱいにしていることだろう。そう、そこに行けば彼を見つけられる。今日のマチネーでは怪奇映画が上映されることになっているからだ。いかれた科学者が、ラッキー・ロジャーズを殺人ゴリラに変身させてしまう映画だ。これを見逃すのは彼にとって何よりつらいことだった。そうだ、今ここから逃げ出すことにしたら、どうなるだろう？　手回しオルガンと猿を一匹手に入れるのも楽しいかもしれない。そしてソーダ売りの商売ならいつだってできる。ぼくくらいアイスクリーム・ソーダ好きの人間なら、それを作ることだって間違いなくできるはずだ。うん、そうとも！

　ポーチの崩れた五本の円柱めがけて突撃しながら、彼の機関銃は「ラタタタタ」と音を立てた。それから、円柱と麒麟草の茂みとの真ん中あたりに、彼はその鐘を見つけた。それはまだ奴隷制が存在した時代に、畑から働き手を呼び戻すために使われていたような鐘だった。金属は黴が生えた緑色になっており、それが据えられた土台は朽ちていた。ジョエルはそれに魅せられて、胡坐《あぐら》をかいてそこにしゃがみ込み、鐘の裾広がりに広がった口に頭を突っ込んでみた。ひからびた蜘蛛の巣の糸があらゆるところに垂れて、ほっそりとした緑色の蜥蜴《とかげ》が錆びた窪みの周りをするすると勢いよく駆け、脇に逸れて舌をちらちらと出し、小さな点のような目でじっとジョエルを睨んだ。ジョエルは慌てて引き下がった。

　起き上がって、彼は家の黄色い壁をちらりと見上げた。そしてその二階の窓のどれが自分のもので、どれが父さんのもので、どれが従兄弟のランドルフのものだろうと考えた。そしてそのとき、彼は奇妙な女性の姿を目にした。彼女は左端の窓のカーテンを手で横に開き、彼に向かって微笑み、肯いていた。挨拶をするか、あるいは彼の存在を首肯しているみたいに。でもそれはジョエルが見たこともない女性だった。彼女の顔はぼやけて見えたし、そのふわふわしたマシュマロのような顔立ちは、あの小部屋の波打つ鏡に映った彼自身の歪んだ像を思い出させた。そして彼女の白髪は、歴史上の人物のかぶっている鬘《かつら》のようだった。塔のように高くそびえ立つポンパドールと、そこからしたたり落ちるいくつもの分厚い巻き毛。彼女が誰であれ（ジョエルには見当もつかなかったけれど）、彼女の突然の登場は、その庭全体をトランス状態に陥れたみたいだった。ダリアの茎の上にとまっていた蝶々は、その翅をちらちら動かすのをやめ、マルハナバチたちの立てる耳障りな高音も、しぼむように消えていった。

　カーテンが唐突に下ろされ、窓が再び無人になったとき、ジョエルははっと我に返り、一歩後ろに下がり、鐘につまずいた。耳障りなひび割れた音があたりに響き渡り、熱のこもった静止状態を打ち砕いた。

第三章

「へい、神様《ロード》よ！」どすん。「へい、神様《ロード》よ！」どすん。「悪魔の側にはつきたくないよ……あんたのほうにいたいのさ！」

ズーは玩具みたいなアコーディオンから、そんな音楽を絞り出し、扁平な足でぐらぐらする小屋のポーチの床をどんどんと踏み鳴らした。「お泣きよ、悪魔。悪魔よ、涙を流せ。最後のひとりぼっちの道行きまで、あんたの手になど落ちないからね」。引き延ばされた叫び《シャウト》。金の詰め物が恐ろしい火口のようなその口にきらりと輝き、勢いよく押したり引かれたりする、通信販売で購入された小さなアコーディオンは、まるで襞のある紙と真珠貝でできた肺のように見えた。

「あんたの手になど……」

レインバード（雨をもたらすとされている鳥の総称）が、ニワトコのねぐらでしばらくのあいだ鋭く鳴いていた。それは来たるべき涼気の約束だった。太陽はお墓のような雲の奥に隠されていた。それらの熱帯の雲が低くせり出して膨らみ、巨大な灰色の山と化していた。

ジーザス・フィーヴァーは、古い樽板でつくられた揺り椅子に、山と積まれた端布キルトの美しいクッションに囲まれて座っていた。彼の敬虔なファルセットの声は、壊れたオカリナの音色のようにぶるぶる震えていた。そしてその両手は時折、弱々しい無音の手拍子を打つべく上げられた。

「……落ちないからね！」

ポーチと同じ高さの、からかさキノコに覆われた切り株に腰掛けて、ジョエルの関心はズーの活発な動きと、天候の変化とのあいだを行き来していた。時として夏の嵐の前触れとなる、こわばりついた暴力の一瞬が、静まりかえった庭を包んだ。そしてこの世のものとは思えぬ眩しい光の中で、だらんと垂れ下がった羊歯《しだ》を入れた錆びたバケツ（それらはまるでパーティーのランタンのように、ポーチのまわりに吊されていた）は、内なる微かな緑の炎に照り輝いているようだった。湿り気を帯びた風が、ウォーターベイの繁みの中で音調を合わせ、新鮮な香りを運んできた。雨と松の木と、遠くの野原に咲き誇る六月の花が入り混じった香りだ。小屋の扉がさっと開き、ばたんと音を立てて閉まった。それからランディング屋敷の窓の鎧戸が下ろされる、かたかたという押し殺された音が聞こえた。

ズーは最後のけばけばしい和音を絞り出すと、アコーディオンを脇に置いた。彼女は逆立った髪を香油で寝かしつけ、水玉模様のネッカチーフにかえて、くたびれた赤いスカーフを首に巻いていた。彼女の白いドレスは一ダースほどの箇所がさまざまな色の糸で繕われ、耳には一対のラインストーンのイヤリングが飾られていた。

「もし喉が渇いて、水がどこにもないのなら、神様に祈るんだ。祈り続けるんだ」、綱渡りをする人のように、両腕を横に広げてバランスを取りながら、彼女は庭に足を踏み入れ、ジョエルの座った切り株の周りをひょいひょいとまわった。「もし恋人がいて、その恋人が去ってしまったら、神様に祈るんだ。祈り続けるんだよ」

　塔のように高く繁った栴檀の木の上方で、風が川となって流れていた。その流れに捉えられて戦々恐々とした木の葉たちは、空の岸辺で波となって泡立っていた。大地は暗く深い水の下にゆっくり潜っていくみたいに見えた。羊歯は水底の海藻のようにうねり、小屋は沈んだガリオン船の残骸となり、ぼんやりと神秘的に浮かび上がっていた。そしてズーは、その流れるような、人の気をそそる所作からして、何はあろうと人魚だ。ジョエルはそう思った。溺れ死んだ昔の海賊の花嫁となった人魚だ。

「もしお腹がすいて、食べ物がどこにもないのなら、神様に祈るんだ。祈り続けるんだよ」

　茶色のトラ猫が軽快に庭を駆けてきて、ジーザス・フィーヴァーの膝に素速く飛び乗った。ライラックの茂みをこっそり歩いているところをジョエルが目撃したのと同じ猫だ。猫は老人の肩までよじ登り、小ずるそうな顔をやせ衰えた頬にすり寄せた。その黄褐色のびっくりしたみたいな目は、ジョエルをぎらぎらと睨《ね》めつけていた。小柄な黒人がその縞模様のお腹を撫でてやると、猫はごろごろと喉を鳴らした。ダービーハットをかぶっていないジーザス・フィーヴァーの頭は、虫の食った毛糸みたいな髪がまばらに生えているのを別にすれば、光沢のある金属球のようだった。体格の倍はあるサイズの黒いスーツは、その華奢な骨格をだらんと垂れ下がるように包んでいた。そして小ぶりな橙《だいだい》色の、ハイボタンの革靴を履いていた。礼拝の精神が彼を活気づけているようで、ときどき指のあいだで鼻を鳴らし、鼻水を羊歯の中に飛ばした。

ズーの半ば歌い、半ば叫ぶようなフレーズのリズミカルな連なりは、床を踏みならすその足と同様、上がったり下がったりした。彼女のイヤリングは、頭が前後に振られるのに合わせてふらふらと揺れ、煌めきのかけらをあたりに散らした。「神様《ロード》、どうかあたしらの祈りをお聴き届け下さい。あたしらの言葉に耳をお傾け下さい……」

何マイルも向こうで、無音の雷光がジグザグに走った。それからまた別の稲妻が。ばりばりと音を立てるその白色の龍（今はもうそれほど遠くではない）のあとには、どろどろという雷鳴が低く轟いた。雄鶏が一羽、避難場所となる屋根付き井戸をめがけて駆けていった。カラスの群れの三角形の影が空を素速く横切っていった。

「寒うなった」とジーザスがむずかるように言った。「雨のせいで足が腫れ上がっとる。寒うなった……」、猫が彼の膝の上で身体を丸めた。その首は萎れたダリアのように、彼の膝からだらんと垂れていた。

きらきらと見え隠れするズーの金歯は、突然ジョエルの心臓を、胸の中でかたかた音を立てる石ころに変えてしまった。それは彼に、あるネオンサインの点滅を思い出させたからだ。「R・R・オリヴァー葬儀社」、暗闇。「R・R・オリヴァー葬儀社」、暗闇。「どうにもぱっとしないところだけど、ここなら法外な料金を請求したりはしない」。それが葬儀社のウィンドウの前に立って、エレンが口にした言葉だった。王国と栄光へと向かう途上の、安価ではあるが見苦しくはない安息所を宣伝する電光文字の下で、ウィンドウに飾られたグラジオラスの扇は不気味に青ざめていた。そこでまた彼はドアの錠を下ろし、その鍵を放り捨てた。四方八方に陰謀が張り巡らされており、彼の父親でさえ彼に対して悪意を抱いていた。そして神様でさえ。どこかで彼は意地の悪いトリックにはめられたのだ。ただ誰を責めればいいのか、何を責めればいいのか、彼にはそれさえわからない。自分がすべてから分離されてしまったように感じられた。自分という存在も把握できないまま、腐った切り株の上に据えられた石の少年のように。滝のように地面に降りかかるニワトコの木の葉と自分との間には、またその向こうにそびえ立つランディング屋敷のややこしく切り立った屋根との間にも、何ひとつ繋がりはなかった。

「寒うなった。ベッドで布団にくるまりたい。嵐が来るでな」

「泣き言を言うんじゃないよ、じいちゃん」

それから驚くべきことが起こった。まるで宝物の地図でも辿るみたいに、ズーは小さなみすぼらしい薔薇の茂みに向けて、正確に測ったように三歩足を踏み出し、しかめっ面をして空を仰ぎ、喉元に巻いていた赤いスカーフをほどいた。その首のまわりには、紫色の針金でつくったネックレスのような細い傷あとがついていた。彼女は指先でそっとその上をなぞった。

「神様、あのケグ・ブラウンが御許に召されたとき、あいつを犬っころの汚い姿に変えて、こちらにお戻し下さい。誰も相手にしたくないような、ろくでもない犬っころに変えて。呪われた犬にして」

まるで凶暴な鷹が空からさっと舞い降りてきて、ジョエルの瞼をつかみ取っていったかのようだった。彼は彼女の首筋にぼおっと見とれているしかなかった。ズー。ひょっとしたら彼女も彼と同じようなものなのかもしれない。世界は彼女に対してもやはり悪意を抱いているのだろう。しかしたとえ何があっても、彼はそのような傷を負う羽目にあいたくなかった。しかし片方に常に策略が巡らされており、もう片側に危険が待ち構えているとき、人にいったい何ができよう？逃れようがないじゃないか。ぜんぜん。背筋を冷たいものが走った。頭上で雷鳴が轟いた。大地が揺れた。彼は切り株から飛び降り、屋敷に向けてひた走った。はみ出したシャツの裾が背後ではためいた。走れ・走れ・走れ、と心臓が彼に命じていた。それからばたん！　彼は茨《いばら》の茂みに頭から投げ出された。これは一種、理解を超えた事故だった。彼は茂みをちゃんと目にしていたし、それが障害物であることもわかっていた。なのにほとんど意図したみたいに、彼はそこに、自ら身を投げたのだ。しかしそのちくちくする茨の棘が、彼の当惑と惨めさを一掃してくれたようだ。ちょうど狂信的カルト教団において、自らに苦痛を課すことによって、悪霊を身体から追い出すことができるとされているみたいに。彼を助けて立たせようとしているズーの顔に浮かんだ優しい思いやりの表情に気づいて、ジョエルは自分がいかにも愚かしく思えた。彼女はなんといっても自分の友だちであり、怯えることなど何一つないのだ。「まったく始末に負えない子だねえ」と彼女は優しい声で言いながら、半ズボンに刺さった茨の棘をとってくれた。「なんでそんなろくでもない真似をするんだね？　まったくもう、あたしとじいちゃんの胸を痛めるようなことをさ」。彼女はジョエルの手を取って、ポーチに連れて行った。

「ひー、ひー、ひー」とジーザスが甲高い声で笑った。「わしがあんな風に転んだら、骨ちゅう骨がもうばらばらになっとるわ」

ズーはアコーディオンを取り上げ、ポーチの柱にもたれて、やがて、とくにどうでもよさそうに、調子外れのメロディーを気怠く奏でた。そして彼女の祖父は、がっかりした子供が甘い声でせがむように、何度も繰り返し自分の哀れさを、歌うがごとく訴えていた。寒さのためにもう命も絶えようとしている。しかしそれがどうしたというのだ？　わしが生きようが死のうが、どこのどいつが気にするというんだね？　ズーよ、安息日のお勤めをちゃんと果たしたのだから、わしをベッドまで運んで、布団にきれいにくるみ、安らかに寝かせてはくれんか？　ああ、この世には酷い連中がうようよして、心ないおこないが溢れておる。

「黙って頭《こうべ》を垂れるんだよ、じいちゃん」とズーが言った。「この集会はきちんと正しく終わらせなくちゃならない。主に祈りを捧げなくちゃね。ジョエル、ハニー、頭を垂れるんだよ」

ポーチの三人組は木版画の図柄のようだった。見事なクッションの敷かれた王座に座った古老、その膝の上では茶色の愛玩動物が寛いで、溺れるような光の中、主人の足元で頭を垂れる小さな僕《しもべ》を、重々しく見つめている。そして黒い矢のような娘の両腕は、全員の頭上に高く上げられていた。祝福を与えるかのように。

でもジョエルの頭にはどのような祈りも浮かばなかった。少なくとも、言葉の網ですくい取れるようなものは何ひとつとして。なぜならただ一度の例外を除けば、彼が過去において祈ったのは、具体的な何かが欲しいという単純なことばかりだったからだ。神様、ぼくに自転車を下さい、七つの刃がついたナイフを下さい、油絵の絵の具セットを下さい。だって、そう、形を持たない、意味を持たないものごとを、たとえば「神様、ぼくは愛されたいのです」みたいなことを、いったいどのように言葉にすればいいのか？

「アーメン」とズーが小さな声で言った。

そしてその瞬間、まるで素速く息を呑んだかのように、雨がどっと降り出した。

第四章

「もう少し具体的に言ってもらえないかな？」とランドルフは、気怠そうにシェリー酒をグラスに注ぎながら言った。「彼女は太っていたか、長身だったか、痩せていたか？」

「よくわからないんです」とジョエルは言った。

外はもう夜で、屋根を洗う雨の、斜めにつたう音がすぐ間近に聞こえた。しかしここではいくつかのケロシン・ランプが、まろやかな光の蜘蛛の巣をいちばん暗い片隅にまで巡らせていた。そしてキッチンの窓は黄金色の姿見となって、場の光景を映し出していた。それまでのところ、ランディングにおけるジョエルの最初の夕食は、滞りなく進行していた。彼はランドルフと一緒にいて、とても寛いでいた。会話が少しつっかえるたびに、ランドルフは十三歳の少年が興味を持ちそうな、喜びそうな話題を持ち出してくれた。ジョエルはそのようなことについて、きわめて雄弁に語ることができた（と本人は思った）。火星に人は住んでいるか？　エジプト人はどうやって人々をミイラにしたと思うか？　首狩り族は今でも首狩りをおこなっているか？　その他その手の論争の余地ある話題。シェリー酒を飲み過ぎたことが（その味は好きになれなかったが、しっかり酔っ払ってみたいという希望にせっつかれて……さあ、これでサミー・シルヴァスタインへの手紙に書くことができる……細身のグラスを三杯空けちゃったんだと）、多かれ少なかれ、ジョエルがあの女性の話を持ち出した原因になっているはずだ。

「暑さのせいだよ」とランドルフは言った。「日差しに頭を露出していると、時折ちょっとした幻影を見ることになる。そういうことがあるんだ、実に。一度、数年前のことだが、庭で涼んでいたときに、向日葵《ひまわり》の花が実にくっきりと、人の顔に変わっていくところを目にしたようだった。一時期、私が高く買っていたペペ・アルバレスという、若くて威勢の良いメキシコ人の拳闘選手の顔にね」、彼は回想するように自分の顎を撫で、鼻にぎゅっと皺を寄せた。その名前が彼にとって何かしら特別な意味合いを持っていることを示唆するみたいに。「それは驚くべき経験であり、深く印象に残ったので、私はその花を切り取って、本の間に挟んで押し花にした。今でもまだ、それを目にしたらきっと……でもそれはどうでもいいことだ。とにかくそれは太陽のせいだよ、間違いなく。ああ、エイミー、きみはどう思うね？」

食べ物を前に考えごとをしていたエイミーは、びっくりしたようにはっと顔を上げた。「もう結構よ。ありがとう」と言った。

ランドルフは苛立っている風を装って眉をひそめた。「また例のごとく、忘却という小さな青い花をどこかに摘みにいっていたんだね」

彼女の細い顔は歓びで和らいだ。「ほんとに口のうまい人ね」と彼女は言った。あけっぴろげな賞賛の念が、彼女の小さな鋭い眼をぱっと輝かせた。そして一瞬、それをほとんど美しいものに変えた。

「話を最初に戻すならばだね」と彼は言って、げっぷをした（ああ、これは失礼、エクスキューゼモワ、シルヴプレ。ご存じのようにササゲ豆くらい消化に悪いものはなくてね）。彼は上品に口元をとんとんと叩いて拭った。「ええと、何の話をしていたっけね。そうだ……ジョエルは、この我らがランディングが幽霊屋敷ではないということに、同意しようとはしなかったわけだ」

「そんなことを言っているわけじゃないよ」とジョエルは抗議した。

「またミズーリが余計なおしゃべりをしたのね」とエイミーが静かに意見を述べた。「あの子の頭は、黒人特有のあほらしい考えでいっぱいなんだから。ここにいたすべての鶏の首を、あの子がひねっちゃったことを覚えているでしょう？　ああ、笑いごとじゃないのよ、まったく。ときどきぞっとしちゃうのよ。もしあの男の魂が、私たちの誰かの中に住み着いていると、あの子が考えたりしたら、いったいどんなことになるんだろうって思うと」

「ケグのこと？」とジョエルが言った。「ケグの魂ってこと？」

「まさか、まさか！」とランドルフが叫んだ。そして老嬢のように取り澄ました、つっかえたような声でくすくす笑った。「もうその話が出たのかい」

「笑いごとだとは思わなかったよ」とジョエルは憤慨したように言った。「その男は彼女にひどいことをしたんだから」

エイミーは言った。「ランドルフはふざけているだけなんだから」

「きみは私を悪くとっているよ、エンジェル」

「おかしくなんかなかったもの」とジョエルは言った。

　片目をぎゅっとすぼめ、ランドルフは持ち上げたグラスをくるくる回し、シェリー酒が放つ琥珀色の光の軸をじっくり確かめた。「そうだよ、笑いごとじゃない。実にそのとおりだ。しかしその話にはいささか突飛な側面があるんだ。聞きたいかね？」

「そんな必要はないでしょう」とエイミーは言った。「その子はもうじゅうぶん病的になってるんだから」

「子供なんてみんな病的なものなのさ。そしてそれが唯一の救いみたいになっている」とランドルフは言って、話をそのまま続けた。「それは十年以上前に起こったことだ。寒い、ひどく寒い十一月のことだった。当時うちでは一人のたくましい若い男が働いていた。とても均整の取れた体つきで、沼地蜂蜜《スワンプ・ハニー》のような肌の色だった」。ランドルフの声に込められた何かしら風変わりな特質が、ジョエルを最初から不安な気持ちにさせていた。しかしそのときまで、それが何であるかはっきりとは見定められなかった。ランドルフの話し方にはいかなる抑揚もないのだ。彼の大儀そうな声には地方特有の訛りは一切聴き取れなかったが、それでも感情的な底流はあった。軽快な調子を持つ辛辣な皮肉っぽさが、いくぶん強調されたパーソナリティーをそこに与えていた。

「しかしながら彼はいささかおつむが弱かった。おつむが弱い人、神経症患者、犯罪者、またおそらく芸術家、そういう連中は共通して、何をしでかすかわからず、倒錯した無垢さをも持ち合わせている」

彼の表情は次第に気取った、自己陶酔的なものになっていった。まるで自分の口にした所見が高尚なものであり、そこで一休みして、頭の内側でまだ鳴り響いているうちに、今一度うっとりそれに聴き惚れなくてはならないという風に。「それは中国の小箱に似ているかもしれない。きみも知っているだろう、ひとつの箱を開けたら、中にもうひとつ箱があって、その中にまた別の箱があって……というやつだ。とはいえきみはやがて最後のものに行き当たる。掛け金に手を触れると、蓋がひょいと開く。そして中にあるのは……さて、どんな思いも寄らぬ秘宝だろう？」、彼はやつれた微笑みを浮かべ、シェリー酒をすすった。それから絹のパジャマの胸ポケットから煙草を一本取りだし、マッチを擦った。その煙草は奇妙に薬っぽい匂いがした。まるで酸味のある薬草の汁に、煙草の葉がずっと漬けてあったみたいに。それは喘息がはびこっている家庭を示す匂いだった。煙の輪っかをつくるために彼が口をすぼめたとき、タルカム・パウダーを塗った彼の顔の図式が、突然完全なものになった。それはいくつかの円によってのみ形作られているようだった。太っているわけではないが、その顔はコインのようにまん丸で、つるりとして無毛だった。二つの粗いピンクの円盤が彼の両頬を染めていた。その鼻は、かつて強烈な怒りの拳によって叩き潰されたことがあるかのようだった。混じりけのない金髪の縮れ毛で、その細い髪が子供っぽい黄色の巻き毛となって、くるりと額に落ちていた。そしてその広く離れた女性的な両目は、まるでスカイブルーのおはじきのようだ。

「そして二人は恋に落ちたのさ。ケグとミズーリはね。そして我々はここで結婚式を挙げてやった。花嫁は家族に伝わるレースで包まれた……」

「白人娘に劣らず素敵だった。ほんとにね」とエイミーが言った。「絵のように美しかったわ」

ジョエルは言った。「でももし彼の頭がおかしかったのなら……」

「彼女も決して、理性の通じる人間というわけではなかった」とランドルフはため息をついて言った。「まだ十四歳、もちろん子供だ。しかし驚くばかりに頑固だった。彼女は結婚を求めていて、そして結婚した。彼らのハネムーンのために一週間、私たちはこの家の部屋を貸してやった。そして彼らが友人たちと魚フライ・パーティーを開くために、庭を使わせてやった」

「そしてぼくの父さんも……その結婚式に出席したのかな？」

ランドルフは表情を欠いた顔で、煙草の灰を床に落とした。「しかしそれから、ある夜とても遅く……」、彼は眠そうに瞼を下ろし、グラスの縁を指で丸く撫でた。「ところでエイミー、ミズーリの叫びを耳にしたとき、私がとったきわめて独創的な行動を思い出せるかね？」

それができるかどうか、エイミーは急には決められなかった。何しろ十年も前のことなのだから。

「私たちはこんな風に客間《パーラー》に座っていた。どう、思い出したかね？　そして私は言った。あれは風の音だよと。でもそうじゃないことは私にはわかっていた」、彼はそこで話しやめ、両方の頬をすぼめた。まるでその記憶はとてつもなくユーモラスなものなので、真顔を続けてはいられないというみたいに。彼はまるでピストルを向けるみたいに、指をジョエルに向け、親指を上にあげた。「それで私は自動ピアノ《ピアノーラ》にロール譜面を入れ、ピアノは『インディアン・ラブ・コール』

を演奏した」

「素敵な曲よね」とエイミーは言った。「とても悲しくて。どうしてもう私にピアノーラをかけさせてくれないの？」

「ケグが彼女の喉を切ったんだね」とジョエルは言った。パニックの気分がふつふつとこみ上げてきた。というのは、ランドルフの話が急に奇妙な展開を取ったことに、彼はついていけなかったからだ。まるで意味のわからない外国語で語られているお話を解読しようと試みているみたいなものだ。そして彼は自分が置き去りにされているという感覚が我慢ならなかった。とりわけランドルフに対して親近感を抱き始めている今このときに。「ぼくは彼女の傷跡を見たよ」と彼は言った。注意を引くためにほとんど叫ばんばかりに。「それがケグのやったことだね」

「ああ、もちろんそうだとも」

「こんな風だったわよね」とエイミーがハミングした。「あなたを呼ぶとき、ドゥーラララードゥー……」（『インディアン・ラブ・コール』の歌詞）

「……耳から耳までざっくりとやって、テネシーの大叔母が、目を悪くしてまでこしらえたローズリーフのキルトを駄目にしてしまった」

「彼は刑務所で重労働をさせられているって、ズーは言っていた。そのまま釈放されなければいいのにって。神様が彼を老いぼれ犬に変えてくれればいいのにって」

「あなたは答えてくれるかしら、ダディディダー……こんなメロディーだっけね、違ったかしら、ランドルフ？」

「少し音程が外れている」

「でもどういうメロディーなんだっけ？」

「ぜんぜんわからないよ、エンジェル」

ジョエルは言った。「かわいそうなズー」

「みんなかわいそうなのさ」とランドルフが言った。物憂げにシェリー酒を注ぎながら。


厚かましい蛾たちが、ランプの筒にぴたりと翅をくっつけていた。ストーブの近くでは雨が漏っていた。屋根の隙間から漏れてくるのだ。雨粒は一定の時間を置き、ぽつぽつと陰気な音を立てて空っぽの石炭バケツに落ちた。「それが、きみが一番小さい箱に手を出したときに起こる種類のことなのだよ」とランドルフが意見を述べた。煙草の酸味を含んだ煙が、渦を巻いてジョエルの方に押し寄せてきた。彼はさりげなく手を波打たせ、煙を払った。

「私にピアノーラをかけさせてくれるといいんだけど」とエイミーが思い焦がれるように言った。「でもあなたにはわからないわね。私がどれくらいそれを愛しているか、どれくらいそれに慰められているか」

ランドルフは咳払いをした。そしてにやりと笑った。両頬にえくぼができた。彼の顔は熟したまん丸な桃のようだった。彼はその従姉妹よりも数段若かった。おそらくは三十代半ばというところだろう。「とはいえ、我々はまだこのノックス先生の幽霊を追い出してはいないからね」

「あれは幽霊じゃないよ」とジョエルは呟いた。「幽霊なんていない。あれは生きている女の人だった。ぼくはちゃんと見たんだから」

「じゃあ、その人はどんな見かけだったの？」とエイミーが尋ねた。その口調は、彼女がもっと地に足のついたことがらに心を向けていることを示していた。それはジョエルにエレンと母親のことを思い出させた。彼の口にする話が疑わしいとき、彼女たちもまた、そのような距離を置いた特別な声を出したものだった。ただ面倒なやりとりを避けるために、彼にそのまま話を続けさせているだけだ。お馴染みのやましさの感覚が急速に彼を包んだ。虚言癖——それがこの二人（エイミーとランドルフ）の頭にあることなのだ。この子は生まれつきの嘘つきだ。そしてそれがわかっていても、彼はその描写を恥ずかしくも、どんどん念入りなものにしていった。その女の人は悪鬼のような眼をしていた。本当にそうなんだ。荒々しい魔女の眼だよ。北極海の底みたいに冷ややかで緑色なんだ。雪の女王の双子の姉妹のように、その顔は蒼白で、氷から切り出したみたいに冬の堅さを持っていた。そしてその白い髪はまるでウェディング・ケーキのように、頭上高くそびえ立っていた。彼女はその曲がった指で彼を手招きしていた。手招きして……

「あらあら」とエイミーは西瓜の四角いピクルスをかじりながら言った。「あなたは本当にそんな人を目にしたんだ！」

　話をしながらジョエルは、彼女の従兄弟がいかにも面白そうな、楽しくてしょうがないという表情を浮かべるのを目にして、落ち着かない気持ちになっていた。彼が最初にその話を普通に持ち出したとき、ランドルフは冴えないジョークでも耳にしているときのように、とくに関心もなく聞き流していた。つまり彼はなんらかの不思議な方法で、前もってその事実を承知していたようだ。

「そういえば」とエイミーはゆっくりと言って、西瓜のピクルスを皿と自分の口の真ん中あたりに留めた。「ランドルフ、あなたひょっとして……」、彼女はそこでいったん言葉を止め、その目は横に滑っていって、つるりとした愉しげな桃色の顔と正面から向かい合った。「ねえ、それってまったくまるで……」

　ランドルフはテーブルの下で彼女の足を蹴った。彼はその微妙な動作を見事にやってのけたので、もしエイミーがそれほど極端な反応を示さなかったなら、ジョエルはそのことにまったく気づかなかっただろう。彼女はまるで稲妻が椅子を揺さぶったみたいに、はっと後ろにふんぞり返り、手袋をはめた手で両目を覆い、悲痛な叫び声を上げた。「蛇よ蛇テーブルの下で蛇に噛まれたのかと思った蛇がテーブルの下に入り込んで私の足を噛んだのかとこの畜生めがなんてこと許さないんだから蛇なんぞに」。それが何度も何度も繰り返され、言葉は押韻詩《ライム》のようになり、蛾たちの巨大な影がぴくぴくと震えている壁から壁へと鈍く響き移っていった。

　ジョエルの内側はそっくり空っぽになった。半ズボンの中にこのままおしっこを漏らしてしまいそうだ。椅子から飛び上がって駆け出したかった。ジーザス・フィーヴァーのところでそうしたように。でも今回はそれができなかった。だからイチジクの葉が、風に吹かれて濡れたメッセージをぱたぱたと打ちつける窓をじっと見ていた。そして全力を振り絞り、「遥か遠くにあるその部屋」を見つけようと試みた。

「もうやめなさい、今すぐ」とランドルフは嫌悪の情を隠そうともせず命令した。しかし彼女が平静を取り戻さないのを見て、手を伸ばすと、その口元をぴしゃりと叩いた。それで彼女の語勢は次第に弱まり、やがてはしゃっくり混じりのすすり泣きのようなものへと変わっていった。

ランドルフは彼女の腕に、案ずるように手を触れた。「もう大丈夫かね、エンジェル？」と彼は言った。「いやあ、びっくりしたよ」、そしてジョエルの方にちらりと目をやりながら付け加えた。「エイミーはひどく興奮しやすくてね」

「ええ、とても」と彼女は同意した。「それはつまり、私はただ思ったのよ……その子が動揺しなければよかったんだけど」

しかしジョエルの部屋の壁はとても分厚かったので、エイミーの声はそれを抜けることができなかった。今まで長い間、彼はその「遥か遠くにある部屋」を見つけることができずにいた。それを見つけるのはいつだって簡単なことではなかったけれど、とくにこの一年ばかりはこれまでになく大変困難なことになっていた。だからその友人たちにまた巡り会えたのは、彼にとって嬉しいことだった。彼らは全員そこに揃っていた。緋色のケープを羽織って、羽根のついたスペイン風の帽子をかぶり、きらきら光る片眼鏡をかけ、すべての歯を純金で揃えたミスタ・ミステリーも。彼はエレガントな紳士ではあるが、その口の端から荒っぽい物言いもする、芸術家にして偉大なる奇術師だ。年に二度、ニューオーリンズの繁華街でショーを開き、ありとあらゆる不気味なトリックをやってみせた。そのようにして二人は相棒になったのだ。あるとき彼は観衆の中からジョエルを選び出し、ステージに上げた。そして彼の耳の中からバスケットいっぱいの綿飴をするりと取り出したのだ。それ故に、小さなアニー・ローズ・クッパーマンと並んで、ミスタ・ミステリーは「もうひとつの部屋」における最も歓迎される訪問者だった。アニー・ローズくらい可愛らしい女の子は他にいない。その真っ黒な髪は生まれつきのきれいな巻き毛だ。彼女の母親は日曜日にはいつも、アニーに純白の格好をさせた。靴下に至るまでそっくり真っ白。実生活におけるアニーはお高くとまった生意気な娘で、彼が時間を尋ねても教えてくれないくらいだ。しかし「遥か遠くにある部屋」にあっては、彼女の可愛らしい小さな声は、鈴のように涼しげに鳴り響いていた。「あなたのことが好きよ、ジョエル。あなたのことが大好き。キスして、首をハグしてあげる」。そして他の誰かがいる。その人が現れないことはまずない。しかし同じ人物の姿で現れることはほとんどない。つまりいろんな衣装をまとい、いろんな変装をして出てくるということだ。あるときはサーカスの強力男として、あるときは堂々たる大柄の富豪として。しかし名前はいつも同じエドワード・Q・サンソムだ。

ランドルフは言った。「彼女は復讐の機会を狙っているのだよ。あくまで善良な心から、私はピアノーラのおぞましい数分を耐え忍ぼうと思う。ジョエル、ディア、ランプをかざしてくれないかね？」

持ち上げられたランプが廊下から客間へと向かうとき、ミスタ・ミステリーと小さなアニー・ローズ・クッパーマンはキッチンと同様、暗闇の中にするすると消えていった。

ラグタイムを弾く指が、アップライト・ピアノの黄ばんだ象牙の上で幽霊のように踊り、『波濤を越えて《オーバー・ザ・ウェイヴズ》』のカーニヴァル風旋律が、枝付き燭台《ジランドール》の水晶のようなカットグラスのふさ飾りを優しく震わせていた。エイミーはピアノ椅子に腰掛け、その小さな白い顔を、骨董品を収めたキャビネットから持ってきた青いレースの扇であおいでいた。そしてピアノーラの機械仕掛けの鍵盤の動きを、身を固くして見つめていた。

「これはパレードの音楽だね」とジョエルは言った。「ぼくは一度マルディグラの山車《だし》に乗せてもらったことがある。長くて真っ黒な弁髪を結った中国人の格好をしてね。ただ酔っ払った男がそれをもぎ取ってしまったんだ。そしてその弁髪で女友達を叩き始めた。通りの真ん中でね」

　ラブシートの上で、ランドルフはじりじりとジョエルににじり寄っていった。パジャマの上に、彼はシアサッカーのバタフライ袖のキモノをまとっていた。そしてそのむっくりした両足は、装飾を施された革のサンダルに突っ込まれていた。のぞいている爪はマニキュアを塗られ、光沢を放っていた。近くに寄ると、彼の身体からは微かなレモンの匂いがした。そして彼の無毛の顔は、ジョエルよりそれほど年上には見えなかった。じっと正面を見据え、彼はジョエルの手を探った。そして指と指とを絡めた。

　エイミーは咎めるように、ぱちんと音を立てて扇を閉じた。「あなたは私にまだお礼も言っていない」

「何に対してだね、ディアハート？」

　ランドルフと手を握り合っているのは、何となくではあるけれど気が進まなかった。ジョエルの指は、その乾いた温かい手のひらに爪を食い込ませたいという衝動のために緊張していた。またランドルフのはめた指輪がぎゅっと押しつけられ、ジョエルは手の関節の間に痛みを感じた。

それは婦人用のリングで、曇った虹色のオパールが、尖った銀の留め金によって留められていた。

「あの羽根のことよ」とエイミーが思い出させた。「あの素敵なアオカケスの羽根」

「素敵だったよ」とランドルフは言って、投げキスをした。

彼女は満足して扇を広げ、猛烈な勢いであおいだ。彼女の背後では枝付き燭台が細かく震え、ピアノーラの不揃いな鍵盤の動きに揺さぶられたライラックの花びらが、テーブルの上にぱらぱらと散った。ランプがひとつ、空っぽの火床の脇に置かれて、それはちらちら揺れる灰白色の炎の輝きを放っていた。「今年は蟋蟀が来ない初めての年ね」とエイミーが言った。「毎年、夏になるといつも蟋蟀が一匹は暖炉に潜り込んで、秋まで鳴いていたものなんだけど。覚えているかしら、ランドルフ、私たちがそれを殺そうとするのを、アンジェラ・リーがいつも止めていたことを？」

ジョエルは引用した。「草の中で鳴く蟋蟀に耳を澄ませよ。楠木《サッサフラス》の中で彼らが奏でるセレナーデに」

ランドルフは前屈みになった。「チャーミングな坊やだ。小さなジョエル、かわいいジョエル」と彼は囁くように言った。「ここで幸福になるように努めなさい。私のことを好きになるように少しは努めなさい、いいね？」

ジョエルは褒められることに慣れていた。想像上の褒め言葉を頭の中で勝手にでっち上げることもあった。しかしそんな風に手放しで褒められると、何かしら不安な気持ちになった。ひょっとして自分はからかわれているのではあるまいか。笑いものにされているのではあるまいか？

だから彼は相手のまん丸でイノセントな両目を、問いかけるように覗き込んだ。そして自分の子供っぽい顔がそこに焦点を結んでいるのを目にした。まるでカメラの複眼レンズに映ったように。エイミーの従兄弟はまったく真顔だった。彼はオパールの指輪を見下ろし、心を打たれ、ランドルフの手のひらに爪を食い込ませてやろうかと、意地悪い考えを持ったことを申し訳なく思った。

「ぼくはあなたのことがもう好きになっているよ」

　ランドルフは微笑んで、彼の手をぎゅっと握った。

「あなたたち、二人で何をこそこそ話しているの？」とエイミーが焼き餅をやいて言った。「そういうのって失礼じゃないこと」、突然ピアノーラが沈黙した。枝付き燭台の震えがぴたりと止んだ。「ねえ、ランドルフ、もう一曲かけていいかしら、ねえ？」

「もう十分だと私は思うがね……まあ、ジョエルがもう一曲聴きたいというなら話は別だが」

　ジョエルは自分の持つ力を味わいながら時間をとった。それから惨めで孤独だった午後の時間のことを思い出し、悪意を込めて、嫌だと首を振った。

　エイミーは唇をぎゅっと結んだ。「……もうこんな恥ずかしい目に遭わされるような真似はしないわ」と彼女はランドルフに言った。そして骨董品キャビネットに飛びつくようにして、持っていた青い扇を元の場所に戻した。ジョエルは夕食の前にそのキャビネットの中身を点検しており、自分もこのような宝物を所有したいと思い焦がれていたのだ。翡翠の布袋腹を持った楽しげな仏陀とか、磁器の双頭のワニとか、一八六二年という日付とロバート・E・リーの署名も入ったリッチモンドの舞踏会のプログラムとか、戦いの衣装に身を包んだ小さな蠟製のインディアンとか、悪党風の口髭をはやした男臭い洒落者たちの小さな肖像画がいくつか（エレガントに額装されている）。「ここはあなたのおうちだし、そのことはちゃんとわかって……」

　しかしそこで奇妙な音が言葉を遮った。並外れて大きな雨粒がひとつ、ぽとんと落ちたような音だった。それはドラムを叩くように、階段を一段一段降りてきた。ランドルフはそわそわと身体を揺すった。「エイミー」と彼は言った。そして意味ありげに咳をした。彼女は動かなかった。

「あの女の人？」とジョエルは尋ねたが、二人ともそれには答えなかった。彼はシェリー酒を飲み過ぎたことを後悔した。客間は、しっかり意識を集中していないと、まるでポンチャートレイン湖のびっくりハウスの「ひっくり返りルーム」みたいに、曲がったり傾いたりして見えた。とんとんという音は止んだ。一瞬の沈黙があり、それからごく普通の赤いテニスボールがひとつ、アーチ状の戸口を抜けて、音もなく転がってきた。

　膝を曲げてお辞儀をするように、エイミーはそのボールを拾い上げ、手袋をはめた手の上に載せ、それをじっくりと精査した。まるで果物に虫がついていないか調べるみたいに。彼女は困ったような視線をランドルフとの間に交わした。

「私も一緒に行こうか？」、彼女が急いで出て行こうとしたとき、ランドルフはそう尋ねた。

「あとで。あなたがその坊やをベッドに入れてからね」。彼女の足音が真っ暗な階段に反響した。頭上のどこかでドアのラッチがかちんという音を立てた。

　ランドルフはほとんどやけっぱちの快活な表情を浮かべて、ジョエルの方を見た。「パーチージ（ゲームの名前）でもするかい？」

ジョエルはテニスボールのことでまだ首をひねっていた。そしてとりあえず、どこからともなく部屋にテニスボールが転がり入ってくるのは、世間ではありきたりの出来事なのだというふりをするのが最良の策だろうという結論に達した。彼は笑い出したかった——でもちっともおかしくなかった。ものごとの展開ぶりが、彼にはどうしても信じられなかった。実際にこうして起こっていることと、彼が期待していたものとの間の違いはあまりにも大きかった。西部劇実演ショーを観るつもりで入場料を払ったのに、入ってみたらろくでもないロマンス映画を上映していた、みたいなものだ。もしそんなことになったら、きっと騙されたと感じることだろう。そして彼は今、自分が騙されたように感じていた。

「それとも運勢を見てあげようか？」

ジョエルは固く握りしめた手を差し出した。垢で汚れた指が、開花する花びらのようにほぐれていった。そのピンク色の手のひらには、汗の玉がぽつぽつと散っていた。一度、それを職業にするのは実に理想的だろうと考えて、ニューヨークのある会社に『運勢見の技術』という書物を注文したことがあった。本の表紙にはジプシーと称する著者の、イヤリングをつけたいかにも胡散臭い写真が掲載されていた。しかしながら資金が足りず、この計画は途中で諦めざるを得なかった。というのは真正の占い師になるためには、値段の張る器具をたくさん購入しなくてはならなかったからだ。

「ふううん」とランドルフは、その手を影からランプの近くに引き寄せ、感慨深げに言った。

「きみの将来にはいくつかの大旅行と、冒険と、ロックフェラー家かどこかの美しい娘との縁組みがありそうだ、とか言ったら、それは大きな意味を持つだろうか？　未来というものに私は不思議なほど心をそそられないんだよ。ずっと昔にこう悟ったんだ。私の人生は今の時代に合ったものではないのだってね」

「でもぼくの知りたいのは未来のことなんだ」とジョエルは言った。

ランドルフは首を振った。そしてジョエルをじっと見つめるスカイブルーの眠たげな目は、醒めて真剣だった。「きみは賢者たちが言った言葉を聞いたことはないだろうか？　未来のすべては過去の内に存在しているってやつを」

「ならせめて、ひとつ質問してかまわないかな？」、そしてジョエルはそれに対する返事を待たなかった。「ぼくには知りたいことが二つだけある。ひとつは、ぼくはいつ父さんに会えるかってこと」。薄暗い客間の静けさは、その問いかけをこだましたようだった。いつ？　いつ？

ランドルフは握っていた手を優しく放すと、型通りの微笑みを顔の上でこわばらせ、立ち上がって窓際までふらりと歩いて行った。だらんとしたキモノが彼の身体の周りで踊るように揺れた。彼は中国人のように、その開いた袖口の内側で両腕を組み、そこにじっと立っていた。「きみがここにすっかり身を落ち着けたときにね」と彼は言った。「そしてもうひとつの質問は？」

目を閉じると、眩しい星が泉となって湧き出てきた。目を開けると、曲がり歪んだ部屋の中、キモノを纏った黄色い巻き毛の双子が、傾いた床を滑るように行き来している姿が見えた。「ぼくは女の人の姿を見たし、彼女ははっきりと本物だった。そうだよね？」、でもそれは彼が意図した質問ではなかった。

ランドルフは窓を開けた。雨は既にやんでおり、湿った夏の闇の中で蟬たちが声を張り上げていた。「そいつは見方次第だろうね」と彼は言って、ひとつあくびをした。「私は彼女のことをまずまずよく知っている。そして私にとって彼女は幽霊なんだよ」。夜の風が庭から吹き込んできて、厚いカーテンを、色褪せた金色の旗のようにはためかせた。

第五章

水曜日、朝食のあとでジョエルは自分の部屋に閉じこもった。そして手紙を書き上げるという苦役に取りかかった。暑くて気怠い朝だった。そしてランディングは、閉めきったドアの奥からランドルフの病んだ咳がときどきごほごほと聞こえてくるものの、いつものようにあまりにも静かで、あまりにも動きがないように見えた。ジョエルの粗い筆跡が紙片の上を締まりなくふらついている間、太った蠅が一匹、そのレッド・チーフ雑記帳に向かってさっと急降下してきた。学校ではそのような彼の勝手気ままな書体は、筆記の試験で落第点しかとれなかった。彼は体をぴくっとひきつらせ鉛筆をくるくる回していたが、陶製のおまるに放尿するために二度それを中断した。その容器には、ピンク色のお尻をしたキューピッドたちが蔓と菫のブーケを手にしている柄が芸術的にあしらわれていた。結局、最初の手紙は親友のサミー・シルヴァスタインに宛てられ、それは書き上げられたとき、このような内容になった。

「ぼくが今住んでいる家をきみはきっと好きになるだろうな、サミー、なにしろすてきな家だからね。そしてまたきみはぼくの父さんを好きになるだろう。彼はきみと同じくらい飛行機のことをよく知っているから。でも彼の見かけはきみのお父さんには似ていない。葉巻も吸わないし、眼鏡もかけていない。でもミスタ・ミステリーと同じくらい背が高いんだよ（もしこの夏、ミスタ・ミステリーがニモにやってきたら、そのことをしっかり手紙に書いて送ってくれよね）。そしてパイプを吸っていて、とても若いんだ。彼はぼくに二十二口径の銃をくれた。冬になったらぼくらはポッサム狩りにいって、ポッサム・スープを食べるつもりだ。きみがここに来られたら、とても楽しい時を過ごせるんだけどな。そうなれば、ぼくらは従兄弟のランドルフと一緒に酔払うことができる。アルコールいんりょうを飲めるし、ランドルフはすごく面白いひとだよ。この土地はニューオーリンズとはぜんぜん違うところなんだよ、サミー。ここではぼくらくらいの歳だと、もうおとなになっている。きみには二十セントの貸しがあるけど、もし毎週、手紙でニュースを書き送ってきてくれたら、それを帳消しにしてやるよ。仲間たちによろしく。きみの友だちに手紙を書くことを忘れないようにね……」

そして彼は威厳を持って念入りに、新しいやり方で自分の名を署名した。J・H・K・サンソムと。彼はその名前を何度か声に出して読んだ。そこには見事に大人らしい響きがあった。その名前に誇り高い称号が付与される様子が、彼の脳裏に浮かんだ。将軍、判事、知事、博士。手術の権威として名を知られるドクターJ・H・K・サンソム。民衆の代表、J・H・K・サンソム知事（やあ、刑務所長、知事だが、ズー・フィーヴァーの死刑執行延期命令にさっきサインしたところだ）。そして言うまでもなく、世界は、世界中の人々は彼を愛するだろう。そしてサミーは、そう、サミーはこの古い手紙を何千ドルという値段で売り渡すことができる。

　しかし点を打ち忘れたiや、横棒を引き忘れたtを探しているうちに、彼はふと気がついた。自分の書いた文章の大半は嘘っぱちだということに。真っ赤な嘘が、濃厚なシロップのように紙の上にべったりと広がっていた。申し開きのしようもない。彼の述べたことは真実であるべきではあったが、実際には真実ではなかった。うちにいるとき、エレンは四六時中迷惑な忠告を与えまくっていた。しかし今、目を閉じて開けたら彼女がそこに立っているといいなあと思った。どうすればいいか、彼女ならわかるはずだ。

　彼の鉛筆はとても素早く動いたので、ところどころで単語と単語がくっついてしまった。もっと前に手紙を書けなくて、本当に悪く思っています。エレンが元気にしているといいのだけれど。そして子供たちも……みんなのことをなつかしく思っています。ぼくのこともなつかしく思ってくれているかな？　「ここはすてきなところ（nicehere）です」と彼は書いたが、胸が疼いた。だからジョエルは立ち上がって床を歩き、神経質に両手を打ち合わせた。彼女にいったいどのように話せばいいのだろう？　彼は窓の前で立ち止まり、庭を見下ろした。ジーザス・フィーヴァーの牡猫が、うらぶれた円柱の前を得意そうに歩いているのを別にすれば、そこではすべてが淀んで、厚塗りされているように見えた。気怠い柳の木は、朝の太陽の下では影も落としていない。

槌《つち》でさんざん叩かれた奴隷呼集の鐘は、高く茂った雑草に埋もれていた。

　考えを揺さぶってまともな順序に戻そうとするかのように、彼は頭を振った。そしてテーブルの前に戻り、腹立たしげに鉛筆で「ここはすてきなところです」という部分を線を引いて消した。そして書いた。「エレン、ぼくはここが大きらいだ。父さんがどこにいるのかぼくは知らないし、だれも教えてはくれません。信じてくれないかもしれないけど、ぼくはまだ父さんに会っていないのです。これは本当のことです。エイミーは父さんの具合が良くないって言うけど、そんなことは信じない。ぼくは彼女のことが好きじゃないから。彼女は通りの先に住んでいた意地の悪いミス・アディーによく似ています。何かというとどうでもいいようなことで大騒ぎしていたあの女のひとに。おまけにここにはラジオもないし、映画館も漫画新聞もないし、もしお風呂に入りたければ、井戸から水をくんできて桶に張らなくてはなりません。ランドルフがどうやっていつもあんなに清潔にしているのか、ぼくにはわかりません。彼はなかなか悪くないけど、とにかくここのことはぜんぜん好きじゃない。エレン、ぼくがここを出てキシュク（寄宿）学校に、たとえば陸軍幼年学校のようなところに行けるだけのお金を、ママはのこしてくれなかったのかな？エレン、あなたのことがなつかしい。エレン、ぼくがどうすればいいか、どうか教えてください。ジョエルより愛をこめて。XXXXXXX《キス・キス・キス・キス・キス・キス・キス》」

　それで彼の気は晴れた。胸のつかえも取れた。何と言っても、エレンが彼をがっかりさせたことはなかった。彼はとても気分が良くなって、手紙をそれぞれの封筒に入れながら、口笛を吹いた。それは双子が彼に教えてくれた歌だった。「北風が吹き始め、やがて雪が降り出せば……」、彼女の名前はなんていったっけ？　そしてもうひとりの男まさりの子の名前は？　フローラベルとアイダベルだ。こんなところで一日中塞ぎ込んでいる必要がどこにあるだろう。彼女たちはぼくを誘ってくれたじゃないか。おうちに遊びに来てくれと。フローラベルとアイダベルとジョエル、と彼は思った。晴れ晴れと高らかに口笛を吹きながら。

「おい、静かにしてくれないか」と詰まった声でランドルフが苦情を申し立てた。「私はものすごく、どうしようもなく身体の調子が優れなくて……」、そして咳がそれ以上の言葉を遮った。

　ふん、なんだい！　ランドルフなんて池にでも飛び込めばいいんだ。ふん、なんだい！　ジョエルは内心笑いながら古い簞笥の前に行った。今では彼の銃弾ひとつ、アオカケスの羽根、そして七十八セントぶんの小銭などを収めた漆塗りの小箱が、そのいちばん下の抽斗に隠されていた。切手を持っていなかったから、郵便配達のボックスに六セントぶんの小銭を入れておけば、それで問題なかろうと彼は推測した。だから五セント玉と一セント玉をトイレットペーパーにくるむと、書いた手紙をかき集め、階下に降りていった。まだしっかり口笛を吹きながら。

　郵便受けのところで彼はズーにばったり出くわした。彼女は一人ではなかった。彼女はそこに立って、とんがり頭の小柄な黒人の男と話をしていた。それは隠者のリトル・サンシャインだった。ジョエルはその男を知っていた。というのは、月曜日の夜、夕食の時刻に、リトル・サンシャインが現れて、キッチンの窓をこんこんと叩いたからだ。彼はランドルフを訪ねてやってきたのだ。二人は、ランドルフが言ったように、「良い友だち」だったから。リトル・サンシャインはとびっきり礼儀正しく、家族全員のために手土産を持参してきた。バケツ一杯の沼地蜂蜜《スワンプ・ハニー》、二ガロンの自家製ビール、そして松葉とオニユリでこしらえた輪っか。ランドルフは夜のあいだずっとその輪っかを頭にかぶり、ふらふらと歩き回っていた。たとえ彼が暗い森の奥に住んでいたとしても、一種の隠者であったとしても、隠者というのが気の触れた胡散臭い人種だとみんなに知られていても、ジョエルは彼を恐れなかった。「リトル・サンシャインはね、大方の人なんかよりずっとまっとうな感覚を身につけているんだ」とズーは言った。「正直に言っちまうとね、ハニー、もしあたしの頭がもっとましだったら、あたしは速攻であの人と結婚しちゃうところなんだけどね」。でもそんな結婚はジョエルにはとても想像できなかった。リトル・サンシャインは彼女には年寄り過ぎる。もちろんジーザス・フィーヴァーのような骨董品とまではいかないまでも、年を取っていることに変わりはない。そしてまた醜い。片方の眼には青い混濁があり、歯はほとんど残っていない。そして体臭は実にひどいものだった。彼がキッチンにいるあいだ、エイミーは手袋をはめた手をずっと鼻の上にかざしていた。まるで匂い袋を忍ばせたハンカチーフみたいに。そしてランドルフが彼を自分の部屋に連れ去ると（その部屋からは明け方まで、酒に酔った会話が聞こえてきた）、彼女は深い安堵のため息をついた。

　リトル・サンシャインは腕を上げた。「そこの子供、急いで十字を切りんしゃい」と彼はトロンボーンのような声で言った。「おまえはな、わしに真っ昼間に出くわしよったからじゃ」。ジョエルは驚きひるんで十字を切った。隠者の分厚いしわのよった唇に微笑みが広がった。「くるりと回れ、坊主。さすれば、おまえは救済されたのじゃ」

その一方でズーはネックレスのような飾りを隠そうとしたが、うまくいかなかった。それは隠者が彼女のキリンのように長い首に結び付けたものだった。ジョエルが「そこに着けているのはなんだい、ズー？」と尋ねたとき、彼女はひどく慌てたようだった。

「護符じゃ」と隠者は誇るように自ら進んで言った。

「黙って」とズーがぴしゃりと言った。「みんなに言ってまわったら御利益がなくなるって、あんたがそう言ったばかりじゃないの」、そしてジョエルの方を向いた。「ハニー、あんたはもう行った方がいいよ。あたしはこの人とちょっと用事があるからさ」

ふん、なんて言い草だ。何が友だちだよ、まったくもう！ 彼はこっそり郵便受けのところに行って、赤いフラッグを上げ、何通かの手紙を中に置き、紙でくるんだ小銭を重しとして載せた。それから記憶をたどって、双子の家の方向を大まかに定め、道路をとぼとぼと歩き始めた。


道路の縁ぎりぎりに続く、もやの立ちこめる森の中を歩いていると、砂埃が彼の足元で渦を巻いた。乳白色の空に太陽は白く光っていた。木立の間から流れ出すクリークは浅くて冷たく、そこを通り過ぎるとき、彼は立ち止まって窮屈な靴を脱ぎ、水の中を歩いて行きたいという誘惑に駆られた。そこでは濡れた木の葉が小石に囲まれた渦巻きに呑まれてくるくると勢いよく回転していた。でもそのとき、彼は自分の名前が呼ばれるのを聞いた。それは彼をぎくりとさせた。振り向くとリトル・サンシャインがいた。

隠者はヒッコリーの杖に体重をかけながら、よたよたと前に歩いてきた。彼は常にその杖を持ち歩いていたが、杖が必要とされているようにはジョエルには思えなかった。ひどいがに股だということを別にすれば、彼の脚にはとくに問題はなさそうだったからだ。しかしその両手はとても長く、指先が膝に触れるほどだった。あちこち裂けたオーバーオールにシャツはなし、帽子もなし、靴もなしというかっこうだった。「参ったぞ、おまえは歩くのが速いのう、坊主」と彼は言って、はあはあ息をつきながら隣にやってきた。「なにしろわしはこんな昼間の時間には馴れておらんものでな。ズーが護符をあれほど必要としておらんかったら、外に出て行ったりはせんのじゃが」

　自分の好奇心が意図的に刺激されていることに、ジョエルは気づいた。だから彼は興味を引かれていないふりをした。そしてほどなく、ジョエルが予想したとおり、リトル・サンシャインの方から話を持ち出してきた。「護符を身につけておれば、悪いことは何ひとつ、その身に起こらん。わしはな、蛙の粉と、亀の骨からそいつをつくるんじゃ」

　ジョエルは歩を緩めた。隠者の足取りは何か障害があるようにのろいものだったからだ。いくつかの点で彼はジーザス・フィーヴァーに似ていた。兄弟と言ってもいいくらいだ。しかしそののっぺりと広い醜い顔には、あの老人にはない小狡さがうかがえた。「ねえ、リトル・サンシャイン」と彼は言った。「ぼくにも護符をつくってくれないかな」

　隠者は歯のない歯茎をぎゅっと吸い込んだ。彼の膠《にかわ》を塗ったような青い目に太陽が鈍く光っていた。「護符にもいろんな種類がある。愛の護符、金銭の護符。どんな護符がほしいのかね？」

「ズーの持っているようなやつだよ」とジョエルは言った。「悪いことが何ひとつ起こらないっていうやつ」

「なんたること！」と隠者は甲高い声で言った。そしてその場にじっと立ち止まった。地面を杖でぐいと突き刺し、その大きな禿げ頭を大げさに振った。「おまえのような幼い子供に、いかなる災難が降りかかるというのだね？」

ジョエルの視線は、杖に寄りかかって身体をぐらぐら揺すっているその醜い男の背後を彷徨った。そして境界をなしている松の木立の奥に入っていった。「わかんないよ」と彼は言って、その目をしっかりと隠者の上に向けた。そしてその護符が彼にとってどれくらい大事な意味を持っているか、相手に理解させようと試みた。「お願いだよ、リトル・サンシャイン……」

リトル・サンシャインは長い間を置いてから、ひょいと頭を傾けた。よろしい、護符をつくってあげようということだ。ただし「おまえは自分でそれを取りに来なくてはならん。というのは、リトル・サンシャインがいつまたこっちに出て来れるかは、予測がつかんからだ。そして難儀を避ける護符は、それが最も必要とされるときに身につけなくては効力を発揮せんのじゃ」

しかしいったいどうやって隠者の住まいを見つければいいのだろう？　「きっと道に迷っちゃうよ」と彼は文句を言った。道路を歩き続ける二人のまわりでは砂埃が舞い、太陽は正午に向けてじりじり上昇を続けていた。

「いんや、迷いはせんよ。人間どもがリトル・サンシャインを追い求めるとき、悪魔のやつがしっかり道案内をしてくれるからのう」。彼は杖を空に向けて持ち上げ、鮫のような形をした流れる雲を指した。「あっちを見んさい」と彼は言った。「西に向けて進んでおるだろう。ちょうど

〈溺れ池〉の真上あたりだ。〈溺れ池〉に着いたら、ホテルは見逃しようもありゃせん」

　ジョエルがこれまで聞いた話では隠者というのはみんな無口で、無愛想だということだった。でもリトル・サンシャインはそうじゃない。彼はたぶん生まれつきのお喋りなのだろう。森の中での孤独な夜には、彼はきっといろんなものに話しかけるのだろうと、ジョエルは想像した。ヒキガエルやら、樹木やら、冷ややかな青い星に向かって。そう思うと彼はこの老人に対して温かな気持ちを抱くことができた。どうして〈溺れ池〉という気味悪い名前がついたのか、その謂れを老人は説明し始めていた。

　その昔、二十世紀になる少し前の頃、このあたりの森の中にそれは豪華なホテルがあった、と彼は自慢げに言った。ミセス・ジミー・ボブ・クラウドが経営する「クラウド・ホテル」だ。彼女はスカリー家の血縁にあたる未亡人だった。そして当時〈クラウド池〉と呼ばれていたその池は、まさにダイアモンドの目とも言うべき存在で、地下の石灰岩の泉から澄み切った冷たい水がこんこんと湧きだしていた。そしてミセス・ジミー・ボブのホテルは、その広々とした真っ白な大広間を練り歩くために遥々遠方からやって来る、大勢の着飾った人々を泊めた。暗紅色の日傘を差した、絹のスカート姿のご婦人方が夏中、池のまわりの芝生の上をそぞろ歩きしていたものだった。羽扇がさらさらと音を立て、ビロードのダンス靴が舞踏室の床に磨きをかける一方で、緋色のお仕着せを着た従業員たちが、ゲストたちのあいだを滑るが如く行き来し、銀の盆の上に赤くワインがこぼされた。宿泊客たちは五月にやって来て、十月になると去って行った。思い出を携え、大枚の金をあとに残して。当時リトル・サンシャインは、そこの立派な馬たちの艶やかな毛にブラシをかける馬小屋係の少年だったのだが、彼は多くの夜、星のまたたく空を見上げながら眠ることも忘れ、くぐもった混じり合うざわめきに耳を澄ませていた。ああ、しかしそのとき！　しかしそのとき！　ある八月の午後、それは一八九三年のことだったが、一人の子供が、ジョエルと同じくらいの年頃の混血児《クレオール》の少年が、友だちにけしかけられて、百フィートくらいの高さのオークの木から、無謀にも池に飛び込み、水中に沈んでいた二本の丸太のあいだに落ちて、貝のようにぱかっと頭が割れてしまったのだ。それからほどなく、第二の悲劇が起こった。警察相手にさんざん問題を起こしている一人のいかさま賭博師が池に入って泳ぎだし、そのまま戻ってこなかったのだ。

　それから冬がやって来て過ぎ去り、新たな春が訪れた。そしてそれから、一組の新婚カップルが池でボートを漕いでいるとき、水底からルビーの指輪を光らせた一本の腕がするりと伸びてきて、ボートを摑んでひっくり返そうとしたと申し立てた（その賭博師はルビーの指輪をこれ見よがしに指にはめていた）。訴えは他にも続いた。ある人は泳いでいるときに、力強い腕で両足を摑まれたと言った。ある人は二人を目にしたと主張した。賭博師と少年とを。二人は水面のすぐ下にいて、実に鮮やかに見て取ることができた。どちらも今は裸で、髪は長く緑色で、藻のようにもつれていたということだ。ご婦人たちは眉をひそめ、ぱちんと扇を閉じ、そそくさと絹の衣服をまとめた。夜は静まりかえり、芝生の庭を歩くものもなく、宿泊客たちは二度と戻ってはこなかった。そしてそれはミセス・ジミー・ボブの心を引き裂いた。彼女はビロクシに網を注文し、それで池を浚《さら》った。「そんなことをしたって無駄だと彼女に言うたよ。そんなくらいじゃ二人は捕まえられん。悪魔のやつはなにしろ抜かりないからのう」。そのあとミセス・ジミー・ボブはセントルイスに行って部屋をひとつ借り、ベッドにたっぷり灯油を撒き、そこに横になってマッチを擦った。

〈溺れ池〉というのは、黒人たちがつけた名前だ。古いクリークの泥が石灰岩の泉をくぐり抜けて、池の水をゆっくりと不気味な色合いに染めていった。芝生も道路も散歩道も、すっかり荒れ果てた。広々としたヴェランダは陥没し、煙突は沼地となった地面にめり込んでいった。嵐で根っこからもがれた樹木が、ポーチに倒れかかった。舞踏室の朽ち果てたピアノの弦の間をすり抜ける水蛇たちが、夜の歌を奏でた。ホテルは恐ろしい、不気味な様相を呈した。しかしリトル・サンシャインはそこに住まい続けた。そこは正当なわしの住まいなんじゃ、と彼は言った。というのは、もしわしが――その昔にそうしたように――そこを離れたなら、それとは違うべつの声たち、べつの部屋たち、失われ曇らされた声たちが、わしの夢をかき乱すことになるからだ。

その物語はジョエルに、あれこれごたまぜになった情景を思い描かせた。幽霊のいる庭を映し出すひびの入った窓ガラス、壊れた円柱からねじけた蔦が滴るように垂れ下がり、すべてが蜘蛛の絹糸に覆われた夕暮れの世界。

ミス・フローラベル・トンプキンズは腰まで伸ばした赤毛の髪を櫛で梳いていた。剝き出しの正午の陽光がそのひとつひとつの房を淡く染めていた。彼女は言った。「ねえ、知ってる？　実はね、あなたに会えそうな気がしてむずむずしていたのよ。今朝、妹にこう言ったばかりなの。

『ねえ、シスター、今日誰かお客様がうちに見えそうな気がするわ』って。そして言った。『だから髪を洗っておきましょうよ』って。でも当然ながら、そんなこと言ったって馬の耳に念仏ってやつよね。あの子は何かを洗うなんてことができないんだから。アイダベル？　クリークに行ったわ。そこに冷やしておいた西瓜を取りに。夏の最初の西瓜。今年の初め頃にパパが苗を植えたのよ」。フローラベルは月光に照らされていたときほど美しくは見えなかった。顔はのっぺりとして、妹と同じようにそばかすだらけだ。歯並びがけっこう悪く、唇はいかにも不服げにつんと前に突き出している。彼女はハンモックに半ばもたれかかり（「これ、ママが自分で作ってくれたのよ。私のきれいなお洋服はみんなママが作ってくれるの。ドッテッド・スイス（透かし模様の入ったモスリンの生地）のドレスだけは別だけど。でも妹のためには何ひとつ作らない。ママが言うように、あの子はあり合わせのものを着て、そのへんをほっつき回っていればいいのよ。だってあの子ったら、上品な服をすぐに出鱈目にしちゃうんですもの。包み隠さずに本音を言っちゃうとね、ノックスさん、アイダベルは私たちの心の重荷なのよ。ママと私のね。キュートなドレスを着れば、私たちは瓜二つなの。なのに……」）、そのハンモックは、庭の隅に影を落としているピーカンの木の間で揺れていた。彼女は安売り店で売っている毛抜きを手に取り、顔に苦痛の表情を浮かべながら、ピンク色の眉毛を抜き始めた。「妹の望みはね……あ、痛……農夫になることなんだって」

芝生の上に屈み込んで草の葉を齧っていたジョエルは、両脚を伸ばして言った。「それのどこがいけないのさ？」

「ねえ、ノックスさん、それって冗談で言ってるのよね」とフローラベルは言った。「まっとうな育ちの白人の娘が農夫になりたがるなんて話を、あなたは聞いたことある？　ママと私はそれを聞いて、そりゃもう恥ずかしくって。あの子が裏で何を企んでいるか、そんなことちゃんとわかっているんだから」、フローラベルは彼に共謀するような視線を送り、声を潜めて言った。「パパが死んだとき、この土地が自分に譲られて、それを好きなようにできるとあの子は踏んでいるのよ。ふん、そんなの騙されるものですか」

　ジョエルは、アイダベルが相続することを企んでいるという代物をちらちらと眺め回してみた。家は遥か向こうの、木立が陰を作っている中にあった。それはいかにも堅牢そうな、簡素で感じの良い家だった。白く塗られていたが、今では僅かに灰色がかっている。正面から背後にかけて開放式の廊下が巡らされ、フロント・ポーチにはゼラニウムのボックスが並び、ブランコがひとつある。緑色の一九三四年型のシヴォレーを収めた簡易ガレージが、家屋の脇についている。花壇と石が配された小綺麗な庭を、ニワトリたちが地面を突きながら歩き回っていた。裏手には燻製小屋と、風車のついた揚水ポンプがあり、綿花畑のくねった斜面がそこから始まっていた。

「あ、痛！」とフローラベルは叫んで、毛抜きを脇に投げた。そしてハンモックを押してゆらゆらと揺らせた。彼女の唇は愚かしく前に突き出された。「私はね、女優になりたいの……それとも学校の先生に」と彼女は言った。「ただ、もし女優になったとして、妹のことをどうすればいいのかしら？　有名になっちゃったら、その人の過去をほじくり返そうとする人が出てくるでしょう。私は意地の悪いことを言いたいわけじゃ全然ないんだけどね、ノックスさん、こういう話を持ち出すのも、実をいえばあの子があなたにぞっこんになっているからなのよ……」、フローラベルはその視線を慎ましく下ろした。「そしてあのかわいそうな子には、ちょっとした評判が立っているの」

　本人はたとえ密かにであれ、そんなことを絶対に認めるまいが、それを聞いてジョエルはほくほくと良い気分になった。「評判って、どんな？」と彼は笑みを顔に出さないように努めながら尋ねた。

　フローラベルは身を起こした。「これはこれは」と彼女は例の老婦人風の気取った所作を恐ろしく正確に真似て言った。「わたくし、あなたのことをさぞ世慣れた紳士だと思っておりましたのよ」。突然、彼女は何かにギョッとしたかのように、ハンモックに沈み込んだ。そして「あら、いたのね、シスター……どなたが見えていると思う？」

「やあ」とアイダベルが言った。彼女のもそっとした声には、驚きも歓びもまったく聴き取れなかった。彼女は巨大な西瓜をひとつ抱えており、白と黒の年老いた猟犬がその足元にくっついていた。彼女は西瓜を草の上にごろんと転がし、立った前髪を後ろに撫でつけ、樹木に力なくもたれかかり、ダンガリーのズボンについたベルトを通す輪に両手の指をひっかけた。農作業用の長靴を履いており、「ドリンク・コカコーラ」という胸の文字がかすれかけたスウェットシャツを着ていた。彼女はまずジョエルを見て、それから姉を見た。そして何か荒々しい言葉でも発するように、指の間から上手にぺっと唾を吐いた。老犬が彼女のそばにごろんと横になった。「こいつはヘンリー」と彼女は足で犬の脇腹を優しくこすりながら、ジョエルに言った。「こいつは今から眠ろうとしているの。だからあまり大きな声でしゃべらないようにね。わかった？」

「へへん！」と双子の片割れが言った。「ねえノックスさん、私が一眠りしたいと思ったときに、横合いでどんなことが起こるか、ごらんになるといいわ。どすん・ぼかん・ばしゃん！」

「ヘンリーは具合がよくないんだ」とアイダベルは説明した。「病気か何かだと思う」

「ふん、私だって具合が悪いのよ。まったくいろんなことで病気になっちゃいそう」

　アイダベルは自分に向かって微笑みかけているのだとジョエルは想像した。彼女は普通の人のようには微笑みかけない。口の片方の端っこをシニカルにちょっと歪めるだけだ。それはランドルフが眉をきゅっと上げるのと同じような特徴的仕草だった。彼女はズボンの脚を引っ張り上げ、膝の傷のかさぶたをむしり始めた。「ランディングでの暮らしはどうだい？」

「そうよね」とフローラベルは言って、少し小狡そうな、したり顔の笑みを浮かべて前屈みになった。「いろんなものを目にした？」

「とくになんにも。いいところだよ」と彼は用心深く答えた。

「でもさ……」、フローラベルはハンモックからするりと滑り降りた。そして彼の隣に腰を下ろし、片肘を西瓜の上に勢いよく落とした。「でもさ、私が言いたいのは……」

「気をつけなよ」とアイダベルが警告を与えた。「こいつ、あんたにつけこもうとしているんだからね」

　それはジョエルに、はははと笑って、事態を収める機会を与えてくれた。嘘をつくこと、盗むこと、悪い考えを抱くことは彼の罪深い部分だったが、人を裏切ることはその性格に馴染まなかった。同情的な聴き手をいまは何にも増して必要としていたにもかかわらず、ここでフローラベルに内情を打ち明けるのは、彼にはいかにも卑しいことに思えた。「それ、痛いのかい？」と彼は妹に尋ねた。傷に興味を持っているふりをすることで、彼女に謝意を伝えたくて。

「なに、こんなの昔の古傷さ」と彼女は言ってかさぶたを爪でぽりぽりと引っ掻いた。「一度お尻に野球のボールくらいの大きなできものができたことがあったけど、気にもしなかったね」

「ふん、ママがあんたのお尻をぶって、それが破けたとき、ずいぶん大騒ぎしていたじゃないの」とフローラベルが唇を気取って歪め、過去を暴いた。そして西瓜をどんと叩いた。熟れた虚ろな音がした。「ふん、こいつはそのへんの草みたいに、まだ青々しているって音に聞こえるけど」。彼女は爪で引っ掻いて、西瓜の皮に自分のイニシャルを入れた。そしてぎざぎざのハートを描き、そこに矢を突き刺し、M・Sと刻んだ。彼女は恥ずかしげにジョエルを見ながら、それは「ミステリアス・ストレンジャー」の略なのよと告げた。

アイダベルはジャックナイフを取り出した。「ごらんよ」と彼女はその薄く酷い刃先を出して言った。「私は誰かを殺すことができる。そうだね？」。そしてその殺人的な一突きでぱっくりと西瓜を割った。冷たい果汁を飛び散らせながら、彼女はその西瓜をいくつかの大ぶりな部分に切り分けた。「パパに一切れを残しておいてよね」と彼女は言って、心置きなくがつがつ食べるために樹陰に引っ込んだ。

「冷やっこいね」とジョエルは言った。赤い滴がシャツを染めていた。「あのクリークはきっと冷蔵庫なみに冷たいんだろうな。どこから流れてくるの？〈溺れ池〉からなのかな？」

フローラベルはアイダベルを見て、アイダベルはフローラベルを見た。どちらがそれに答えるべきか、両者とも心を決めかねているようだった。アイダベルは滓《かす》をぺっと吐き出し、言った。

「誰からそれを聞いたのさ？」

「聞いたって、何を？」

「〈溺れ池〉のことだよ」

彼女の声に含まれた微かな敵意の響きが、彼を警戒させた。しかしこの件に関しては、嘘をつくよりは真実を述べた方が害は少ないだろうとジョエルは考えた。「ああ、そこに住んでいる人に聞いたのさ。彼はぼくの友だちだよ」

アイダベルはしゃがれた、馬鹿にしたような笑いでそれに答えた。「このあたりで、あの気色悪いホテルに近寄れる人間といえば、あたしくらいのものだよ。でもね、あたしはそいつを今まで、ちらりと目にしたこともないよ」

「妹の言うことは正しい」とフローラベルが付け加えた。「この子はいつだってその隠者に会いたいと願ってきた。ママはよく言っていたわ。悪いことをしたら、そいつが私たちを捕まえにくるってね。でもこの頃は私、そんなの大人たちがでっち上げた架空の人だと思うようになっているの」

今度はジョエルが優位に振る舞う番だった。「一時間前に道路まで出てきたら、きみたちに彼を紹介してあげられたのにさ。彼の名前はリトル・サンシャインっていうんだ。そして彼はぼくに作ってくれることに……」、でもそこではっと思い出した。護符のことは人に教えてはならないのだということを。

その証言に対してアイダベルは反対尋問をしなかった。何と言っていいかわからずにいた。そしてうらやましがった。「ふん」と鼻を鳴らしただけで、そのまま西瓜に威勢良くかぶりついた。木漏れ日の輪が落ちた黄金の果実のように暗い色あいの草を斑《まだら》に染めていた。西瓜の皮にキンバエがどっと群がった。風車の向こうのどこかで、カウベルが長く物憂げに鳴っていた。ヘンリーは悪夢を見ているらしく、その不揃いな鼾はフローラベルの神経に障っているようだった。彼女は西瓜の種を手のひらに吹き出し、「汚い犬、老いぼれ犬」と唱えながら犬に投げつけた。

アイダベルはしばらくは何もしなかった。それから立ち上がり、ナイフの刃を収め、それをポケットにしまった。ゆっくりと、表情ひとつ変えずに、彼女は姉の方に近づいていった。姉は顔をピンク色に染め、神経質なクスクス笑いを始めた。

両手を腰にあて、アイダベルは御影石のような目でじっと相手を睨んだ。一言も口にしなかったが、その食いしばった歯の間から息がしゅうしゅうと漏れていた。そして首の窪みで血管が細かく引きつっていた。老犬はのっそりと前に進み出て、咎めるような目でフローラベルを見ていた。ジョエルはじりじりと数フィート後ろに下がった。彼としては家族間のいさかいに巻き込まれたくなかったのだ。

「あんたはいつか、その目を外に突き出しすぎることになるよ」とフローラベルは嘲るように言った。しかしその石のような凝視が続くにつれて、その小生意気な態度はだんだん崩れていった。

「こんな小汚い犬のことをどうしてあんたがそんなに気にかけるのか、私にはわからないわ」と彼女は苺色の髪をくるくる巻き、邪気のない目をぱちくりさせながら言った。「いずれにせよ、ママがパパに頼んで、あの犬を撃ち殺してもらうはずよ。だってこいつは私たちみんなに、命取りになる何かの病気をうつしかねないんだから」

　アイダベルははっと息をひとつ吸い込み、相手に飛びかかり、二人は取っ組み合いながら何度も何度も草の上をごろごろと転がった。フローラベルのスカートが上までまくれ上がって、ジョエルは頬を赤らめた。それから引っ掻いたり、蹴ったり、叫んだりして、彼女はなんとか身をふりほどくことができた。「ねえ、シスター、お願いよ……頼むから、シスター……もうやめて！」。彼女はピーカンの木の陰に走り込んだ。そして二頭の回転木馬に乗った人の姿のように、二人は木の幹の周囲をぐるぐるとまわった。こちら回りで、それから反対回りで。「ママ、ママを呼んできて……ねえ、ノックスさん、この子は頭が狂ってる……なんとかしてちょうだい！」。ヘンリーは興奮して大声で吠え、自分の尻尾を追い回し始めた。「ノックスさん……」

　しかしジョエル自身もアイダベルが怖かった。そしてまたこんなに激しく怒り狂った人を、またこんなに身のこなしが素速い人を、これまで目にしたことがなかった。こんなに速く動ける女の子がいるなんて、故郷の人たちはきっと信じてくれないだろう。また彼には経験からわかっていた。もし自分がこの件に関われば、最終的には非難の矛先が自分に向けられるであろうことを。事の発端はすべて彼にある、みたいなことになってしまうはずだ。それにだいたい、フローラベルは犬に西瓜の種を投げつけたりするべきではなかった。心の底では彼はこう思っていた。彼女がこてんぱんにやられたところで、そんなのぼくの知ったことかと。

　彼女は庭を横切り、必死に駆けて家の方に向かった。しかしそれも無駄だった。アイダベルが回り込んで行く手を遮ったからだ。ぴったりくっつきあったまま、二人はジョエルの脇を勢いよく通り過ぎていった。そしてそれは彼の落ち度ではなかったのだが、ジョエルはあのピーカンの木と同様、盾代わりの格好になってしまった。アイダベルは彼を脇に押しやろうとした。彼がどこうとしないのを見ると、彼女は汗で湿った髪をさっと脇に振り、大きな緑色の目で、怒り狂って彼を睨みつけた。「そこをどきな、へなちょこ坊や」

ジョエルは彼女のポケットの中にあるナイフのことを思った。そしてフローラベルの懇願にもかかわらず、これはよそに移動した方が賢明かもしれないという結論に達した。

そんなわけで二人はまた追いかけっこを始め、輪を描いて走り、樹木の間をジグザグに抜けた。フローラベルの髪は背中で跳ねていた。二人がピーカンの木（二本あるうちの高い方）に着いたとき、彼女はその木に登りだした。アイダベルは走りにくい長靴を脱いだ。「ふん、そんなことしたって逃げ切れないよ」と彼女は叫んだ。そして猿のように身軽に、木の幹をよじ登った。

木の枝が揺れ、小枝が折れ、ちぎれた葉がジョエルの足元にばらばらと落ちた。彼はもっとよく視界のきく場所を求めて動き回ったが、樹木の間から空は青く砕けたみたいに見えた。そして太陽に近づくように上に登っていく双子の姿は、より小さく、眩しいほど明るくなっていった。

フローラベルはこれ以上登れないというところまで達した。てっぺんだ。でもそれは安全な、しっかり守られた場所だった。その大枝が股になったところで、彼女は安定した位置を占め、そこまではどんな攻撃も及ばなかった。敵を追い払うには、ただ相手を蹴りつければいいだけだ。

「あたしは待てるからね」とアイダベルは言って、枝にまたがって座った。そして苛立った目でジョエルをちらりと見下ろした。「あんたはうちに帰りな」

「彼女の言うことは無視してね、ノックスさん」

「うちに帰って、紙のお人形でも切り抜いてな、へなちょこ坊や」

いやな女だと思いながら、ジョエルはそこに立っていた。木から落ちて、首の骨でも折ればいいのに。すべてのオトコ女がそうであるように、アイダベルも意地悪だった。なにしろ底意地が悪いのだ。ヌーン・シティーの床屋は彼女をしっかり見抜いていた。イボのあるがさつな女もそれがわかっていた。フローラベルもまた。それから彼は肩をすくめ、頭を垂れた。

「この子がいないときにまた立ち寄ってちょうだい」、帰路につこうとしているジョエルにフローラベルが声をかけた。「そしてノックスさん、例の件について私が言ったことはよく覚えておいてね。あなたならわかってくれるわよね……」


二羽のハイタカが強ばった翼を広げ、ランディングのキッチンの煙突から尖塔のように立ちのぼる煙の上を旋回していた。煙は遠くから見ると仄かな黄色に染まっていた。道ばたに立ち止まり、蛙の死骸にたかっている蟻の軍団を敗走させながら、ズーが夕食の支度をしているのだろうとジョエルは思った。彼はズーの作る料理に飽きていた。いつも同じ内容なのだ。コラードにヤムイモにササゲ豆、そしてコーンブレッド。「雪玉男」に会えるといいのになと、そこで彼は思った。故郷のニューオーリンズでは、毎日午後になると「雪玉男」はきらびやかなカートを押して、ベルを賑やかに鳴らしながらやって来た。そして小銭を払えば、円錐形のかき氷に様々な味のシロップをかけてくれた。チェリー、チョコレート、グレープ、ブルーベリー、そんなすべてを混ぜ合わせた虹みたいな色合いのもの。

蟻たちは火花を散らすみたいにあわてて四方に逃げた。アイダベルのことを考えながら、彼はぴょんぴょん跳ねて蟻たちを踏みつぶした。しかしそのような罪深いダンスも、彼女から受けた侮辱の痛みを減じてはくれなかった。待ってろよ！　ぼくが知事になるのを待ってろよ！　警察を彼女にけしかけて、地下牢に閉じ込めてやる。天井には小さな上げ蓋がついており、そこから中をのぞき込んで笑ってやるのだ。

しかしランディングの全貌が視野に入り、その樹陰に暗く染められたとりとめのない輪郭が眼前に浮かび上がったとき、彼はアイダベルのことなんてすっかり忘れてしまった。

糸を巻かれている凧みたいに、ハイタカたちは輪を描きながら少しずつ下に降りてきて、傾斜した板張りの屋根の上を旋回していた。煙突から柱のように立ち上る煙は、無風の暑い夏空に、乱れなくまっすぐ立ち上っていった。少なくともそれは、そこに人が住んでいるという徴だった。ジョエルはこれまで、空っぽで静まりかえった家を何軒も見てきたし、探索もした。しかしこれくらい人気《ひとけ》の感じられない、静まりかえった家屋を目にした覚えはない。その場所はまるで円錐形のガラスにすっぽり包み込まれているかのようだった。そしてその内側で彼を待ち受けているのは、いつ終わるともしれぬ退屈な午後だ。一歩また一歩と、靴の踵が石でできているみたいな重い足取りで、彼はそちらに近づいていった。これからたっぷり長い午後が待っている。これがあと何度、あと何ヶ月続くのだろう？

それから郵便受けに近づいてみると、その赤い愉しげなフラッグはまだ上がったままになっていた。良き感覚がまた戻ってきた。エレンがこの状況を変えてくれるだろう。彼女は事態を収拾し、彼がここを離れて学校に行けるようにしてくれるだろう。普通の人たちが誰しも普通に振る舞っているところに。雪と北風の歌を歌いながら、彼は歩を止めて、郵便受けを勢いよく開けた。奥の方に手紙が分厚く重なりあっていた。封筒は淡い緑色だった。それは彼の父がエレンにあてて手紙を書くときに使っていた文房具に似ていた。蜘蛛の脚のような細くくねった手書きの字も同じだ。

ペペ・アルバレス様メキシコ、モンタレー郵便局気付。それからペペ・アルバレス様日本国、フクオカ郵便局気付。などなど、全部で七通の手紙はすべてペペ・アルバレス宛てだった。どれも郵便局気付で、場所はニュージャージー州キャムデン、インドのラホール、デンマークのコペンハーゲン、スペインのバルセロナ、アイオワ州キオカックだ。

しかし彼の書いた手紙はその中にはなかった。その郵便受けの中に間違いなく手紙を入れたのだ。リトル・サンシャインは彼を見た。ズーも見ている。それらの手紙はどこにいったのだろう？　もちろん郵便配達人がやってきて持っていったのだ。しかしどうして郵便配達人の車を見たり聞いたりしなかったのだろう？　ほとんど壊れかけたフォードで、派手な音を立ててやってくるというのに。そして足元の土ぼこりの中に、破れたトイレットペーパーから覗いている自分の硬貨が見えた。彼が包んだ五セント玉と一セント玉が一枚ずつ。それらは不揃いな目のようにきらきらと彼を見上げていた。

ちょうどその瞬間、静けさの中、ぴしっと鞭打つように銃声が響き渡った。屈んで硬貨を拾い上げようとしていたジョエルは、引きつった顔を家の方に向けた。ポーチにも小径にも人の姿はなかった。生命あるものの徴はどこにも見えない。そしてもう一発の銃声。樹木の上を越えていくハイタカたちの翼が荒々しい音を立て、その影がまるで暗い島嶼のように道路の焼けつく砂の上を横切っていった。

第二部

第六章

「じっとしてなよ」とズーが言った。キッチンのランプの明かりに照らされた彼女の目は、サテンのように見えた。「そんなにもじもじするんじゃないの。じっとおとなしくして、あたしに髪を切らせておくれ。あんたに女の子みたいななりで、このへんを走り回らせておくわけにはいかないんだよ。そんな風にしてると、屈んでおしっこしろって、みんなに言われることになるよ」。植木ばさみはボウルの縁に沿ってちょきちょきと刈っていた。青いボウルは、まるでヘルメットのようにジョエルの頭にぴたりと合っていた。「あんたは糖蜜のようにつるりときれいな髪をしているね。これなら鬘《かつら》屋さんに売れるくらいだよ」

　ジョエルは身をくねらせた。「彼女にそう言われたあとで、どう言ったんだよ？」と彼は尋ねた。その前に話題になっていたことに早く戻ってほしくて。

「言われたって、何を？」

「ランドルフの具合の悪いときにライフルをぶっ放すなんて、よくそんな無神経なことができるねって言われたんだろう」

「ふん」とズーはうなった。「あたしはね、ただあの女《ひと》の前ではっきりこう言ってやったのさ。ああ、言ってやったよ。『ミス・エイミー、あの鷹たちは、あたしたちが追っ払わないかぎり、この土地をあたしたちの手から奪うつもりでいますよ』ってね。『この春以来なにしろ、あいつらにもう一ダースくらい、むっちりしたフライ用の若鶏をさらっていかれたんですからね。それに具合の悪いミスタ・ランドルフだって、お腹がぺこぺこになったらやっぱり愉しくないでしょうよ』」

ボウルを取り去ると、両手で望遠鏡の形を作り、髪の切り具合をあらゆる角度から点検しながら、彼女はジョエルの座った椅子のまわりを歩いてまわった。「申し分ない散髪ってところだ」と彼女は言った。「窓に映して見てごらんよ」

夕暮れはガラス窓を銀色に輝かせ、彼の顔は透き通ってそこに映っていた。ランプの黄色い光のまわりで蛾が動き回り、彼の顔はその揺れる光と混じりあい、ともに変化した。彼は自分の姿を見て、そして自分の姿を通して、その向こうにあるものを目にした。イチジクの木の中で一羽の夜の鳥が、口笛を吹くみたいに鳴いていた。ヨタカだ。そして青があふれる空中に、蛍が小さな光を撒いていた。まるで暗闇の中に浮かぶ船のようだ。ヘアカットはひどいものだった。彼のシルエットは、地球儀みたいな大きな頭を持った知恵遅れの子を思わせた。そして今の彼は、ランドルフに褒められたこともあって、自分の容姿が気になっていた。「ひどいや」と彼は言った。

「ははん」とズーは言った。豚の餌にするために、夕食の残り物をラード缶にこそげて捨てながら。「あんたはケグ・ブラウンと同じくらいものを知らないね。あたしの知ってる限り、ケグ・ブラウンはこの世でいちばんの抜け作だけど、あんたもそれに劣らずものを知らないよ」

ジョエルはランドルフの真似をして、片方の眉をぎゅっと上げて言った。「言わせてもらえれば、ぼくはきみが知らないようないろんなことをちゃんと知っているさ」

キッチンを片付けてまわるズーの姿から、エレガントな優雅さがすっかり消えた。獣のような足取りが床をぎしぎしと踏みならした。そしてランプを暗くしようと身をかがめたとき、傷ついて悲しみの色を浮かべた彼女の細長い顔は、光を受けてまるで仮面みたいにきらりと光った。

「言わせてもらえればね」と彼女は、ネッカチーフをむしり取り、ジョエルの方を見ないで言った。「言わせてもらえればね、あんたはズーより賢いかもしれない。でも人の感情ってものについちゃ、彼女はあんたよりもよく心得ているよ。少なくとも彼女は、とくに理由もなく人の心を傷つけてまわったりはしないからね」

「ああ」とジョエルは言った。「ああ、ぼくはからかっただけだよ。本当さ」。そして彼女をハグし、そのお腹に顔をぎゅっと押しつけた。彼女は甘い匂いがした。ちょっと不思議な、黒くて酸っぱい甘さだ。そして彼の髪を梳くように撫でる彼女の指は、冷ややかで力強かった。「ぼくはきみのことが好きだ。きみはきっとぼくのことが好きなはずだから。そうでなくちゃならないんだから」

「ああ、まったくもう」とズーは抱擁から身をほどきながら言った。「あんたは今はまだほんの子猫ちゃんだけど、やがて大きくなったら……もう、とんでもない牡猫になっちまうかもね」

　彼は戸口に立って、彼女のランプが暗闇を二つに分かつのを見ていた。そしてジーザス・フィーヴァーの小屋の窓が色づくのが見えた。ここに彼がいて、そこに彼女がいる。そして彼らの間には深い夜の帳があった。これまでのところ、それは奇妙な宵だった。ランドルフは部屋に閉じこもり、エイミーは夕食の盆を用意していた。ひとつはランドルフのためのものであり、もうひとつはおそらくはミスタ・サンソムのためのものだ（「ミスタ・サンソムは冷たい豆は食べない」と彼女は言った）。彼女はグラス一杯の牛乳を飲み干す時間しかテーブルに留まってはいなかった。でもジョエルは話をした。そして話をしているうちに彼の心配はだんだん薄らいでいった。ズーはいくつかお話をした。大げさで面白くて悲しい話。しばしば彼らの声は重なり合って歌になった。夏のキッチンのバラードだ。

　そもそもの最初から彼は、その家の組み合わさった物音に気づいていた。沈黙の縁にある音、石と木材とが位置を定める吐息。まるでいくつもの古い部屋がそれぞれひっきりなしに風を吐き、吸い込んでいるようだ。そして彼はランドルフがこう言うのを耳にした。「私たちは沈みつつあるんだ。いいかね、昨年だけで四インチも沈下したのだよ」。そう、この家は大地に溺れつつあるのだ。そして彼らは一人残らず、家もろともそこに呑み込まれていくのだ。

　ジョエルは部屋を抜けながら、その光なき廊下に沿って、モグラたちが銀色のトンネルを這い抜けていく姿を思い浮かべた。土の詰まった部屋を抜けて、ひょろりとしたセキチクが育っていく。頭蓋骨の眼窩から、ライラックが血となってこぼれ出る。消えちまえ、と彼は言った。神経質な明かりを投げかけるランプに向けて階段を登りながら。消えちまえ、と彼は言った。というのは自分の想像力がいかにもまやかしに満ち、おぞましいものだったから。でも一軒の家が丸ごと消えてしまうなんてことが、実際に起こるものだろうか？　イエス、そういう話は耳にしたことがあった。ミスタ・ミステリーなら、ぱちんと指を鳴らすだけでいいのだ。するとそこにあったものは、何だってさっと消えてしまう。人間だって同じことだ。この地上からあっさり吹きはらわれてしまうのだ。それがまさに彼の父親の身に起こったことだった。父親は消えてしまった。それも母親のときのようなまっとうな段階を経てではなく、ただいなくなってしまったのだ。そして自分がこの先、父親に会えるという確証がジョエルにはどうしても持てなかった。だとしたら、どうして彼らは本当のことを言わないのだろう？「ミスタ・サンソムなんていないんだよ。おまえには父親はいないのだよ」と言って、彼を追い払ってしまわないのだろう？エレンはいつだって、まっとうなキリスト教徒がおこなうべきことについて語っていた。彼女が何を言いたいのか、ジョエルはよく首を捻ったものだ。でも今の彼にはそれがよくわかった。まっとうなキリスト教徒がなすべきは、真実を告げることなのだ。

　彼はゆっくりと階段を上がった。目覚めたまま夢を見るように。そして夢の中で彼はクラウド・ホテルを目にした。その傾いた黴《かび》の生えた客室を、風にひび割れたガラス窓を（そこにはクロゴケグモの巣のカーテンがかかっている）。そしてあるときはっと気づく。これはホテルなんかじゃない。そう、これがホテルであったことなんてない。これは地表から消された人々が来る場所なのだ。死にはしたが、まだ死者にはなっていない人々が。そして彼はリトル・サンシャインが描写した舞踏室のことを思った。そこでは黄昏がつづれ織りのように壁を覆い、波打つ床に散らばったブーケの葉の、干からびた脆い残骸が、彼の夢想下の歩みによって粉と散った。彼は暗闇の中を、棘の埃の中を歩いた。名前を、彼自身の名前を聴こうと耳を澄ませながら。しかしそこでさえ、いかなる父親も彼を出迎えはしなかった。グランドピアノの影が大きな蛾の翅《はね》みたいに丸天井に映っていた。そして鍵盤の前には、一人の婦人が腰掛けていた。彼女の目は月光に白く染まり、そのひやりと白い巻き毛の鬘は斜めに傾いでいた。それはミセス・ジミー・ボブ・クラウドの幽霊なのだろうか？　セントルイスの下宿屋で自らを火葬に付したミセス・クラウド。それが回答なのか？

　それが彼の膝を打った。起こることすべては瞬時に起こった。階上の廊下でばたんというドアの音が聞こえ、不鮮明な光が短くきらめいた。それから何かが自分にぽんとぶつかるのを彼は感じた。それはそのまま行き過ぎ、すとんすとんと音を立てて階段を降りていった。それはあまりに唐突なことであり、身体中のすべての骨の箍《たが》が外れ、身体中のすべての器官がばらばらになってしまったような気がした。まるでネジ巻き式時計のばねがすっかり弾け飛んだみたいに。小さな赤いボールがひとつ、ころころと転がって小部屋の床を打った。そして彼はアイダベルのことを思い出した。自分が彼女くらい勇敢であればいいのにと願った。自分に兄弟か姉妹が、あるいはそんな誰かがいればいいのにと願った。そして自分が死んでいればいいのにと願った。

　ランドルフが階上の手すりから身を乗り出していた。彼の両手はキモノの袖の中に組まれており、両目は酔っ払ったみたいにどんよりと曇って表情を欠いていた。そしてもしジョエルの姿が見えていたとしても、まるでそんな素振りを見せなかった。ほどなくキモノの衣擦れの音がして、彼は廊下を横切り、そこにあったドアを開けた。蠟燭《ろうそく》の異様な明かりが彼の顔の上を漂った。しかし彼はその部屋には入らず、そこに立っておかしな仕草で手を動かしていた。それからくるりと振り向くと、階段を降り始めた。そしてジョエルのところまでやって来て向き合うと、ただこう言った。「グラスに入れた水を持ってきてくれないか」と。それだけ言うと身を翻し、階段を上がって部屋に入っていった。ジョエルは動くこともできぬまま、長いあいだ階段の上に立ちすくんでいた。壁の中のいくつかの声が、石と木材とが位置を定める吐息が、沈黙の縁にある音が聞こえた。

「お入り」、エイミーの声が家中にこだました。入り口の敷居で待機していたジョエルの心臓は、どこかに離れていくようだった。

「気をつけて、マイ・ディア」とランドルフが、天蓋付きのベッドの足元にだらりと寄りかかりながら言った。「水をこぼすんじゃないよ」

　しかしジョエルは手の震えを止めることができなかった。目の焦点もうまく定められない。エイミーとランドルフは、いくらか距離をとって離れていたものの、まるでシャム双生児のように一体化して見えた。彼らは一種、畸形動物のようだった——半分男で半分女の。一ダースばかりの蠟燭があった。夜の暑さのせいでそれらはぐにゃりと弱々しくねじ曲げられていた。ライムストーンの暖炉がその明かりにうっすら光り、一群のクリスタル製のチャイムがジョエルの入室に合わせて動きを見せ、小川のせせらぎのようにマントルピースの上でちりちりと音を立てた。喘息用の煙草と、使用済みのリネンと、ウィスキー混じりの息のせいで、空気はつんと鼻を刺した。

　堅くこわばったエイミーの顔は、閉じられた窓を背景に貨幣の横顔のようだった。虫たちがその窓に、時計が時を刻むような規則正しい音を立ててぶつかっていた。基礎縫い《サンプラー》の刺繍に意識を集中して、彼女は縫い物用の小さな椅子の中で身体をゆっくり前後に揺すり、手袋をはめた手に持った針が、ライラック色の布をリズミカルに刺していた。彼女は蠟で作られた機械のように、また実物大の人形のように見えた。作業に集中している彼女の様子はどこか不自然だった。まるで本を読んでいるふりをしている人のようだ——ただし手にした本は上下逆さまだ。そしてガチョウの羽根を使って爪の掃除をしているランドルフは、彼女に負けず劣らず、その振る舞いが型にはまった見せかけのように見えた。自分がここにいるのは何かしら不躾なことなのだと告げられているように、ジョエルには感じられた。とはいえ後戻りはできないし、また前に進むこともできない。ベッドの脇のテーブルの上には、いささか心を惹かれるものが二つ置かれていた。ローズ色の曇りガラスでできた球体《グローブ》で、中に明かりがついて、ガラスにはヴェネチアの風景が描かれている。黄金色のゴンドラ、やくざっぽいゴンドラ漕ぎ、サッカリン・ブルーの運河の上、輝かしい宮殿の前を行き過ぎていく船上の恋人たち。そして小さな銀の鏡を支える乳白ガラスの裸像。その鏡には小さな一対の目が映っている。それを目に留めた瞬間、ジョエルの視野からは他のすべてが消えた。

目は涙の滲んだ灰色だった。その二つの目は、知恵なき光を浮かべてじっとジョエルを見ていた。そしてすぐに、まるで彼が誰だかを認めたかのように、重々しい二度の瞬きと共に目は閉じられ、わきに逸らされた……それによってその目は頭の一部としてしか見えなくなった。剃り上げられたその頭は、不潔な枕の上にいかにも病人らしく、だらりと置かれていた。

「彼は水を求めている」とランドルフが、親指の爪を羽根先で掃除しながら言った。「飲ませてあげなさい。可哀想なエディー、まったく無力なのだ」

そしてジョエルが言った。「これが彼なの？」

「ミスタ・サンソム」とエイミーが言った。その唇は、彼女が縫っている薔薇の蕾《つぼみ》と同じくらい堅く締まっていた。「それがミスタ・サンソム」

「でもそんなこと、ひとことも言ってくれなかった」

ランドルフはベッドの柱につかまるようにして立ち上がった。キモノの裾が乱れ、ピンク色のかなり太い腿と、毛の生えてない脚が剝き出しになった。重い体つきの男の多くがそうであるように、彼は予想外の素速さで動くことができたが、今はいささか酒を飲み過ぎていた。そして顔をなんとかひとつに束ねている無感覚な笑みを浮かべ、ジョエルの前にやってきたとき、彼は今にも倒れてしまいそうだった。彼はジョエルの背丈まで身を屈め、囁くように言った。「ああ、こういうことなのさ、ベイビー」

目がもう一度鏡に映った。その像はそこに投じられる光によってぴくぴくと震えた。金の結婚指輪のはめられた手がキルトの下から突き出され、赤いボールを下に落とした。それは合図か、あるいは挑戦のようなものだった。そしてジョエルはランドルフを無視し、それに応えるべく敏速に前に向かった。

第七章

彼女は石を蹴り、口笛を吹きながら道をやって来た。竹の竿が一本、午後の太陽を指し示すような格好で、その肩の上に載っていた。彼女は糖蜜を入れるバケツを手に下げ、玩具のような色つき眼鏡をかけていた。猟犬のヘンリーが彼女の脇を歩いており、その赤い舌はいかにも暑そうにだらんと外に垂れていた。そして郵便配達人を待っていたジョエルは、松の木の背後にこっそり身を隠した。見てろよ、面白いことになるからな。ひとつ脅かしてやろう……さあ、彼女はすぐそばまで来ている。

と、そこでアイダベルは立ち止まり、サングラスを外し、カーキのショートパンツで拭いた。目の上に手をかざし、ジョエルの隠れている樹木をまっすぐ見た。そしてその先の方を。ランディングのポーチには人影はなかった。生命の切れっぱしも見えない。彼女は肩をすくめた。「ねえ、ヘンリー」、犬の目は悲しげにくるりと上を向いた。「ヘンリー、おまえにまかせるよ。あの子を仲間に加えたいか、それとも加えたくないか？」。ヘンリーはあくびをした。蝿が一匹その口の中に飛びこみ、犬はそれをごくりと呑み込んだ。「ねえ、ヘンリー」、彼女はその特定の松の木をじっくり精査しながら続けた。「木の中には、へんてこな影を持つものがあることに、おまえは気がついたかい？」、少し間を置いて、「オーケー、わかったからもう出ておいで」

おどおどとジョエルは陽光の中に足を踏み出した。「やあ、アイダベル」と彼は言った。アイダベルは笑った。その笑い声は鉄条網よりも荒っぽいものだった。「いいかい、坊や」と彼女は言った。「この前アイダベルをだまし討ちしようとした男の子は、いまでもしっかり泣きを見てるよ」、彼女はもう一度色つき眼鏡をかけ、ショートパンツを勢いよく引っぱり上げた。「ヘンリーとあたしは、これからナマズ釣りに行くところなんだけど、もし手伝う気があるのなら歓迎するよ」

「手伝うって、どんな風に？」

「ああ、虫を針につけるのさ……」、バケツを傾けて彼女は彼に、その白くくねくねと蠢《うごめ》く中身を見せた。

ジョエルは気味悪くて目を逸らせた。でもこう思った。イエス、ぼくはアイダベルと行きたい。イエス、独りぼっちにならずに済むならなんでもしよう。針に虫をつけ、彼女の足にキスをする。なんだってかまやしない。

「服を着替えた方がいい」とアイダベルは言った。「そんな日曜日みたいな格好をすることたないさ」

実際、彼はいちばん上等な服を着ていた。ダンス教室のために買ってもらった白いフランネルのスーツだ。彼がそれを着ているのは、ランドルフが絵に描いてくれると約束していたからだ。しかし昼食の席で、ランドルフは具合がよくないのだとエイミーに教えられた。「可哀想な子、この暑さじゃねえ。もうちょっと体重を落とせば、それほどつらい目にあわなくても済むはずなのに。アンジェラ・リーもそんな具合だったよ。暑さが彼女を参らせたんだ」。アンジェラ・リーについては、ズーがこんな奇妙きてれつな話を聞かせてくれた。「ねえ、そのおばあさんにはとてつもなくけったいなことが起こったんだよ。亡くなるちょっと前のことだけど、急に髭が生えてきたのさ。顔中ぼうぼう伸びてきた。掛け値なしの本物の毛がね。色は黄色で、とにかく針金みたいに硬いんだ。あたしがよくその髭を剃ってたんだが、身体はなにしろ頭からつま先まですっかり麻痺していて、肌なんてもう死人のようだった。ところがこの髭ときたら、すさまじい速さでぐんぐん伸びるんだ。剃るのがほとんど追っつかないくらいにさ。で、彼女が亡くなったとき、ミス・エイミーは町から床屋を呼んだ。ところがその男は彼女を一目見るなり、慌てて階段を降りて戻ってきて、そのまま玄関のドアから逃げ出していった。あたしはそれを見て大笑いしたさ！」

「これはただの古いスーツだよ」と彼は言った。うちに着替えに戻ったりしたら、エイミーは行っちゃいけないと言い出すかもしれない。うちにいてお父さんのために本を読んであげなさい、とか。そして彼の父親は、アンジェラ・リーと同じように全身が麻痺しており、手のつけようもなかった。数語しかしゃべれなかったし（ボーイ、何故、親切、悪い、ボール、船）、頭を少し動かし（イエスとノー）、片手をなんとか動かせるだけだった（誰かの注意を引くためのシグナルとして、その手でテニスボールを落とすのだ）。すべての喜びとすべての痛みを、彼は両目で通達した。彼の目は夏の窓のように、ほんの時たましか閉じられることがない。それは常に開かれており、眠っているときでさえ凝視を怠らなかった。

　アイダベルは餌虫の入ったバケツをジョエルに持たせた。砂糖黍畑を横切り、だらだらした狭隘な上り坂を越え、黒人の住む家の前を通り過ぎ（そこでは素っ裸の子供が庭で黒い子山羊を撫でていた）、森の中に入った。二人は密に並んだ、ぴりっと苦いセイヨウミザクラの木の間を抜けていった。「こいつで、みんなへべれけに酔っ払っちまう」。彼女はその果実のことを言っているのだ。「さもしい山猫たちがこいつですっかり酔って、一晩中ぎゃあぎゃあ鳴き叫んでいるよ……あれはまったく聞き物だ。月と果汁のせいで頭がとち狂って、わめきまわるのさ」

　目に見えない鳥たちが、樹葉の中でかさこそと動き回り、歌をうたっていた。森は上辺《うわべ》こそひっそりしているものの、その下では、休みを知らぬ足がビロードのような苔を次々に踏みつけていった。そこでは石灰を思わせる木漏れ日が差し込み、本来の暗さにあちこち染みをつけていた。アイダベルの持った竹の竿が、低く垂れた枝をこすり、猟犬は熱意と疑念を込めて、網のようになったブラックベリーの茂みを勢いよく駆け抜けていった。ヘンリーが斥候で、アイダベルがガイド、ジョエルは捕虜というところだ。その厳粛な探検家たち三者は、じわじわと下っていく大地を進んでいった。オレンジ色の縁のついた黒い蝶々たちが、車輪ほどの大きさの、淀んだ雨水の溜まりの上を旋回していた。彼らの翅の滑るような動きを、溜まりの緑色の水面に映った像がきれいになぞっていた。ガラガラ蛇のセロファンのような抜け殻が道筋に散らばり、破れた銀色の蜘蛛の巣が、枯死して地面に落下した枝を羊膜のように覆っていた。一行は誰かの小さな墓の前を通り過ぎた。そのひび割れた十字架には銘が書き付けられていた。「トビー、猫に殺された」。深いところから持ち上がった、スズカケの根の間にすっぽり呑み込まれているところから見るに、相当古いお墓のようだ。「これはどういうことなの」とジョエルは尋ねた。「猫に殺されたって?」

「それはあたしが生まれる前のことだ」とアイダベルは言った。まるでそれですべてが説明されたというような口ぶりで。彼女は道を逸れて、去年の落ち葉がたっぷりと積もった地面に足を踏み入れた。一匹のスカンクが遠くの方を素速く逃げていって、ヘンリーはそちらに向けて勢いよく駆けだしていった。「そのトビーって女の子はね、ほら、黒んぼ《ニガー》の赤ん坊だったのさ。お母さんは年老いたミセス・スカリーのところで働いていた。今ちょうどズーがやっているような仕事をやってたんだよ。彼女はジーザス・フィーヴァーの奥さんで、トビーは二人の子供だった。年老いたミセス・スカリーは大きくて立派なペルシャ猫を飼っていた。で、ある日トビーが眠っているとき、猫がこっそりやって来て、その口をトビーの口に押しつけて、赤ん坊の息をそっくり吸い取っちまったのさ」

　そんなこと信じられないとジョエルは言った。でももし本当だとしたら、それはこれまで聞いた中でいちばんおっかない話だ。「ジーザス・フィーヴァーが結婚していたなんて知らなかったよ」

「きみが知らないことはいっぱいあるさ。ありとあらゆる種類のけったいな話がね……そのほとんどはあたしたちが生まれる前に起こったことだけど。でもそのせいであたしには、そういう話がより本当らしく思えるんだ」

　生まれる前のこと。そう、それはいったいどんな時代だったのだろう？　きっと今と同じような時代だったのだろう。人々が死んでしまったところで、何ひとつ変わりはしない。これらの樹木、この空、この大地、これらのドングリの実、太陽、そして風。何もかも同じだ。ただ人間たちが——心臓が塵と化すべき人間たちが——様変わりするだけだ。今ジョエルは十三歳にして、これから来たるべきどの年齢におけるより、ずっと死の知識に近接していた。一輪の花が彼の内部で開花を遂げつつあった。ほどなくすべての堅く締まった花弁が広がりを見せるとき、青春の正午の日差しが白熱し、焼けつくとき、彼は他のみんながそうしてきたのと同じように、振り向いて、もう一つの扉が開くところを探し求めるだろう。彼らが歩くその森の中では一世紀、いやそれ以上にわたって、ヒバリたちが飽くことなく囀《さえず》りを響かせてきたし、蛙たちの大群が月明かりのなか、ぴょんぴょんと疾走していった。ここに星が落ち、インディアンの鏃《やじり》も落ちた。踊り跳ねる黒人たちがギターを弾き、盗賊たちの埋めた黄金についてのバラードを歌った。悲しみを込め、またおどろおどろしく、古《いにしえ》のバラードを。それらはみんな、生まれる前のことだ。

「ぼくはそうじゃないな。生まれる前のことって、それほど本当らしくは思えないよ」とジョエルは言った。そしてそれが真実であることにはっと打たれ、足を止めた。エイミーも、ランドルフも、彼の父親も、彼らはみんな今の時間の外側にいる人たちなのだ。まるで霊魂のように、現在という時のまわりをぐるぐると回っている。彼らがみんな夢のように見えるのは、そのせいだろうか？　アイダベルは背後に手を伸ばし、彼の手を持って強く揺すった。「ほら、目を覚ましな」と彼女は言った。ジョエルは彼女を見た。彼の目は動揺して大きく見開かれていた。「でもぼくにはできない。できないんだよ」。「何ができないのさ？」と彼女は苦々しげに言った。「いや、なんでもないよ」。そして昔日の探検家たちとなって共に下降していった。

「あたしの色眼鏡をかけてみな」とアイダベルが誘った。「何もかもがずいぶんきれいに見えるからさ」

　草の色をしたレンズが、クリークをその色に染めた。ぴくぴくしたヒメハヤの群れが、針となって水を縫った。ときには溜まりの深いところで、たまたま差し込んだ陽光の筋が、もっと大ぶりな魚の姿を照らし出すこともあった。太った不格好な淡水スズキ《パーチ》が、水面下を黒々とゆっくり泳いでいた。アイダベルの釣り糸が流れの真ん中あたりでぴくぴく震えた。しかし一時間後、ただの一度の食いつきも得られなかったアイダベルは、二つの切り株の間に竿をしっかりと据え、分厚い苔を枕にして、後ろにもたれかかった。「オーケー、眼鏡を返してよ」と彼女は言った。
「これ、どこで手に入れたんだい？」と彼は尋ねた。自分も同じものを欲しいと思って。
「巡回ショーで」と彼女は言った。「巡回ショーは年に一度、八月に来るんだよ。それほど大がかりなものじゃないよ。でも回転木馬もあるし、観覧車もある。瓶の中に入れた頭の二つある赤ん坊も見せてくれる。あたしは籤引きで、その色眼鏡を当てたんだ。前は四六時中そいつをかけていたものさ。夜にだってね。でもパパに言われたのよ、そんなことしてたら今に目が見えなくなるぞって。煙草、吸いたい？」

　煙草は一本しかなかった。くしゃくしゃになった「ウィング」だ。それを二つにちぎって分け、彼女はマッチを擦った。「ご覧よ」と彼女は言った。「あたしはね、煙の輪っかにもうひとつ輪っかを通すことができるんだ」。煙の輪は空中にぽっかり浮かんだ。青く、完全なかたちで。それはぴったり静止していたが、その周りのすべてには動いている感触があった——微妙にこっそり移動がなされている。トンボたちが水面を滑空していた。目には見えない何かしらの突然の動きが、マツユキソウの鐘形の花をぽとんと落下させた。今ではもう茶色く萎れ、香りもなくしたその花を。

　ジョエルは言った。「何も釣れそうにないね」

「最初からそれはぜんぜん期待しちゃいないよ」とアイダベルは言った。「あたしはね、ただここに来て、心配事に思いを巡らせるのが好きなだけなのさ。誰もここまではあたしを追いかけちゃこないからね。ここはなんたって素敵な場所だよ……ごろんと横になって、ただ羽を伸ばすんだ」

「心配事って、どんなことさ？」と彼は尋ねた。

「それはあたしの問題だ。いいかい……あんたはだいたい余計なことに首を突っ込み過ぎる。あたしが誰かのことをくんくん嗅ぎ回ったりするかい？　いいや、そんなことしないさ。あたし以外、このあたりの誰だって、あんたのことなんかあっという間に丸裸にしちまうよ。あんたはよそ者だし、おまけにランディングに住んでいるんだもの。フローラベルを見てみな。とんでもないお節介屋なんだから」

「とても可愛い子、じゃないか」とジョエルは相手を刺激するべく言った。

アイダベルはそれについては意見を口にしなかった。彼女は煙草を弾き飛ばし、指をフォークの形にして唇の間に突っ込み、男の子のように口笛を吹いた。クリークの浅い端っこをぶらぶら歩いていたヘンリーは慌てて岸に上がった。その毛は水にぐっしょり濡れて輝いていた。「うわべは可愛いかもしれない。まあ、たしかに。でも大事なのは中身だよ」と彼女は犬をハグしながら言った。「あいつはパパに言い続けているんだよ。ヘンリーは不治の病にかかっているから、さっさと始末しなくちゃいけないってね。中身はそういう女なんだ」

午後の白い顔が空に形をとっていた。ぼくの敵はあそこにいるんだ、とジョエルは思った。ガラスのような、煙のようないくつもの雲の背後に。その敵が誰であれ、何であれ、彼の敵はそこに想い描かれた明るい空白の顔でしかない。そういう意味ではアイダベルが羨ましくもあった。少なくとも彼女には、誰が敵なのかちゃんとわかっているのだから。おまえとおまえ、あれとこれ、と彼女ははっきり指摘することができる。「頭がおかしくなるんじゃないかと不安に思ったことはない?」

「そんなこと思ったことないね」と彼女は言った。「あいつらに言わせれば、あたしにはもともとまともなアタマはないそうだから」

ジョエルは言った。「真面目に聞いてくれよ。ぼくが言いたいのはこういうことなんだ。いろんなもの——人々とか、家まるごととか——を目にして、触ってみて、それらが現実のものなんだとわかっていながら……それなのに……」

「それなのに実は現実のものじゃない」とアイダベルは言った。「蛇に嚙まれたときのことだけどさ、あたしは一週間ずっとひどいところにいた。そこでは何もかもがくねくねと這い回っているんだ。床も壁も何もかもがさ。そのときは単に馬鹿な話っていうだけだった。ところがそれから、実にけったいなことになったんだよ。去年の夏のことだけど、あたしはオーガスト叔父さんと遠出をした（この叔父さんは女の子が怖くって、顔も見られないって人なんだけど、あたしは女の子じゃないと言う。あたしは叔父さんが好きで、二人は兄弟みたいなものなんだよ）……あたしたちはパール・リヴァーまで行った……そしてある日、ボートを漕いでその暗い場所に入っていって、蛇の島に出くわした。それは本当に小さな島で、木も一本しか生えてないんだけど、マムシがうようよ蠢いているんだ。なにしろ木の枝からもぶら下がっていた。そりゃもう、気味が悪いったらなかったな。人はよく正夢のことを話すけど、あれはまさにそのとおりだったね」

「ぼくが言ってるのはそういうことじゃないんだけど」とジョエルは言った。その声は小さく困惑していた。「夢はまた別のものだよ。夢ならいつかは覚める。でももしきみが何かを実際に見たら……たとえば誰もいないはずの場所で一人の女の人を目にしたら、そしてきみの頭の中で彼女がずっとつきまとっていたとしたら……。ぼくが言いたいのはこういうことだ。この間の夜、ズーは怯えていた。彼女は犬が吠える声を耳にしたんだ。そしてこう言った。あたしの亭主が帰ってきたんだわって。そして窓際に行って『ほら、あそこにいる』って言った。『イチジクの木の根もとにしゃがみ込んでいる』と彼女は言った。『その目が暗闇の中で黄色くぎらぎら光っている』。でもぼくが覗いてみたかぎり、そこにはなんにも見えなかった。まったくなんにも」

その話を聞いても、アイダベルはそれがとくに変わったこととは思わなかった。「ああ、そんなことか！」と彼女は言って、頭をさっと後ろに反らせた。彼女の刈り込んだ赤毛が見事な炎を描いた。「ズーが訳のわからないことを口にするのはみんな知っている。ある時なんて、それは今日みたいに暑い日だったんだけど、あたしが道を歩いていると、ズーがぼけっとした顔をして、郵便受けの前に立っていた。そしてこう言った。『ゆうべの雪はきれいだったね』、いつだって雪の話をするんだ。いつだって変なものを見ちゃうんだ。まったくねえ、ズーときたら頭がどうかしているんだから」

ジョエルは棘のある目でアイダベルをじっと見た。なんていうひどい嘘つきなんだろう。ズーは頭がおかしくなんかない。そんなことあるものか。とはいえ、彼女との最初の会話で雪の話が出てきたことを、ジョエルは記憶していた。雪は彼の周りを素速く舞っていた。森は白く眩しく霞んでいた。そしていま、アイダベルの声は、まるで雪に音を吸われたように柔らかくこっそりと響いた。「アイヴォリーなら、水に浮きます（アイヴォリー石鹸の当時の宣伝文句）」と彼女は言った。

「それをどうするの？」、彼女がポケットから取りだしたアイヴォリー石鹸を受け取りながら彼は言った。

「身体を洗うんだよ、トンマ」と彼女は言った。「そんなにちゃらちゃらお上品ぶるんじゃないよ。ここに来るたびにあたしはね、しっかり身体を洗うんだ。ほら、釣り竿をかけたあそこの切り株に脱いだ服を置くといい」

ジョエルは恥ずかしそうに、その指定された場所に目をやった。「でもきみは女の子じゃないか」

馬鹿にしきったような表情を顔に浮かべ、アイダベルはいちばん背が高くなる姿勢をとった。

「あのね」と彼女は言って、指の間からぺっと唾を吐いた。「あんたがズボンの中にさげているものは、あたしには珍しくもなんともないし、そんなものには興味もないよ。小学校に入ったときから、あたしはずっと男の子とばかりつるんできたんだ。自分が女の子だなんて考えたこともないよ。そのことは忘れないようにしな。さもないとあたしたちは友だちにはなれないからね」。いかにも虚勢を張った口調ではあったが、思わず感心させられるほどとびっきりの無邪気さをもって、彼女はこの宣言をおこなった。そして片方の拳をもうひとつの拳に勢いよく打ち付け、眉間にぎゅっと皺を寄せ、こう言った。「あたしはね、何があっても男の子になりたいんだ。そうしたらあたしは船乗りになり、それからまた……」。彼女のその見込みのない試みには、心を打つものがあった。

ジョエルは立ち上がってシャツのボタンを外し始めた。

彼は冷たい小石のベッドの上に横になった。涼しい水が身体を洗うように流れ、さざ波を立てた。まわりを流されていく木の葉を眺めながら、自分がその木の葉であればいいのになと、彼は思った。木の葉少年——きっと軽々と流されていくことだろう。水面を漂い流れつつ、大きな川へと、そして海へと、世界の巨大な洪水へと呑み込まれていくだろう。彼は鼻をつまんで水面下に顔を沈めた。彼は六歳、その銅色の瞳は恐怖でまん丸になった。「聖霊《ホリーゴースト》」と説教師は、洗礼の水に彼を押し沈めながら言った。彼は悲鳴を上げた。正面の信徒席からそれを見ていた母親は、慌てて駆け寄り、彼を両腕にとってぎゅっと抱きしめた。そして優しく囁いた。可愛い坊や、可愛い坊や。大いなる静けさの中から彼は顔を上げると、アイダベルが悪戯っぽく波を起こして水をかけてきたので、七年の歳月は一瞬にして消滅した。

「あんたは羽をむしられた鶏みたいだね」とアイダベルは言った。「すごく痩せてて、色が白いから」

　ジョエルの肩は恥ずかしさに思わずぎゅっと縮まった。アイダベルは実際、彼の裸体になどまるで興味を持っていなかったのだが、それでもジョエルは彼女が求めているようには、その状況に自分を素直に適応させることができなかった。

　アイダベルは言った。「じっとしているんだよ。今、髪をシャンプーしてあげるからさ」。彼女自身の髪は石鹸の泡で、ケーキのアイシングのようなくしゃくしゃの状態になっていた。衣服をまとっていない彼女の身体は、どちらかといえばより男の子っぽく見えた。その身体はほとんど脚でできているみたいに見えた。まるで鶴のように、あるいは短めの竹馬に乗って歩いている人のように。そしてけっこう優美な肩に斑《まだら》についたそばかすは、不思議に切なげな印象を彼女に与えていた。とはいえその胸は既に膨らみ始めていた。そして腰のあたりには、それが横に広がっていく穏やかな示唆が見受けられた。彼女を気むずかしく喧嘩っ早い女の子として見ていたジョエルは、彼女がそんなにも開けっぴろげにふざけまわるのを目にして、びっくりしてしまった。彼の頭を指でごしごしリズミカルに擦りながら、彼女は声を上げて笑い、冗談を言い続けた（そのうちのいくつかはまったく卑猥なものだった）。……「で、そのお百姓さんは言ったのよ。『ああ、かわいいベイビーだよ、その娘は。絹のハンカチーフで濾《こ》されたんだから、まあ当然だろうが』」（絹のハンカチーフがコンドーム代わりに使われたというジョーク）。

ジョエルが笑わないでいると、彼女は言った。「いったいどうしたのさ？　意味がわからないの？」。ジョエルは首を横に振った。「都会の子だっていうのにさ」と彼女はため息をついた。

「それはどういうことなの……絹のハンカチーフで濾されたって？」

「もういいよ、それは」とアイダベルは髪を洗い流しながら言った。「あんたはまだ子供なんだからさ」。ジョエルはそのとき思った。アイダベルの口にしたいくつかのジョークのポイントは、彼女自身にもまだはっきり摑めてはいないんじゃないかと。それらを口にするときのしゃべり方は、彼女自身の普通のしゃべり方とはずいぶん違っていたから。きっと誰かの口まねをしているのだ。誰の口まねだろうと思い、ジョエルは尋ねた。「そのジョークは誰から聞いたの？」

「ビリー・ボブが教えてくれたんだ」と彼女は言った。

「それ、誰？」

「ただのビリー・ボブさ」

「彼のことが好きなの？」とジョエルは、なぜ自分が嫉妬しなくてはならないのか理解できないまま尋ねた。

「ああ、あいつのことは好きだよ」と彼女は身を起こし、岸に向かって水の中を歩きながら言った。彼女の視線は水面にしっかり固定され、身のこなしはまるで餌を探し求める鳥のようにゆっくりと優雅だった。「ああ、彼はあたしのいちばんの友だちみたいなものだよ。このビリー・ボブはね、ものすごく手強いやつなんだ、四年生のときにミス・エイケンズっていう意地の悪い先生がいてね、よくビリー・ボブの両手を、物差しで思い切り打《ぶ》ったものだよ。でもあいつ、ぜったい泣いたりしなかった」

二人は日の差す場所に座って、濡れた身体を乾かした。彼女は色つき眼鏡をかけた。

「ぼくだって泣いたりしないさ」とジョエルは嘘をついた。

彼女は腹ばいになり、指で苔をいじり、気取りのない静かな口調で言った。「ああ、あたしは泣いちゃうよ。ときどき泣いちゃうんだ」、彼女は真剣な目でジョエルを見た。「でもさ、こんなこと誰にも言っちゃだめだよ。わかったね？」

彼はこう言いたかった。ああ、アイダベル、大切なアイダベル、ぼくはきみの良き友だちだよ、と。そして彼女に手を触れたかった。両腕を彼女の身体に回したかった。自分の感じていることをそっくり表現するには、それがただひとつの方法であると、彼には突然思えたのだ。身体をぴたりと寄せ、手を伸ばし、彼はとびっきりの繊細さをもって彼女の頬に口づけをした。しんとすべてが静まり返った。光と陰のほんの僅かな気配が二人の間を横切ったようだった。彼らの身体の上でちらちらと揺れる木の葉の影のように。それからアイダベルの身体全体がきりっと強ばった。彼女は彼の髪をぎゅっと摑み、引っ張り始めた。そのせいですさまじい、つかみ所のない怒りがジョエルを捉えた。こんなのまったくの裏切りじゃないか。だから彼は反撃に転じた。絡み合い、取っ組み合い、空はひっくり返り、沈み込み、回転し、二人はごろごろと転がった。色つき眼鏡は外れ落ち、仰向けに倒れたとき、それが割れてお尻に突き刺さるのをジョエルは感じた。「ストップ」と彼ははあはあ息をしながら言った。「ちょっと、やめてくれ、血が出てるんだ」。アイダベルは彼に馬乗りになり、両手でしっかりと彼の手首を地面に押さえ込んでいた。彼女は怒りで赤らんだ顔を彼の顔に近づけた。「降参するかい？」

「血が出ているんだ」、ジョエルはそう言うのがやっとだった。

少しあとで彼を解放したあと、アイダベルは水を汲んできてその傷口を洗った。「こんなの大丈夫さ」、彼女は何ごともなかったようにそう言った。そしてどうしてかはわからないのだが、実際に何ごとも起こらなかったかのように思えた。どうしてそんなに激しく争うことになったのか、二人とももちろん説明できっこない。

「眼鏡、悪いことをしたね」とジョエルは言った。

眼鏡の破片が緑色の雨粒のように地面にきらきらと光っていた。彼女はかがみ込んでそれを拾い集め始めた。それから思い直したように、それを再び地面にばら撒いた。「べつにきみのせいじゃない」と彼女は悲しげに言った。「またいつか……べつのをたぶん、籤で引き当てるさ」

第八章

ランドルフは、水をいっぱいに張った小さな酢の広口瓶に絵筆を浸けた。いくつかの紫色の巻きひげが、素速く伸びる何かの蔓《つる》のように、するすると広がっていった。「微笑まないで、マイ・ディア」と彼は言った。「私は写真屋じゃないんだ。とはいえまた、画家と呼ばれることもむずかしいだろうな。つまり、もしきみが画家を、見たものを取り上げてそのままに伝える人として定義するのであればだがね。私の場合、つねに事物を勝手に歪めてしまうという宿痾を抱えている。目で見たものよりは、心に浮かんだものの方をついつい描いてしまう。たとえば何年も前のことだがベルリンで、きみより少しだけ年上の男の子の絵を描いていた。でも私の絵の中では、彼はジーザス・フィーヴァーよりも年老いて見える。そして実際の彼の目はいかにも子供らしい青色なんだが、私が見たその目はぼやけて、実体が失われていた。そして実際には、私が目にしたものが真実だったんだよ。というのはそのクルト坊やは——それが彼の名前なんだが——

あとになって、混じりけない恐ろしい怪物と化したからだ。彼は私を二度も殺害しようとした……どちらのときも、まったくもって見事な独創の才を見せてね。かわいそうな坊や、あれからいったいどうなったんだろうな……しかしそんなことを言えば、この私はどうなったんだ？　そいつはなにより興味深い質問だ。私はいったいどうなってしまったんだ？」。絶え間なくしゃべりながら、まるで文章に句読点でも打つみたいに、彼は絵筆を広口瓶の中に突っ込み続けていた。そして休みなく暗さを増していく水には、その真ん中に花が隠されているかのように、一本の赤い筋があった。「さあ、いいだろう。楽にしていい。しばらく休憩をとろう」

　ジョエルはため息をついて、まわりをちらちらと見回した。ランドルフの部屋に入るのは初めてのことだ。そこに入って既に二時間が経過していたが、まだその全容を摑むことができずにいた。というのは、そこは彼がこれまでに見知っているどんなものとも、まるで似ていなかったからだ。色褪せた金箔と変色した絹が、装飾を施した鏡に映り、それは彼にキャンディーを食べ過ぎたときのような感覚をもたらした。大きな部屋だったが、何も置かれていない空間は、全部合わせても一フィートに満たなかっただろう。彫刻を施したテーブル、ビロード張りの椅子、枝付き燭台、ドイツ製のオルゴール、書籍と絵画、そんなものがみんなお互いの中にこぼれ落ちてしまいそうだった。まるで洪水に流されて窓から入ってきたものが、そこにたまたま居場所を決めたという風にも見えた。

　肝臓の形をしたデスクの背後の壁には、外国から届いたポストカードが額に入れられることもなく、かさぶたのように貼り付けられていた。そのうちの六枚は日本から送られた一揃いのもので、そこに描かれていることの意味を、ジョエルは既にある程度まで知ってはいたものの、なおかつそれらは彼にとっては目を見開かされるものだった（おそらく浮世絵春画に類するものだろう）。長くて黒く、驚くほど重厚なテーブルの上に、まるで博物館の展示品のように、数多くの事物がずらりと並べられていた。その一部はアンティークの人形たちだった。腕のないものがあり、脚のないものがあり、中には頭部のないものがあり、また開いた傷口から内臓（藁や木くずだ）を覗かせながらも、そのビーズの瞳はガラス玉の空虚な凝視をじっと続けているものもあった。しかしながら人形たちのすべては、ビロードやレースや麻など様々な布地で作られた衣服をきちんと美しく身につけていた。

　さて、テーブルの中央には、馬鹿馬鹿しいほど丁寧な装飾つきの銀の額に収められた、小さな写真が置かれていた。写真自体は安っぽいもので、明らかにカーニヴァルか、あるいは遊園地で撮られている。当事者たち（三人の男と一人の女）が、寄り目の狒狒《ひひ》と流し目のカンガルーというユーモラスな背景の前でポーズをとっている。ジョエルはその中の一人がランドルフであることを――この写真の中では今よりずっと痩せて、よりハンサムではあるが――簡単に見て取った。そしてもう一人の男にも見覚えがある……それはぼくの父さんだろうか？　その顔は、廊下の向かい側にいる男を微かに思い起こさせるだけだったが。三番目の男は他の二人より長身で、はっとするほど風采がよかった。見るからに体格が良く、そのひどく色褪せた写真の中にあっても、肌ははっきりと浅黒く、ほとんど黒人と言ってもいいほどだ。目は細くて抜け目なく黒く、口髭みたいにもしゃもしゃした眉毛の下できらりと光り、唇はどんな女性の唇よりもふっくらしていた。写真の中の彼はいかにも陽気な笑みを浮かべていたが、それは頭にかぶった麦わら帽や、手にしたステッキの生み出す小粋な、どちらかといえば見世物っぽい効果をいっそう強調していた。彼は娘の身体に片手を回していたが、その貧血症っぽい、林野の妖精を思わせる娘は、心をまるごと奪われたかのように彼をうっとり見上げていた。

「ああ、そうだ」とランドルフは脚をまっすぐ伸ばし、メンソールの煙草に火をつけながら言った。「ここで目にするものを真剣に取らない方がいい。これはあくまで私が私自身にしかけたジョークなのだから……それは楽しませ、怯えさせる……けばけばしい墓場とでも呼ぶべきかもしれない。この部屋には昼間というものがないのだよ。そして夜もない。ここには季節の移り変わりもない。年が変わることもない。そして私が死ぬときは（まだ死んでいないとすればだが）、私をぐでんぐでんに酔っ払わせ、身体をくるっと丸めて、暗黒の温かい血の中に沈めてほしいんだ。母の子宮にいたときのようにね。これは罰当たりな魂の深い奥底で、甘美に健全な人生を求めていた人間にとっては、皮肉なフィナーレではあるまいか。パンと水、愛するものと分かち合う簡素な屋根、それ以上のものは求めなかったというのに」。微笑み、髪の後ろを撫でつけながら彼は煙草の火を消し、絵筆を手に取った。「死んだ身で生まれたことを思えば、そもそも私が死なねばならないというのは、まったく皮肉なことじゃないか。そう、私は文字通り死んだ身で生まれたのだよ。それをろくでもない産婆が、ぴしゃぴしゃ叩いて生き返らせたのさ。いや、本当に生き返らせたのか？」、彼は面白がっている目でジョエルを見た。「答えてくれ。本当にそうだったのか？」

「本当にだって？」とジョエルは言った。例によって彼には、何のことだかさっぱり理解できなかったからだ。ランドルフはいつも目に見えない誰かと、得体の知れない語彙を用いて、秘密の会話を交わしているかのようだった。「ランドルフ」と彼は言った。「お願いだから、気を悪くしないで。それはただ、あなたがわけのわからない話し方をするせいなんだから」

「気にすることはない」とランドルフは言った。「むずかしい音楽は、一度ではなく、何度も聴かなくてはならないんだ。もし私が今きみに語ることが、意味不明に聞こえたとしても、あとになればその意味はわかりすぎるくらいよくわかるはずだ。そしてそれが起こって、きみの瞳の内なる花が萎んでいくとき、それはもうあと戻りのきかないものであるからこそ、私はきみのために少しばかり泣くことだろう。どのような涙も私を覆う繭を溶かすことはできなかったとしても」

　立ち上がり、巨大なバロック風の箪笥に向かいながら、彼はレモンのコロンを軽くとんとんとつけ、よく手入れされた巻き毛に櫛をあて、ちょっとしたポーズを取り、鏡に映った自分の姿を点検した。等身大のフランス製の骨董品の鏡は、彼の姿の要点をすべてそのまま再現しながらも、その肌の色を吸収し、体型を削り取り改変しているようだった。鏡に映っている男はランドルフではなく、そのようにありたいとイマジネーションが熱望している、べつの誰かの人物像だった。彼はそんな思いを裏付けるかのように言った。「彼らはこうして私たちを実際以上に美化することができるのだ、鏡たちはね。そこに彼らの秘密がある。世界中の鏡を残らず破壊するというのは、ずいぶん念入りな拷問になることだろう。そのような世界にあって、我々は自らのアイデンティティーの確認をいったいどこに求めればいいのか？　私が言いたいのはだね、マイ・ディア、ナルキッソス（水に映った自分の姿に恋いこがれて溺死し、水仙の花になった美青年）は決してエゴイストではなかったってことだ……彼はただ単に我々の同類であっただけさ。がんじがらめの孤立の中で、彼は自らの反映を目にして、そこに美しい仲間の姿を認めたのだ。分かちがたい無二の愛する人を……可哀想なナルキッソス。彼はその点において正直になることができた、これまでのところおそらくは唯一の人間だろう」

　話を妨げるかのように、ドアに遠慮がちな軽いノックがあった。「ランドルフ」とエイミーが言った。「あの子はあなたと一緒にいるのかしら？」

「私たちは忙しいんだ。邪魔しないでくれ。邪魔しないで……」

「でもね、ランドルフ」と彼女はすがるように言った。「その子はお父さんのために本を読んであげるべきだと思わない？」

「言っただろう。邪魔しないでくれと」

　ジョエルは安堵の色も感謝の念も顔には出さなかった。感情をぼかすことは、彼にとって自然な反応になりつつあった。またそれはときとして、感覚を全面的に消してしまうことを助けてくれた。とはいえ彼にもできないことがひとつあった。意識をそっくり空白にする方法が、どうしてもわからなかったのだ。昼間はうまく押し隠せていたものが、夜になると夢の中で起き上がってきて、彼の隣で眠り、鉄のような抱擁で彼を捉えた。父親のために本を読んでやることに関していえば、彼はひとつ奇妙な発見をした。ミスタ・サンソムは何ひとつ聴いてはいないのだ。ジョエルは実験をしてそのことを確認していた。シアーズ・ローバック通販カタログの値段表を読もうが、西部小説を読もうが、相手の示す興味にはまるで変わりがない。

「それが起こる前は」とランドルフは再び席に着いて言った。「その前は、エドは今とはまったく違っていた……きびきびして、顔立ちは――きみの基準がとりわけ高いものでない限りということだが――ハンサムと言ってもよかった（そこに写真があるから、それはきみ自身の目で確かめるといい）。しかし正直なところ、私はあまり彼のことが好きじゃなかった。いや、むしろその逆だった。たとえば、彼がペペを所有していることが、というか、彼のマネージャーであることが、我々の関係をややこしいものにしていた。ペペ・アルバレス、麦わら帽をかぶっている男だよ。そして、その少女がドロレスだ。もちろんそれは実物そのままそっくりという写真じゃない。みんな無邪気そのものだ。その写真が撮られたたった二日後に、私たちのうちの一人が背中に銃弾をくらって、階段を転げ落ちることになるなんて、誰に想像できよう？」。画板を調整するために言葉を切り、彼はジョエルをじっと見つめた。時計職人のように片目はぐいっと斜めに曲げられた。「おっと、しゃべらないでくれ。今、私はきみの唇にとりかかっているところだ」

　リボンのドレスを着せられた人形を撫で、さらさらという音を立てながらそよ風が窓から吹き込み、このビロードの影の中に外の陽光の香りを運び入れた。ジョエルは外に出て行きたかった。今ごろアイダベルは足元にヘンリーを引き連れ、草原を勢いよく飛び跳ねるように走り抜けているかもしれない。ランドルフの丸みを帯びた顔が、集中のために長く細く引き締まった。それからずいぶん長いあいだ、絵を最後まで仕上げるべく、彼は黙して仕事に励んだ。そして最後にようやく口を開いた。過去に起こったすべてのものごとは、何をもってしてもこのように落ち着くしかなかったのだと言わんばかりに。

「まず最初に言っておきたいのは、私は恋をしていたということだ。月並みな科白だ、確かに。しかし事実は月並みではない。というのは、愛とは優しさのことだと学ぶ人間はほとんどいないからだ。優しさとは、多くの人がそう考えるように、憐れみのことではない。そして愛における幸福とは、すべての感情を相手に絶対的に集中させることではないと知る者は、更に数少ない。人は常に、ずいぶん数多くのものを愛さなくてはならないし、愛する相手とは、ただそれらを象徴するものとしてそこにあるべきなのだ。この世界で真実愛される人とは、彼らを愛するものたちの目には、ライラックの開花であり、船の灯火であり、学校の鐘の音であり、風景であり、記憶に残る会話であり、友人たちであり、子供にとっての日曜日であり、失われた声であり、気に入りのスーツであり、秋や、またすべての季節なのだ。思い出、そう、思い出こそが我々という存在の大地と水なのだよ。ノスタルジックなリストだ。しかしながら言うまでもないことだが、思い出以上にノスタルジックな話題があるだろうか？　きみくらいの年頃の人の目は、大方の精妙なるものを見逃していく。しかしたとえそうだとしても、今の私のこの姿を見て、私もかつてはそのような愛を心に感ずる無垢な人間であったことなど、おそらくは想像もできまい。しかしながら、私が二十三歳であったとき……

　ドロレス、写真の中の娘だ。私たちはマドリッドで出会った。でも彼女はスペイン人ではない。少なくとも私はそう思ってはいない。彼女がどこの出身なのか正確なところはわからないが、とにかく彼女の英語は実に完璧だった。私といえば、ヨーロッパで二年間を過ごしていた。いわばほとんど美術館に住んでいるようなものだった。私くらい多くの巨匠たちの絵を模写したものは、他にちょっといないんじゃないかな。私が本物そっくりに模写できない絵画などほとんど存在しなかったね……しかしながら、自分自身の作品となると、まったくのお手上げだった。私には個人的な直観とか、内的生命とか、そういうものが欠けているみたいだった。私は花粉がうまく付着できない風媒花のようなものだったのさ。

　それに比べてドロレスは、私のような人間がその活力を時折借り受けるような相手だった。彼女と一緒にいるといつも、自分は生きているんだと強く実感できた。そしてついには、私自身の価値を信じられるまでになった。生まれて初めて私はものごとを歪みなく、完全なかたちで見ることができたからだ。その秋、私たちはパリに行った。それからキューバにも行った。そこでは私たちはマタンサスの入り江の高台に住んでいた。その家は……いったいどのように表現すればいいのか……灰桜色の石造りで、いくつもの部屋が黄金を撒いたように散らばり、蔦《つた》のように広がる天井の高い廊下とぼろぼろした青い階段には白い花が咲き乱れていた。窓が広々として、風がそこを吹き抜け、家自体がまるでひとつの島のようだった。涼しく、どこまでも静まりかえっている。そこでの彼女はまるで子供のようだった。オレンジが甘美であるように、彼女は甘美だった。そして怠惰だった。すごく繊細に怠惰なんだ。彼女は裸で日光浴をして、小さな動物たちを描いた。ヒキガエルとか蜂とかシマリスとか。そして占星術の雑誌を読み、星の動きを記録した。髪も洗った（彼女は一日に三度は髪を洗ったよ）。またギャンブラーでもあった。毎日、午後になると我々は村に降りていって、富くじを買ったり、新しいギターを買ったりした。彼女は二十本以上のギターを持っていて、それらすべてを弾いた。演奏ときたらまったくひどいものだったがね。

そしてもうひとつ、言っておかなくてはならないのは、私たちがほとんど話さなかったということだ。ドロレスとまとまった会話を交わしたという記憶が私にはない。私たちの間には常に声を潜めた、静まりかえった何かがあった。とはいえ、我々の沈黙は何かを隠しているという類いのものではなかった。なぜならその沈黙は、それ自体として見事な安らぎを紡ぎ出していたからだ。それは互いを知悉するものたちが、ときとして達成する種類のものだ……しかし、私たちは互いを本当に知っていたわけじゃなかった。なぜならその時点では、私たちは自らのことすら本当に知ってはいなかったから。

しかしながら……冬の終わりにかけて、私は『夢の本』を見つけた。毎朝ドロレスは夜のうちに見た夢を、大判のスクラップ・ブックに書き記した。彼女はそれをずっとマットレスの下に隠していたのだ。ときどきはフランス語で書いていたが、それよりはドイツ語か英語で書くことの方が多かった。しかしいかなる言語で書かれていようと、その内容はショッキングなまでに敵意に満ちたものだった。私にはわけがわからなかった。というのは、それらの容赦のない夢と、ドロレスとを結びつけることは、不可能であるように思えたからだ。そして私はいつもその夢の中にいた。常に彼女の前から逃げ去り、あるいは物陰に身を隠していた。彼女が裸で日光浴をしているあいだ、私はその最新のページを目にし、彼女の追跡がどれほど近くまで迫っているかを読み取るのだった。というのは、初めの頃の夢の中でドロレスは、彼女がＬ——と呼ぶ恋人をマドリッドで殺害していた。そして私は知った……ドロレスがＲ——を見つけ出したとき……彼女は彼をもまた殺すだろうことを。

　私たちはヴェールの天蓋つきのベッドで眠った。それは蚊を遮り、月の光を通した。私はよくそこに横になり、暗闇の中でうまく寝付けぬまま、彼女の寝姿を眺めたものだ。その夢の詰まった頭の中で自分が捕えられてしまうことを恐れつつ。そして朝がやって来ると、彼女は笑い、からかい、私の髪をひっぱったものだ。そしてやがて私がいなくなると書き込みをする……ああ、私が覚えているのはこのような一文だ。『Ｒは巨大な時計の裏に隠れている。時計は雷鳴のような、神の鼓動のような音を立てて時を刻んでいる。指さすような形の針は、三時十七分を示している。六時になったら私は彼を見つけるだろう。なぜなら彼は知らないからだ。自分が身を隠している相手は私だということを。自分自身から隠れていると、自分では想像しているのだ。彼に害を及ぼさずにいられたらと願う。できるものなら、このまま逃げ出してしまいたい。しかし時計は犠牲を求めている。さもなければ時計が動きを止めることはないし、生命はどこかで終わるしかない。だって、私たちのうちのいったい誰が、その轟音に長く耐えられるだろう？』

　他のことはすべてさておき、そこにはいささかの真実があった。時計たちは犠牲を与えられねばならない。そして死とは、時間と永遠性に対する捧げ物に他ならないではないか。

　さて、実に奇妙なことだが、我々の生命はそれまでになくしっかり結ばれあっていた。私がそこから去って、どこかに消えてしまい、彼女とは二度と会わないようにする機会はいくらでもあった。しかしながらそこから逃げ出すのは、すなわち愛を否定することになる。そしてもし私がドロレスを愛していなかったら、私の感情など何の意味もないまがい物でしかない。今思うに、彼女は十全な人間ではなかったのだろうし（もしそんなものがあるとすればだが、トランス状態にある小児か、あるいは彼女自身が夢そのものであるか）、またこの私だって似たようなものだった……私の場合はただ若さ故のことだったがね。だって若者なんてだいたいまともな人間とは呼べない。呼べるわけがないのだ。というのは、若者は自分がいつか死ぬだろうなんて全然考えもしない……とりわけ死が往々にして自然死以外の形をとることになるなんて、彼らにはまず信じられないからだ。

　春に我々は船でフロリダに渡った。ドロレスはそれまでアメリカ合衆国に来たことがなかった。それからニューヨークに行ったが、そこは彼女の気に入らなかった。フィラデルフィアにも行ったが、そこも同じくらい退屈だと彼女は言った。最後にニューオーリンズに行って、パティオ付きのチャーミングなアパートメントを借りた。そこで彼女はようやく幸福になり、私もまったく同じ思いだった。そしてそのような遍歴を続けているうちに、『夢の本』はどこかに消えてしまった。彼女がどこにどうやってそれを隠すことができたのか、私にはわからない。ありそうな場所は残らず探したからだ。でもそれが見つからないというのは、ある意味ではとてもほっとさせられることだった。そしてある日の午後、なんとまあ、生きた立派な雌鶏を手にマーケットから家に戻る途中、カテドラルの脇の木陰で彼女が一人の男と話をしているのを目にした。彼らの態度には親密さが見受けられ、そこには私の内心をしんとさせるものがあった。ただ旅行者が道を尋ねたりしているわけではないと、私にはわかった。そしてあとになって、私が彼らを見かけたと彼女に告げたとき、彼女はなんでもなさそうに、ああ、それね、と言った。お友だちなの、カフェで会った人、プロボクサーよ。彼に会ってみたい？

　傷を負ってしまったあとで——肉体的なものにせよ、精神的なものにせよ——人はこう思うものだ。もしあそこで予感に従っていたなら（そんなときに何かしらの予感があったと、人はだいたい思い込みがちだ）何ごともなく済んだはずなのに、と。しかしながら、もしそのときはっきり紛れもない予見を得ていたとしても、私はきっとそのまままっすぐ前に進んでいたことだろう。というのは、誰のいかなる人生においても、自分は意図して織られた柄《がら》のただの一本の糸に過ぎないという状況が生ずるからだ——それはいったい誰の手で織られたのだろう？　神か？

　ある日曜日に彼らはやって来た。プロボクサーのペペ・アルバレスと、彼のマネージャーのエド・サンソムだ。容赦のない酷暑の日だったと記憶している。我々は扇と冷たい飲み物を手に、パティオに座っていた。我々四人くらい共通点を持たないグループを選び出すことは、まずもって誰にもできまい。もしサンソムがいなかったら（彼はいわば道化役で、場の空気を紛らわせてくれた）、そこにはけっこうな緊張が生まれていたはずだ。というのは、ドロレスと若いメキシコ人との間でおこなわれているあまり慎み深いとは言い難い交流は、誰の目にも見逃しようはなかったから。二人は恋人同士だった。あの頭の鈍いエイミーにだって、きっとそれくらいの察しはついたはずだ。そして私も驚かなかった。ペペはありきたりの男ではなかった。彼の顔は生き生きとしていながら、同時に夢見がちだった。凶暴でありながら、子供のようだった。異質でありながら親しみを感じさせた（子供時代に見聞きしたものが親しみを感じさせるのと同じように）、内気でありながら攻撃的だった。眠りつつも、目覚めていた。しかし彼とドロレスは恋人同士だったと言ってしまうと、それはおそらく誇張になるだろう。人が恋人同士というとき、それは（ある程度までということだが）双方からの作用を意味する。でもあとで明らかになるように、ドロレスには誰かを愛することができなかった。彼女はあまりに深くトランス状態の中にあったからだ。それにまた、男たちは愉悦をもたらしてはくれるが、彼女は彼らに対して、あるいはまた男性的なパーソナリティーに対して、個人的な感情なり敬意なりを抱くことはなかった……そのパーソナリティーは、一般に言われているのとは違って、同性の人間によってもっとも細やかに理解されるのだ。パティオが次第に暗くなり、私はぺぺを見やった。彼のインディアンのような色合いの肌は、空中に残された光を余さず捉えているようだった。その扁平な獣のように鋭敏な目は、まるで涙を浮かべたみたいに輝き、ドロレスだけをじっと見つめていた。そして私は突然、あることに気づいて少なからぬ衝撃を受けた。私の心を嫉妬で苦しませている憧憬の対象は彼女ではなく、彼の方だったのだ。

　最初のうち私は、できるだけ自分の感情を外に出さぬよう努めてはいたのだが、やがてドロレスは、そこで何が起こっているかを本能的に悟った。『私たちが自分自身を発見するのにこれほど時間がかかるなんて、不思議なものよね。最初にあなたに出会ったときから、私にはそれはわかっていたわ』、そして付け加えて言った。『でも彼があなたにとって良い相手だとは思えない。私はこれまで、ずいぶんたくさんのぺぺのような男を知ってきたから。彼を愛するのはかまわないけれど、どこにもたどり着けないわよ』。頭は忠告を受け入れるかもしれないが、心はそうじゃない。そして愛は地理学とは無縁であり、境界というものを知らない。重しをつけて水底深く沈めたとしても、それはおかまいなしに水面までしっかり浮かび上がってくるだろう。当然のことではないか。どのような愛であれ、それは自然にして美しく、人間の本性のうちにあるものなのだから。偽善者たちだけが人に、その人が愛するものに対する責任を押しつける。情感を解さぬものたち、独善的な妬み屋たち、彼らは取り乱して余計なことに首を突っ込み、天国を指している矢印を実にしばしば、地獄へと導くそれと取り違えたりする。

　ペペに対する私の愛は、ドロレスに対して抱いたいかなる感情とも違う、もっと強烈にして、また孤独なものだった。でも我々はおそろしいまでに孤立しているのだよ、愛しい坊や。そしてそれぞれに相手から隔てられている。世間の嘲りがあまりに熾烈なので、我々は自分たちの優しさを口に出したり、示したりすることができない。我々にとって死は生よりも強く、それは暗闇を抜ける風のように吹き進み、我々の叫びはすべて戯画化され、喜びを欠いた笑い声となる。そして孤独という残飯が我々の中にどんどん詰め込まれていく。臓器が裂けて、緑色の血が流されるまで。我々は世界中で悲鳴を上げ、借り部屋で、悪夢のようなホテルで、束の間の心の永遠の住居で死んでいくのだ。

　自分が自由だと感じる瞬間があった。素晴らしい瞬間だ。そのときには私は彼を、その眠たげで暴力的な顔を忘れてしまうことができた。しかしそれも長くは続かない。彼はいつだってそこにいた。パティオに座り、あるいは彼女が弾くギターに耳を傾け、笑い声をあげ、しゃべっていた。すぐ近くなのに、遥か遠いところに、常に彼はいた。ドロレスの夢の中の私みたいに。彼が苦しむのを見ることに私は耐えられなかった。彼が素速く残酷に跳ね回りながら闘うのを見ていること、彼が打たれ、汗を光らせ、血を流し、あざを作るのを目にすること、それは苦痛そのものだった。私は彼に金を与えた。クリーム色の帽子を買ってやり、金のブレスレットを（彼はそれが気に入って、女のように身につけた）、黒人風の派手な色合いの靴を、キャンディー色のシルクのシャツを買ってやった。そしてそれらと同じものをすべてエド・サンソムにも買い与えた。彼らは私のことをひどく軽蔑していた。二人ともね。しかし私の贈り物を断るほどではなかった。ああ、断りはしなかったよ。そしてドロレスはペペとの関係を、彼女独特の気まぐれな、奇妙なやり方でなおも続けた。べつになんだってかまわないという態度で、彼がそばにいようが、どこかに行ってしまおうが、気にもかけなかった。まるで頭脳を持たない何かの植物のように、あの夢という恐れ知らずの本の中で、自分では制御しがたいところで彼女は生きていた（あるいはただ存在していた）。彼女には私を助けることはできなかった。我々が何より求めるのは抱かれることであり、こう言ってもらうことだ……何もかもうまくいくからってね（何もかもというのはおかしなものだ。それはベビー・ミルクであり、パパの目であり、寒い朝に轟音を立てて燃える丸太であり、ほうほうと啼くフクロウであり、放課後にきみを泣かせる少年であり、ママの長い髪であり、怖がることであり、寝室の壁の上の歪んだいくつもの顔なのだ）。

　ある日の夜、ペペは泥酔してうちにやってきた。そして前後の見境なく以下のような蛮行に及んだ。（1）ベルトでドロレスを打ち据え　（2）絨毯と私の絵の上に小便をかけ　（3）私をすさまじく侮蔑的な名前で呼び（4）私の鼻の骨を折り（5）（6）……そんないろいろ。そしてその夜、私は通りを歩いていた。ドックに沿って歩き、声に出して自分自身に懇願していた。ここを去って、もう一度一人ぼっちになるんだ、と。まるで自分が一人ぼっちではないかのように、私はそう言った。別の生活をして、別の部屋を借りるんだ。私はジャクソン・スクエアに座っていた。列車の鐘の音を別にすれば、あたりは静まりかえっており、市庁舎《カビルド》全体が幽霊屋敷のように見えた。金髪の謎めいた少年が私の隣に座っていた。彼は私を見て、私も彼を見た。そして私たちは見ず知らずの間柄ではなかった。私たちの手は相手の手へと伸ばされていった。抱擁するために。私は彼の声を聞いていない。なぜなら私たちは話をしなかったから。残念なことだ。話していれば、その思い出をしっかり味わえたのにね。孤独は熱と同じように夜を糧に栄えていくものだが、彼とそこに一緒にいると光が差してきた。まるで鳥たちの歌のように、樹木の間で光がはじけた。そして日の出が訪れたとき、彼は――その謎めいた少年、我が友は――私の指から指をほどいて歩き去った。

　今では我々はいつも一緒にいた。ドロレスとペペとエドと私は。エドと彼のジョーク、他の三人は沈黙したままだ。グロテスクな四つ子（いったいどのような不可思議な親から我々は生まれたのか?）、我々はお互いを食料とした。まるで癌が自らを食するように。それでいて、きみには信じられるだろうか、私には今でも懐かしさをもって――通常であればもっと甘美な出来事にふさわしい懐かしさをもって――思い出せる一連の瞬間があるのだ。私が目にするのは、ペペが親指の爪でマッチを擦るところであり、噴水盤の金魚を素手で掬おうとしているところであり、映画館でひとつの袋からみんなでポップコーンを食べているところであり、寝込んでしまった彼が私の肩にもたれかかっているところであり、ボクシングで負った彼の唇の傷に私がひるむのを見て笑うところであり、彼が階段で吹く口笛を聴いているところであり、私の方に向けて上がってくる彼の足音にも増して、私の胸が大きく高鳴っているところである。日々は雪片のように素早く消えて、慌ただしく秋に移りゆき、十一月の落ち葉となって我々のまわりに散り落ちる。空は冬の赤く冷ややかな空となり、それが投げかける光で怯えさせる。私は一日中寝ている。鎧戸を下ろし、布団で目を覆って。

　さて、マルディグラの季節が巡ってきて、我々は舞踏会に出かける。私以外の全員がコスチュームを既に選んでいた。エドはフランシスコ派の修道僧（葉巻を噛んでいる）、ペペは盗賊、ドロレスはバレリーナだ。しかし私はどんなものを着るべきか、考えつけず、それは私にとって尋常ではない重みを持つ心痛となる。舞踏会の夜、ドロレスは巨大なピンクの箱を持って現れる。変身した私は伯爵夫人になる。私にとっての王様はルイ十六世だ。私は銀髪で、サテンの舞踏靴を履いている。緑の仮面をつけ、ピスタチオ色とピンクの絹を身にまとっている。最初、鏡の前に立って、その姿に私は慄然とする。それから恍惚となる。なぜなら私は実に美しかったから。そして後刻、ワルツが始まったとき、何も知らないペペは熱心に私にダンスを申し込む。そして私は、その狡猾なシンデレラは、仮面の下で微笑み、思う。ああ、これが本当の私であったなら！　蛙が王子に変身し、錫が黄金に変わったのだ。飛べ、羽を持つ蛇よ、時は老いていくのだから。かくして私の物語《サガ》の一部は終わる。

翌年の春となり、そして彼らは行ってしまった。それは四月、雨に濡れたライラックの四月、その六日のことだった。我々がポンチャートレイン湖に愉しい旅をした、そのたった二日後のことだ……あの写真はポンチャートレイン湖で撮ったんだ。そしてそこで我々は『愛のトンネル』を、その象徴的な暗がりを漂流し、通り抜けた。いいかい、聞いてくれ。午後遅く私が目覚めたとき、雨が窓を打ち屋根を打っていた。ある種の静けさが言うなれば、家の中を歩き抜けていた。そして大方の静けさがそうであるように、それはまるで静かじゃなかった。それはドアを叩き、時計の中で反響し、階段で軋みを立て、身をかがめて私の顔をのぞき込み、破裂するのだ。下の階でラジオがしゃべり、歌っていたが、それでも私にはわかっていた。誰ひとりそんなものを聞いていないことが。彼女は去って行ったのだ。ぺぺも一緒に。

　彼女の部屋は散乱していた。私がその残骸を漁っているとき、ギターの弦が一本切れて、そのびゅーんという音があらゆる神経を共振させた。私は急いで階段の一番上まで上がった。私の口は開いていたが、音は出てこなかった。私の頭の働きを司るすべての機能はすっかり鈍くなっていた。空気はうねって動き、床はアコーディオンのように拡張していた。誰かが私の方にやってきた。私は彼らを、階段のステップを上ってくる圧力として感じた。誰だかわからぬまま、彼らは私の目の中にまっすぐ踏み込んでくるようだ。最初私はそれはドロレスだと、それからエドだと、それからぺぺだと思った。それが誰であったにせよ、彼らは私を強く揺さぶり、懇願し、悪態をついた。あの悪党は行ってしまった、と彼らは言った。あのろくでもない悪党、あいつは消えてしまった。車に乗って、すべての衣服とすべての金を持って、消えてしまった。そのままもう二度と戻っては来ない。でもそれはいったい誰なんだ？　私には見えない。まるでイエス様のように、彼らの身体の周りが眩しく光っている。ぺぺ、きみか？　エド？　ドロレス？　私は身を振りほどき、寝室に駆け戻ってドアを閉める。でもそんなことをしても無益だ。ドアノブが回り出す。そして突然何もかもがあきれるほど明々白々になる。ドロレスがようやく私を捕えたのだ、彼女の夢の中で。

　そこで私は古い靴下の中にくるんでおいた銃を取り出した。雨はもうやんでいた。窓は開いて、部屋の中は涼しく、ライラックの甘い香りが漂っていた。階下からはラジオの歌声が聞こえた。そして私の耳の中には、貝殻のつくる咆吼があった。ドアが開いた。私は一発撃った。そしてもう一発。イエス様は消え、そこにいるのは誰あろう、汚れた麻のスーツを着たエドだった。彼は身を折って階段の方に向かい、ぼろ人形のように脱力した状態で段を転げ落ちていった。

　二日のあいだ彼はソファの上に丸まって横になっていた。だらだらと血を流し、呻き、叫び、指のあいだにロザリオを滑らせながら。彼はきみの名を呼び、自分の母親の名を呼び、神様の名を呼んだ。私にできることは何ひとつなかった。それからエイミーがランディングから駆けつけてくれた。彼女はとても役に立った。彼女は医師をひとり見つけてきた。あまりうるさいことは言わない、小さなこびとの黒人だった。気候は突然七月並みになった。しかしそれらの日々は、まさに我々の人生の真冬だった。寒さのために我々の血管は凍りついて、パリパリ音を立てた。空に浮かんだ太陽はまるで氷の塊のようだった。その小さな医師は長さ六インチ（約十五センチ）の両脚でちょこまかと歩き回りながら、笑い続けに笑っていた。そしてラジオはコメディー番組を流し続けていた。毎日私はこう言いながら目を覚ました。『もし私が死んだら……』、と。自分が既にどれくらい死んでしまっているか、それに気づくこともなく。私にはただドロレスとペペに関わる記憶が残っているだけだった……彼らがどこにいるにせよ。私はペペに対して悲しみを感じた。彼を失ったからではなく（ああ、それも少しはあるが）、私にはわかっていたからだ。最終的にドロレスは、彼をもまた見つけ出すであろうことが。昼の光を逃れることは容易いが、夜の闇は避けがたい。そして夢は巨大な檻なのだ。

　手短に言えば、エドとエイミーはニューオーリンズで結婚した。そう、彼女の幻想が結実したわけさ。彼女は常になりたいと望んでいたものに、やっとなることができたんだ。看護婦にね……それも言うなれば、永続的な立場として。それから私たちはみんなでランディングに戻った。それはエイミーの発案だったが、それ以外にとるべき道はなかった。彼が快方に向かう見込みは皆無だったからね。この家が沈んでしまうまで、あるいは庭の草がたっぷり高く茂って、我々の姿を見えなくしてしまうまで、我々は身を寄せ合って生きていくことだろう」

　ランドルフは画板を脇に押しやり、机の上に倒れかかった。彼が語っているあいだに日は落ちて、部屋は青色に染まっていた。外では雀たちがねぐらに帰るべく呼び合っていた。彼らの夕暮れの賑やかなおしゃべりは、一匹の厳粛な蛙によって句読点を打たれた。まもなくズーが、夕食の支度ができたことを知らせる鐘を鳴らすだろう。そんな何もかもが、ジョエルには当たり前のことには思えなかった。同じ姿勢でじっとそこに座っていたことからくる身体の痛みもまるで感じなかった。耳の奥ではまだランドルフの声が語り続けているみたいだ——じゅうぶんリアルではあるが、信じる必要性のないものごとを。ジョエルが混乱したのは、それが映画の筋のようでありながら、プロットや動機を欠いているせいだった。ランドルフは本当にぼくの父さんを撃ったのだろうか？　そして何より大事なこと、その結末はどうなったのか？　ドロレスと、やくざなペペ・アルバレスはどうなったのか？　それが彼の知りたかったことであり、実際に尋ねたことだった。

「それがわかればね……」、ランドルフは手を止めてランプにマッチの火をかざし、そう言った。突然の明かりが彼の顔を実物以上によく見せ、その無毛のピンクの肌を非の打ち所なく若々しく見せた。「しかしね、マイ・ディア、結末の決まった話などほとんどないのだよ。大半の人生は完結しない一連のエピソードでしかないのだ。『我々は暗闇のうちで務める。我々は能う限りのことをする。我々は持てるだけのものを与える。我々の疑念こそ我々の熱情であり、我々の熱情こそ我々の務めであり……』（ヘンリー・ジェームズ『初老』の中の一節）、我々が神や、あるいは魔術を信じるのは、少なくとも何かしらを信じるのは、結末を知りたいという思いゆえなのだよ」

　それでもまだジョエルは知りたかった。「彼らがどこに行ったか、あなたは知ろうともしなかったの？」

「そこに五ポンドの重さの本がある」と疲れ切った微笑みを浮かべてランドルフが言った。「その本には、この地球上のすべての町と村落の名前が記載されている。それこそが私の信じるものだ、その年鑑がね。来る日も来る日も私はそのページを繰り、各地の郵便局気付でペペ宛ての手紙を出してきた。そこに記すのは、私の名前と、便宜上住所と言われるところのものだけだ。ああ、返事が来るはずのないことはよくわかっているさ。でもそれは私に信じるべき何かを与えて、平穏をもたらしてくれる」

階下で夕食を告げる鐘が鳴った。ランドルフは動かなかった。彼の顔は悲しげな罪悪感の色に染められて縮んだようだった。「今日の午後、私はとても弱っていた。とても邪《よこしま》だった」と彼は、開かれた両腕の招待をジョエルが受け入れられるよう身を起こしながら言った。「私のことを許してくれ、かわいいジョエル」、それから鐘に負けず切迫した声で付け加えた。「そしてどうか聞かせてくれ。私が耳にしたいことを」

ジョエルは覚えていた。「何もかも」と彼は優しく言った。「何もかもうまくいくから」

第九章

ジーザス・フィーヴァーは病んでいた。もう一週間以上、胃に何かを保っておくことができなくなっていた。その皮膚は古い木の葉のようにぱりぱりになり、目は膜がかかったような乳白色になって、あれこれいろんな不可思議なものを見ていた。ランドルフの父親が小屋の隅に潜んでいると彼は主張した。壁中に貼られている漫画新聞やコカコーラの写真はねじ曲がっていて、神経に障ると彼は苦情を申し立てた。彼の頭の中では鞭が打たれるような音が鳴り響いていた。ジョエルが持参した向日葵《ひまわり》の花束は、突然カナリアの群れに変身し、気が狂ったように歌いながら部屋中をぐるぐる飛び回った。マントルピースの上にかかった陰気な小さな鏡から、見知らぬ人が自分を見つめていると言って錯乱状態に陥った。何か手伝えることがあればとやってきたリトル・サンシャインは、その鏡を小麦を入れる袋で覆った。そこにジーザス・フィーヴァーの魂が閉じ込められないようにするためだと、彼は説明した。彼は老人の首に護符をかけ、空中に魔法の生姜粉を撒いた。そして月が昇る前に姿を消した。「ズー、おまえ」とジーザスは言った。「なして、こんなにわしを凍えさせるんじゃ？　火をおこしてくれ、おまえ。ここは井戸の底よりまだ寒いぞ」

ズーは理を説くような口調で言った。「じいちゃん、でもね、みんなもう溶けちゃいそうに暑いんだよ……あまりにも暑いもんで、ミスタ・ランドルフなんぞ一日に三度も着替えしたくらいだよ」。しかしジーザスは耳を貸さなかった。両脚をキルトでくるんでくれと頼んだ。そして毛糸の靴下を引っ張り伸ばして、頭にかぶせてくれと。家中が風に吹かれてかたかた音を立てていると彼は言い張った。ほら、見てみな、先代のミスタ・スカリーがそこにおられて、立派な赤毛の髭が霜でもう真っ白になっておるじゃないか。そんなわけでズーはもう暗くなった庭に出て、薪《たきぎ》を一抱え集めてきた。

あとに付き添いとして残されたジョエルは、ジーザスが秘密めかした様子でもっと近くに寄れと手招きするので、ハッと驚いてしまった。老人は籐の揺り椅子に座って、すり切れたビロードの花柄の継ぎ合わせキルトが膝にかけられていた。彼はベッドに寝ることができなかった。横になると、呼吸がうまくできなかったからだ。「揺り椅子を揺らせてくれや、坊主」と彼はひょろひょろした声で言った。「そうすると安らかな気持ちになれるんじゃ……荷車に乗って、まだ先が長い道のりを進んでおるような気分でな」、部屋の中ではケロシン・ランプが燃えていた。揺り椅子は壁に影を投じながら、穏やかで眠たげな音を立てていた。「この寒さを感じんのかね、坊主？」

「母さんもいつだって寒がっていたよ」とジョエルは言った。刺すような寒気がちくりと背骨を走った。死なないで、と彼は思った。彼が揺り椅子を前後に揺らすのに合わせて、曲げ木が囁いた、死なないで、死なないで、と。というのは、もしジーザス・フィーヴァーが死んでしまったら、ズーもどこかに去ってしまうだろうから。そうしたらもう、エイミーとランドルフと父親しかいなくなってしまう。とはいえ、その三人がとくに問題というのではない。問題はランディングにある。そしてガラスの釣り鐘の下で暮らすことの、脆く危うい静寂にある。もしかしたらランドルフは彼をどこかに連れて行ってくれるかもしれない。旅行を匂わせるような発言があった。そしてジョエルはエレンにあてて更なる手紙を書き送っていた。近いうちに間違いなく、何らかの働きかけがあるはずだ。

「じいちゃん」とズーが薪の束をよたよたと運び込みながら言った。「あたしを暗がりの中に、薪を集めに行かせるなんて、そりゃあまりにも無考えだよ。腹を減らせたおっかない獣たちが、あたしの美味しい肉をかじりとろうって、うろうろしているところにさ。そこらじゅうに山猫の匂いがしたよ。ほんとだよ。それにひょっとして、ケグが刑務所を脱走したかもしれないじゃないか。ジョエル、あんた、ドアに錠をかけてきてちょうだい」

火が燃え出すと、ジーザスは揺り椅子をもっと暖炉に近寄せてくれと頼んだ。「その昔は、わしもヴァイオリンが弾けたものだ」と彼はすらりと立ち上がる炎を見ながら、感慨深げに言った。

「……しかしリューマチが、わしの指から音楽をそっくり奪いとっていきおった」、彼は首を振り、歯茎をきゅっと吸って、火の中に唾を吐いた。「わしにかまうんじゃない、おまえ」、膝にかけたキルトを直そうとするズーに向かって、彼は苦情を呈した。「いいから、あの剣を持ってきておくれ」。彼女は隣の部屋から、銀の柄《つか》のついた美しい剣を持ってきた。その刃には銘が刻まれていた。理由なくして我を鞘より抜くことなかれ――名誉なくして我を鞘に納めることなかれ。「ミスタ・ランドルフのお爺様がわしにこれをくださったのだ。もう六十年以上前のことだがのう」。その何日かの間、彼は自分の宝物のすべてを、ひとつひとつ持ってこさせていた。埃だらけのひび割れたヴァイオリン、羽のついたダービーハット、ミッキーマウスの腕時計、橙《だいだい》色のハイボタンの靴、「見ざる言わざる聞かざる」の三匹の小さな猿、そういった類いの貴重なものたちが、小屋中のあちこちに配されていた。彼はそれらすべてを自分の目の届くところに置かせたのだ。

　ズーはジョエルに一握りのピーカンを与え、それを割るためのプライヤーを渡した。「おなかはすいてないよ」と彼は言って、彼女の膝に頭を置いた。それはエレンの膝のように心地よくはなかった。きりっと力の入った筋肉と、骨の尖り具合があまりにはっきり感じられる。しかし彼女は彼の髪を指でもてあそび、それは心地良かった。「ねえ、ズー」と彼はそっと言った。老人の耳には聞こえないように。「おじいさんはもう死にかけているんだろう？」

「そう思うよ」と彼女は言った。その声には感情らしきものはほとんど込められていなかった。

「そしてきみも行っちゃうんだよね？」

「そうなるだろうね」

　それを聞いて、ジョエルはすっくと身を起こし、怒りを込めた目で彼女を見た。「でも、どうしてだよ、ズー？」と彼は問い詰めた。「どうしてなんだよ？」

「シー、静かにしてちょうだい」、それに続くゆっくりとしたいっとき、彼女はネッカチーフを捻って手で探り、そこからリトル・サンシャインがくれた護符を取りだした。「これの御利益もいつまでもは続かないさ」と彼女は護符をとんとんと叩きながら言った。「いつの日かあいつはここに戻ってくる。あたしを切り刻むためにね。あたしにはそれがはっきりとわかる。そのことを夢に見るし、床がぎいっと軋むたびに、あたしの心臓は止まっちまうんだよ。犬が吠えるたびに、あいつだ、あいつがこっちに向かっていると思う。犬たちはケグのことをただ本能的に嫌っているし、あいつの匂いがするたんびに、盛大に吠え始めるのさ」

「きみのことを護ってあげるよ、ズー」と彼は懇願した。「本当さ。誰にもきみを傷つけさせたりはしない」

　ズーは笑い声を上げた。そして彼女の笑い声はまるで恐ろしい黒い鳥のように、部屋中を飛び回っていた。「ああ、ケグはね、あんたのことなんかひと睨みで片付けちまうよ！」、息が詰まるほど暑いその部屋の中で、彼女はぶるぶると震え始めた。「ある日あいつはその窓から、こっそりと忍び込んでくる。誰もその物音を耳にすることはできない。それともあたしはいつか、ここと屋敷との間の暗がりで、あいつがあたしを待ち受けているのを目にすることだろう。ぎらりと光る長い剃刀を手にして。ああ神様、あたしはそういうのを百万回も見ているんだ。だからここから逃げ出さなくちゃならない。雪が降っているようなところ、あいつに捕まえられないようなところに行かなくちゃ」

ジョエルは彼女の手首をぎゅっと摑んだ。「ズー、もしぼくを一緒に連れて行ってくれたら……ぼくらはきっとすごく楽しい思いができるよ」

「馬鹿なことを言うんじゃないよ、ベイビー」

茶色のトラ猫がベッドの下から飛び出してきて、火の前に駆けていった。そして背を弓なりにしてふううっと唸った。「こいつは何を見ておるんだ？」とジーザスは剣で指し示して叫んだ。炎の光がそのひょろりと長い刃《やいば》を黄金の蜘蛛のように駆け上がった。「返事をしろ、猫。おまえには何かが見えておるのだろう？」。猫は何事もなかったようにそこにのんびりとうずくまり、冷ややかな目で老人を見据えた。ジーザスはくっくっと笑った。「ジーザス爺さんをからかおうっていうのか」と彼は指を左右に振りながら言った。「ちょいとやつを脅かしてやろうってか」。彼の盲《めし》いたような青みがかった目が閉じられた。首がくいと後ろに傾けられ、おかげで頭にかぶった靴下の先が、中国人の弁髪のようにゆらゆら揺れた。そしてため息をついて言った。「ふざけておる暇など残されておらんのだ、猫よ」。そして胸に剣を当てて言った、「わしが結婚したとき、ミスタ・スカリーがこれをくだすったんだ。わしとわしの女房が、箒の上を飛び越えて（黒人の結婚式で見られる習慣。新郎新婦が手をつないで箒を飛び越える）、そのあとでミスタ・スカリーがこう言われた。『これでよし、ジーザス、おまえもめでたく結婚した』。ところが巡回牧師がやってきて、わしと女房は正式な婚姻関係ではないと言いよった。主はそれをお許しになるまいと。なるほど、猫はたしかにトビーを殺しよった。そしてわしの女房はそれを嘆き悲しんで、木の枝で首をくくった。大きな立派なおなごだったので、枝が折れんばかりにたわんだ。わしがまだ小さかったころ、わしの父っつぁんはよくその木の枝を切って鞭をこしらえたものだ……」、彼が記憶をたどる様は、まるでその心が時間の中の島になったかのようだった。まわりを囲む海は過去。

ジョエルはピーカンを割り、その殻を火の中に投じた。「ズー」と彼は言った。「アルキビアデス（ペロポネソス戦争時代のアテネの将軍・政治家）っていう名前の人を知らないかな？」

「何て名前だって？」

「アルキビアデス。どんな人かは知らない。ぼくがその人に似ているって、ランドルフが言うんだ」

　ズーはそれについて考えた。「きっとそれはあんたが聞き違えたんだよ、ハニー。きっとそれはアリカスターのことさ。アリカスター・ジョーンズはパラダイス・チャペルの男の子で、聖歌隊で歌っていた。白い天使みたいに見える子でね、すごく器量がよくて、牧師さんにも、男の人にも女の人にも、みんなにしっかりかわいがられていた。少なくともみんながそう言っていたよ」

「ぼくはその子よりもきっとうまく歌えるよ」とジョエルは言った。「だってさ、ぼくはきっとヴォードヴィルで歌って、いっぱいお金を稼ぐことだってできるんだもの。きみに毛皮のコートを買ってあげられるくらいいっぱいいね。ねえ、ズー、それから新聞の日曜版に出ているようなドレスだって」

「あたしは赤いドレスがほしいな」とズーもその気になって言った。「赤がとてもよく似合うんだよ、ほんとに。で、あたしたち車も持てるのかい？」

ジョエルの頭は喜びに震えていた。それはどこまでも本当のことに思えた。そこでジョエルはスポットライトを浴び、クチナシを襟に挿したタキシードを着ていた。でも最初から最後まで通して歌える歌は、ただ一曲だけだ。だから彼は言った。「ねえ、聴いてよ、ズー」、そして歌い出した。「きよしこの夜、星は光り、救いの御子は……」、そこまで彼の声は、女の子の声のように高く甘かったのだが、それがどうしたことか急にしゃがれて、醜いものに成り果ててしまった。

「ふうん、なるほどねえ」とズーが訳知り顔で肯《うなず》いた。「小さなオタマジャクシが魚になろうとしている」

暖炉では薪が派手にはぜて、火花をあたりに散らせた。何の前触れもなく突然、エントツアマツバメの巣が落下してきて、あっという間もなく炎に呑まれた。生まれたばかりの小鳥たちは声も上げず、身動き一つすることなく焼かれた。ジョエルは衝撃に口もきけずにいた。ズーは驚きのあまり表情を失っていた。口をきいたのはジーザスだけだった。「火の中じゃ」と彼は言った。もしそれほど静かでなかったら、彼の声を聞き取ることはできなかっただろう。「まず最初に水がやってきて、最後に火がやってくる。なんでわしらがその中間におるのか、聖書のどこにも書かれておらん。違うか？　思い出せん……何も思い出せん。おまえら」、彼の声はきりきりと甲高くなった。「おまえらみんな！　ひどく暖かくなってきたぞ。火事になりそうじゃ！」

第十章

一週間後のある奇妙に涼しい曇った午後に、ジーザス・フィーヴァーは息を引き取った。まるで誰かが彼の脇腹をくすぐっているみたいだった。というのは彼はクスクス笑って、身を痙攣させながら死んだからだ。ズーが言ったように、「たぶん、神様がなにかおかしなことをおっしゃったのだろう」。ズーは彼に小さなサスペンダー付きのスーツを着せ、橙色の革靴を履かせ、ダービーハットをかぶらせた。手にカタクリの花束を握らせ、杉材の簡素な棺に収めた。エイミーがランドルフの助けを借りて、墓の場所を決めているあいだ、ジーザスの遺体はそこに二日据え置かれた。墓はムーン・ツリーの下がよかろうと、ようやく指示が下った。ムーン・ツリーは、象牙色の丸い花を咲かせることからそう名付けられた。ランディングのずっと奥の、寂しい一画にそれは生えている。ズーはそこにシャベルで穴を掘ったが、ジョエルのほかにその作業を手伝うものはいなかった。二人はようやくそこそこの深さの穴を掘ったが、それは夏に掘ったいくつもの裏庭の水泳プールを彼に思い出させた。ずいぶん昔のことのように思える。杉の棺をそこまで運んでくるのが一仕事だった。結局彼らは年老いたラバのジョン・ブラウンにロープをつないで、墓のそばまで棺を運ばせた。「自分をお墓まで引いてきたのが誰だかわかったら、じいちゃんはきっとずいぶんクスクス笑ったことだろうね」とズーは言った。「じいちゃんはおまえのことが大好きだったからね、ジョン・ブラウン。こんな信頼できるラバはいないと、じいちゃんはいつも言っていたよ。ねえ、よく覚えておくんだよ」。最後の最後になって、ランドルフは葬儀には参列できないという言葉を寄越した。そのメッセージを持参したエイミーは、彼の名において祈りを唱えた。つまり、センテンスひとつかそこらをもそもそと口ごもり、十字を切った。彼女は葬儀のための黒い手袋をはめていた。しかしそれ以外に、ジーザスの死を悼む者はいなかった。ムーン・ツリーの木陰に立った三人は、友人を見送るべく停車場に集まった、気もそぞろな一団のようだった。会衆は列車の汽笛が鳴り、解放されるのを待ちわびているのだ。彼らは最初の土塊が杉の蓋に当たる、どさっという音を聞きたがっていた。自然がそのかくも厳粛な出来事をまるで反映していないことが、ジョエルには奇妙に思えた。子猫の目のような、けしからぬほど青に染まった空にぽっかり浮かんだ、丸綿のごときいくつかの雲の花も、その礼を知らない甘ったるさが気に障る。この狭小な世界に百年も生きた人物は、もっと高い栄誉を与えられてしかるべきではないか。

　杉の棺を墓に下ろすときに、それは上下逆さまになってしまった。でもズーは言った。「気にしなくていいよ、ハニー、あたしたちは野蛮人の怪力男じゃないんだからさ」。彼女は首を振った。「かわいそうなじいちゃん、顔を伏せたまま天国に行くんだね」。彼女はアコーディオンを開き、両脚を大きく広げて、首を後ろにぐっと反らせ、大声で叫んだ。「主よ、あなたの御胸《みむね》に彼をお受け取りください。ぜったい見捨てたりせんでください。主よ、彼は栄光を目にしてきました。主よ、彼は光を目にしてきました……」、そのときまでジョエルはジーザス・フィーヴァーの死を全面的には受け入れてはいなかった。そこまで長生きした人間がそんな簡単に死んでしまうはずはない。心の奥の方で彼はこのように感じていた——この老人は死んだふりをしているだけなんだ、と。しかしズーのレクイエムの最後の一音が沈黙に吸い込まれたとき、それは真実になった。ジーザスは本当に死んでしまったのだ。

　その夜の眠りは敵との闘いだった。夜明けどきの光が彼の目を開くまで、いくつもの夢が、復讐心に燃える羽の生えた魚となって、跳ね上がってはまた水に潜っていった。急いでズボンのボタンをはめ、静まりかえった家の中をそっと抜けて、キッチンのドアから外に出た。頭上の月は水底に消えていく石のように青白く、もつれた朝の色が空を急速にのぼっていき、パステル色の曖昧さの中で揺れていた。
「ロバ一頭分の荷物はあるよね？」、彼が庭を歩いて横切り、彼女が立つ小屋のポーチに向かっているとき、ズーはそう叫んだ。持ち物を目一杯包み込んだキルトは、彼女の背中で大きく膨らんでいた。アコーディオンはベルトに縛り付けられ、芋虫のようにだらんと下に垂れていた。その他に彼女はジャムの瓶を入れたとても大きな箱をひとつ抱えていた。「ワシントンＤＣに着く頃には身体が折れ曲がっているかもね」と彼女は言った。まるでワインを一ガロン飲んだあとみたいな声だった。まだ明け切らない朝の薄闇の中での、彼女のその嬉々とした様子は、彼には不快なものに感じられた。そんなに浮き浮きする権利が彼女にはあるのか？

「そんなたくさんの荷物は運びきれないよ。だいいち馬鹿みたいに見える」

しかしズーは両腕を折り曲げ、足を踏みならしただけだった。「ハニー、あたしはね、九十九両分の機関車くらい力いっぱいの気分なんだ。こことはさっさとおさらばしたい。うん、日暮れ前にはワシントンＤＣに着けるだろう」、彼女はポーズをとるように反り返った。そして気取ったお辞儀でもするかのように、糊のきいたキャラコのスカートをつまみ上げた。「ねえ、かわいいだろう？」

ジョエルは批判するようにちらりと目をやった。彼女の顔は白い粉をたっぷりつけられ、赤っぽいオイルのようなものが頬を染め、ヴァニラ水をつけ、髪は油でてかてか光っていた。首の回りには得意げにレモン色のスカーフが巻かれていた。「向こうを向いて」と彼は言った。彼女がそうすると、彼はあてつけたみたいに一言も感想を言わず、さっさと立ち去った。

彼女はこの無礼な振る舞いを冷静に受け止めたが、こう言った。「どうしてあんたはずっとふくれっ面をしているんだい？　そんな風に喧嘩腰になってさ。友だちなんだから、もっとあたしの身になって喜んでくれたっていいだろう」

ジョエルは這っている蔦の蔓をぐいと引いて剝がした。おかげでポーチの庇《ひさし》に並べられた植木鉢がゆらゆらと揺れた。お互いにぶつかり合い、一連のドアが次々に閉められていくような音を立てた。「ほんとに面白いことを言うね、は、は、は」とジョエルはランドルフの仕草のひとつを真似て、片方の眉をクールにぐっと上げた。「きみはぼくの友だちであったことなんてないさ。いったいどうしてぼくのような人間が、きみなんかと何かを共有しなくちゃならないんだ？」

「ベイビー、ベイビー……」とズーは言った。彼女の声は優しく上下に揺れた。「……ベイビー、あんたに約束するよ。向こうで落ち着いたら……あんたを呼び寄せて、このさきずっと面倒を見てあげるよ。ちゃんと誓う。もしこの約束を違えるようなことがあったら、神様に打たれて死んだってかまわない」

　ジョエルはぐっと後ろに身をそらせ、ポーチの柱に飛びついて、それを抱きしめた。まるでそれが唯一彼を理解し、愛してくれる相手であるかのように、しっかりとしがみついていた。

「そこにしがみついているがいい」と彼女は厳しい声で言った。「あんたはもう大人になる歳なのに、やることなすこと、まるで小さな娘っ子のようだ！　まったくがっかりさせられるよ。じいちゃんの立派な剣をあんたにあげようと思っていたけど……それじゃ剣を持つにふさわしい男にはとても思えないね」

　蔦のカーテンをかき分け、ジョエルはそこを抜けて庭に出た。そのまままっすぐ歩き去って、後ろを振り向かないこと、それが彼女を罰することになるだろう。しかし木の切り株まで来ても、彼女が厳しさを緩めず、彼を呼び戻しもしないことを知って、ジョエルは歩を止め、それからポーチまで引き返した。そして彼女のアフリカ由来の瞳をまじまじと見つめた。「ぼくを本当に呼び寄せてくれる？」

ズーは微笑んで、彼を抱き上げんばかりだ。「二人で寝泊まりできる場所ができたらね」。彼女はキルトでくるんだ荷物を手に取り、剣を取り出した。「これがじいちゃんがいちばん誇りにしていたものだよ」と彼女は言った。「この品位を貶《おとし》めるんじゃないよ」

ジョエルは剣を紐で腰にとめた。それは世界に立ち向かうための武器だった。脚に当たる鞘の冷ややかな威厳に身が引き締まった。突然、彼は誰よりも力強く、恐れを知らぬ人間になった。

「ほんとにありがとう、ズー」とジョエルは言った。

キルトとジャム瓶を抱えて、彼女はよろよろと階段を降りた。彼女の息づかいは唸り声となった。そしてその軽やかな上下動に合わせて伸び縮みするアコーディオンが、調子っぱずれな音を雨粒のように撒いた。二人は庭の荒廃した茂みを抜けて、道路に出た。太陽は遠くに見える緑の縁のあたりを移動していた。見渡す限り、夜明けの青みは木立の上に引き上げられ、いくつかの層をなす光が地上一面に広がっていた。「地面の露が乾くまでには、パラダイス・チャペルを越せるはずだ。キルトをすぐに出せるようにしておいてよかったよ。ワシントンDCにはたんと雪が降っているかもしれないからさ」。それが彼女が口にした最後の言葉だった。ジョエルは郵便受けの前で止まった。「さよなら」と彼は声をかけた。そして彼女の姿がピン先ほどに小さくなり、見えなくなってしまうまで、そこに立っていた。やがてアコーディオンの音も聞こえなくなった。

「……感謝のひとこともない」とエイミーが不快そうに言った。「いつだって、ずいぶん親切に優しくしてやったのに、挙げ句の果てがこれだからね。さっさと出て行ってしまった。行く先も教えず。家中に病人たちを、尿瓶の始末をすることもできないような者ばかり抱え込んでいる、この私をあとに残して。なんといっても私はレディーなのよ。レディーになるべく育てられたの。師範学校に丸々四年も通った。もし私が女中になって、孤児たちや阿呆どもの世話をするだろうとランドルフが考えているのだとしたら……あの恩知らずのミズーリが！」。彼女の口は怒りにぴくぴくと醜く動いた。「ニガーどもが！　アンジェラ・リーは何度も何度も私に警告を与えてくれた。ニガーを信用しちゃいけないってね。あいつらの心は、髪の毛と同じくらいねじけまくっているんだ。それにしても、朝食の用意をするくらいはやってくれてもよかったんじゃないか」。彼女はビスケットをオーブンの皿から取り出し、グリッツの鉢とコーヒーのポットと一緒に盆の上に並べた。「さあ、これを従兄弟のランドルフのところに急いで持って行って。それからすぐに戻ってくるんだよ。気の毒なサンソムさんにもご飯をあげなくちゃならないからね。天よ、私たちをお助けください。ええ、全知全能の神様ならきっと……」

　ランドルフはベッドの上に身を起こしていた。掛け布団は押しやられ、むき出しの真っ裸だった。朝の光の中で、彼の肌は透き通ったピンク色に見え、その丸みを帯びたつるりとした顔は奇妙に若々しかった。小さな日本のテーブル・セットが脚にまたがるように置かれ、そこにはアオカケスの羽根の山と、糊を入れた壺とボール紙が載っていた。「これは面白いだろう？」と彼は言って、ジョエルに微笑みかけた。「その盆を置いて、ゆっくりしていきなさい」

「そんな時間はないよ」とジョエルは少しばかり謎めかして言った。

「時間がないと？」とランドルフは繰り返した。「時間ならここには有り余るほどあるはずだが」

　言葉と言葉のあいだに間を置いてジョエルは言った。「ズーが出て行った」。その知らせがドラマティックな効果を発揮してくれることを彼は求めた。しかしながらランドルフはそんな彼に、満足を与えてはくれなかった。というのはエイミーとはまったく逆に、彼はそれを聞いても動転もせず、驚きさえしないように見えたからだ。「実に厄介をかけてくれるな」と彼はため息をついた。「そしてまったく愚かだ。というのは彼女はもう後戻りできないからだ。もう二度とね」

「いずれにせよ戻るつもりはないさ」とジョエルは挑戦的に言った。「彼女はここでは幸福じゃなかった。何があっても戻ってくることはないだろうね」

「ねえ、愛しい坊や」とランドルフはアオカケスの羽根を糊に浸して言った。「幸福とは相対的なものであり、そして」と彼はその羽根をボール紙にくっつけながら続けた。「ミズーリ・フィーヴァーはやがて思い知るだろう。逃げ出してきたところが、訳のわからないパズルみたいな世界の中で唯一、自分にとってまさに適切な場所であったことをね。ちょうどこんな具合に」。彼はジョエルに見えるように、ボール紙を持ち上げた。そこには羽根が、まるで生きている鳥が立ちすくんでいるみたいに、巧みに組み合わされていた。「ひとつひとつの羽根はその大きさと色によって、それぞれ適切な場所に置かれる。そのうちのひとつでも、少しでも位置を間違えれば、うん、それは真実味を失ってしまう」

　ひとつの記憶が空中の羽根のようにふらふらと漂った。ジョエルの心の眼は、壁に翼を打ち付けているアオカケスを見ていた。そしてエイミーがレディーらしいしぐさで火かき棒を持ち上げるところを。「飛べない鳥にどんな意味があるの？」とジョエルは言った。

「え、何だって？」

自分が口にしたことの意味はジョエル自身にも確かにはわからなかった。「もうひとつのそれは、本物の鳥の方は、飛ぶことができた。でもそれは、それにできるのはたぶんただ……生きているみたいに見えるということだけでしょう」

ボール紙をわきに放り投げると、ランドルフは横になって胸を指でとんとんと叩いた。そして瞼を下げた。目を閉じると彼は奇妙に無防備に見えた。「暗い中にいる方が快適だ」と彼は言った。まるで眠りながら語っているみたいに。「もし迷惑でなければ、マイ・ディア、キャビネットからシェリーの瓶を持ってきてくれないかな。それからそっとつま先立ちで歩いて、シェードをすべて下ろしてもらいたいんだ。そのあとドアを、とてもとてもひっそり静かに閉めてほしい」。ジョエルがそのいくつかの要求を最後まで果たすと、ランドルフは身を起こして言った。

「きみの言うことはまことに正しい。私の鳥は飛ぶことができない」

その少しあと、ミスタ・サンソムに朝食を一口ひとくち食べさせ、それから腰を下ろし、ひとしきり抑揚のない早口で本を読んであげた。そのせいで、彼の胃はむずむずしていた。それは金髪の女性と黒髪の男が出てくる物語で、二人は実に十六階の高さにある家に住んでいた。女性の口にする言葉の大方は、繰り返し口にするのが恥ずかしくなるような代物だった。「ダーリン」と彼は読んだ。「あなたのことは、他のどんな女にも負けないくらい愛しているわ。でもねランス、最愛の人、まだこの愛が美しく輝いているうちに、私のもとから去ってもらいたいの」。そしてミスタ・サンソムはいちばん悲しい部分にさしかかっても、微笑みを途切れなく口もとに浮かべていた。そんな父親を見ていると、息子はふと思い出すことになった。彼が醜く顔をしかめると、エレンにいつも脅されたことを。「いいこと」と彼女は言った。「そんな表情をしているとね、それが顔に一生張り付いてしまうからね」と。そのような運命はどうやらミスタ・サンソムの身に降りかかったらしかった。というのは彼の普段は表情を欠いた顔は今では、もう八日にわたって笑みを浮かべ続けていたから。美しい女性と顔立ちの良い男性の話を読み終えたあと（ふたりが新婚旅行でバーミューダにいるところで話は終わった）、ジョエルはバナナ・カスタード・パイのレシピを読んだ。恋愛小説でもレシピでも、ミスタ・サンソムにとっては変わりないらしく、どちらに対しても彼は比類なく熱心に目を見開いていた。

　ほとんど目を閉じないままでいるというのは、いったいどんな感じのするものなのだろう？　そしてその目に映るのが永遠に同じ天井であり、同じ明かりであり、いくつかの同じ顔であり、同じ家具であり、同じ暗闇であるとしたら。しかしもしその両目が決してあなたから逃れられないとしたら、あなたもそれを避けられはしない。その視線は実際ときとして、部屋の隅々まで充満しているかのようだ。その湿り気のある灰色は、霧のようにすべてを包んでいる。そしてもしその両目が涙を浮かべることがあったとしても、それは通常の涙ではあるまい。それは灰色をした何かだ。あるいは緑色かも。とにかくひとつの色であり、氷のように固いものだ。

　階下の客間には古い本が並べられていた。ジョエルはそこを漁っていて、スコットランドの伝説集を見つけた。その話のひとつに、魔法の薬を愚かにも調合した男の話があった。その薬を飲むと他人の考えが読め、魂の奥まで見通せるのだ。彼は悪なるものを目撃し、そのショックのせいで両目に重い傷を負ってしまう。その傷は一生治ることがない。ジョエルはその話にいたく心を動かされ、自分の頭の中で何が起こっているかを、ミスタ・サンソムの目は正確に察知しているのだろうと、半ば確信したほどだった。だからこそジョエルは自分の考えを、できるだけ感情を含まない方向に導こうと努めていたのだ。「……砂糖と小麦粉と塩を混ぜて、そこに卵黄を加えます。休みなくかき回しながら、沸かした牛乳を注いでいきます……」。時折彼は罪悪感に苦しめられた。自分はもっとミスタ・サンソムに同情すべきではないのか、もっと愛そうと努めるべきではないのか、と。ミスタ・サンソムなんて目にしなければよかったのに！　そうすれば彼のことを、どのようにも素敵な人物として頭に思い描くことができたのだ。力強く親しみある声で話す、本物の父親として。

　このミスタ・サンソムはどう考えても、ぼくの本当の父親なんかじゃない。ミスタ・サンソムは狂った二つの目を持ったどこかの誰かに過ぎない。「……それを焼いたパイの台に入れます。……それをメリンゲイとかいうもので包み（ジョエルはフランス語のメレンゲが読めない）……そして焼きます。九インチのパイができあがります」。彼は雑誌（エイミーが定期購読している女性誌だ）を置き、ミスタ・サンソムの枕のしわを引っ張って伸ばし始めた。ミスタ・サンソムの頭は前後にだらしなく揺れた。まるで「ノー、ノー、ノー」と言うみたいに。実際の彼の声は、まるで喉に一握りのピンが刺さっているかのようにぴりぴりと響いた。「坊や、親切、親切、坊や、親切」、彼は何度もそう繰り返し言った。そして「ボール、親切、ボール」と言って、赤いテニスボールをひとつ下に落とした。ジョエルがそれを拾い上げると、彼の固定された微笑みはより生気がなくなった。微笑みは灰色の骸骨のような顔の上で痛々しくひきつっていた。そのとき唐突に、閉じた窓を突き抜けるように口笛の音が聞こえた。ジョエルは振り向いて耳を澄ませた。三度の鋭い口笛と、フクロウのほうほうという啼き声が一度。窓のところに行ってみた。アイダベルだった。彼女は下の庭にいた。ヘンリーが一緒だ。窓は開かなかったので、彼は合図を送った。しかし彼女には彼が見えなかった。だから彼は急いでドアに向かった。「悪い」とミスタ・サンソムは言って、ベッドにあったテニスボールを残らず下に落とした。「坊や、悪い、悪い！」

彼は剣を腰に帯びるためだけに少しばかり自室に寄り道をした。そして階段を降りて外に出ると、庭に向かって走った。知り合って以来初めてのことだが、アイダベルは自分に会えて嬉しいのだとジョエルは感じた。心からの安堵が彼女の顔を横切った。彼女が自分を抱きしめるのではないかと、ジョエルは一瞬思った。実際、彼女の両腕はそうするかのように持ち上げられた。でもその代わりに彼女はしゃがみ込んでヘンリーをハグした。そして老犬が情けない声を出すまで、その首をぎゅっと抱きしめた。「何かまずいことでもあったの？」と彼は尋ねた。彼女はひとことも口をきかなかったばかりか、彼の存在にもほとんど目をとめていないように見えたからだ。なにしろ彼が腰に帯びた剣についてさえひとことも言及しなかったくらいだ。そして「あたしたち、あんたが家にいないのかと怯えてたんだ」と言ったとき、彼女の声音からはすべての荒っぽい精神が抜け落ちてしまったみたいだった。ジョエルは彼女より自分の方が強いと感じた。それはもう一人の別のアイダベル（男まさりのお転婆少女）といたときには味わったことのない、自信に満ちた気分だった。彼は家の影の中、彼女のそばにしゃがみ込んだ。チューリップの茎がそこら中でしなだれかかり、カタツムリの這った銀色の跡がついた巨大な葉っぱが、パラソルのように二人の頭上に垂れかかっていた。そばかすの下の彼女の顔は青白く、爪で引っかかれた傷跡が一本、畝のようにくっきりとその頬を走っていた。「どうしてそんな傷がついたの？」と彼は尋ねた。

　彼女の唇は白くなった。そして吐き出すように言った。「フローラベル。あのろくでなしのクソ野郎が」

「女の子はクソ野郎にはなれないよ」と彼は言った。

「それでもあいつはしっかりクソ野郎なんだよ。でもあたしが言ってるのは彼女のことじゃない」。アイダベルは犬を膝の上に抱き寄せた。眠たそうに、なされるがままに犬はそこにごろんと横になり、彼女に腹の蚤を取らせた。「あたしが言ってるのはあの馬鹿クソ野郎の、あたしの父親のことだよ。あたしたちはとことん本気で取っ組み合いの喧嘩をしたんだ。父さんとあたしとフローラベルとで。だって父さんがこのヘンリーを銃で撃とうとしたからさ。フローラベルがそうするように父さんを焚きつけたんだ……ヘンリーは不治の病にかかっているからと言ってね。でもそんなのは最初から最後まで薄汚い嘘なんだ。あたしはあの女の鼻を叩き折って、歯も何本か折ってやったと思う。少なくともあたしとヘンリーが家を飛び出したとき、あいつは豚みたいにだらだら血を流していたよ。あたしたちは暗い中、一晩中歩き回っていたんだ」。突然、彼女はいつもお馴染みの荒くれた笑い声を上げた。「そして明け方頃に誰を見かけたと思う？　ズー・フィーヴァーだよ。彼女はまともに息もできないような状態だった。あまりにたくさんのガラクタを運んでいたからね。ああ、ジーザスが亡くなったという話を聞いて、とても気の毒に思った。あの年寄りが死んで、その知らせがまるで伝わってこないというのは、けったいな話だ。しかし前にも言ったように、ランディングで何が起こっているかは、誰にも知りようがないからね」

　ジョエルは思った。たとえどこであれ、そこで何が起こっているかなんて誰にもわかりっこないのさ、と。すべてを知っているのはミスタ・サンソムだけだ。何かしら特別な仕掛けによって、彼の目は世界全体を巡り、そっくり視野に収めているのだ。今この瞬間にもその両目はぼくを見ている。ジョエルはそのことに疑いを持たなかった。そしてもし彼がその気になったなら、おそらくはランドルフに、ペペ・アルバレスの居所を教えてやることだってできたはずだ。

「心配することはないんだよ、ヘンリー」とアイダベルは蚤を潰しながら言った。「誰にもおまえには指一本触れさせないからね」

「でもこれからどうするつもりなんだい？」とジョエルは尋ねた。「いつかは家に帰らなくちゃならないだろう」

　彼女は鼻をこすった。そして誇張して見開かれた目で、訴えかけるように彼を注視した。もしそれがアイダベル以外の誰かだったら、あるいはジョエルは、自分は言い寄られていると思ったことだろう。「そうかもしれないし」と彼女は言った。「そうじゃないかもしれない。だからきみに会いに来たんだよ」。唐突に、実に素っ気なく彼女は膝から犬を払い落とし、同志に対するように強い力でジョエルの肩をぎゅっと掴んだ。「一緒に家出をしないか？」、しかし彼に自分の意見を述べる余裕も与えず、彼女は急いで付け加えた。「今夜、暗くなる前にあたしたちは町に行けるよ。町で巡回ショーがあって、人がたくさん集まる。あたしは巡回ショーをもう一度見ておきたいんだ。今年は観覧車もあるって誰かが言っていた。それに……」

「でもぼくらはいったいどこに行くんだい？」と彼は言った。

アイダベルの口が開き、閉じられた。どうやら彼女はそのことについてほとんど考えを巡らせていなかったようだ。そしてこの数多くの選択肢を持つ世界を前にして、彼女に思いつけた言葉と言えば、「外の世界よ。あたしたちはどこか素敵な場所を見つけるまで、外の世界を歩き回るの」

「カリフォルニアに行って、葡萄を摘むことはできる」と彼は意見を述べた。「西部では、十二歳にさえなれば結婚できるんだ」

「あたしは結婚なんてしたくないよ」とアイダベルは頬を赤らめて言った。「結婚したいなんて誰が言ったのさ？　いいかい、ボーイ、お行儀良くしてな。兄弟みたいなふりをするんだ。妙な真似はするんじゃないよ。それにあたしたちはね、葡萄摘みみたいな女々しいことはやらない。海軍に入ろうと思っていたんだ。それともヘンリーに芸を仕込んで、サーカスに入るか。で、きみは奇術のトリックを覚えられる？」

それでジョエルは思い出した。そうだ、リトル・サンシャインが約束してくれた護符をもらいにいくことを、すっかり忘れてしまっていた。もし彼がアイダベルと駆け落ちするとなれば、間違いなく彼らはその魔法を必要とするだろう。だから彼は彼女に尋ねた。クラウド・ホテルへの行き方を知っているかい、と。「まあね」と彼女は言った。「森を抜けて、モミジバフウの谷間を通って、水車小屋のあるクリークを渡って……でも、ずいぶん遠くだよ。なんでそこに行きたいのさ？」。しかしもちろんジョエルは教えなかった。護符のことは決して誰にも話してはならないと、リトル・サンシャインに釘を刺されていたからだ。「そこにいる人にとても大事な用事があるんだよ」と彼は言った。そして彼女を少し脅してやろうと付け加えた。「そうしないとぼくらの身に、何か恐ろしいことが降りかかる」

二人とも飛び上がった。「出ておいで。あんたたちがそこにいることはわかっている。声が聞こえるんだから」。それはエイミーだった。彼女は真上の窓から呼びかけていた。でも巨大な葉っぱが邪魔して、二人の姿は見えない。「まったくもう、ミスタ・サンソムをあんなひどい状態で放ったらかして、頭がおかしくなったんじゃないの？」。二人は葉っぱの下を這うようにして、こっそり家の横手にまわった。そして道路に向かって、森に向かって駆け出した。「あんたがそこにいるのはわかっているんだから、ジョエル・ノックス。さあ、今すぐ戻ってくるのよ！」

谷間深く、暗い色の樹液が、蔦の絡まったモミジバフウの樹皮にかさぶたを作っていた。林檎の葉のような淡い色合いの緑蛾《みどりが》が、あちこちで浮かんだり沈んだりしていた。そよ風に揺れるテッポウユリ（古老が言うところによれば、聖人と英雄のみが、それらの神話的ファンファーレを耳にできる）の列は、白いレースの手袋をはめた手のように、幽界じみた手招きをする。アイダベルは両腕をばたばた波打たせ続けていた。蚊が猛烈に襲ってきたからだ。細かく砕けた巨大な鏡のように、沼の水でできた蚊の水たまりが至る所に散らばっていた。それらはまぶしく光り、とことこと歩くヘンリーに踏まれて壊れた。

「ちょっとしたお金を持っているよ」とアイダベルは言った。「実を言うと、五十セント近く持っているんだ」。ジョエルは小箱に取り分けておいた小銭のことを考えた。そして自分がもっと多くお金を持っていることを得意げに話した。「巡回ショーでそれを残らず使っちゃおうよ」と彼女は言った。そしてワニのような形をした丸太をぴょんと飛び越えた。「だいたい誰がお金なんて必要とするのさ？　少なくとも今のところ、あたしたちはそんなもの必要としちゃいない……コカコーラを別にすればね。毎日コカコーラが飲めるだけのお金をとっておかなくちゃね。氷みたいに冷えたコカコーラを飲まないと、あたしの脳味噌は揚げ物みたいになっちゃうんだ。そして煙草。あたしは煙草が大好きなの。コカコーラと煙草とヘンリー、この世界で愛するのはそれだけ」

「ぼくのことも少しは好きなんだろう？」と彼は言った。声に出して言うつもりはなかったのだけれど。いずれにせよアイダベルは「……大きなヒヒが月の光を浴びて、そのとび色の毛をとかしている……」と歌うだけで（古いフォークソング『アニマル・フェア』の一節）、それには返事をしなかった。

二人は歩を止め、モミジバフウの甘い樹液をこそげた。そこに立っている間に彼女は言った。

「うちの父さんは草の根分けてもあたしを探すだろうね。きっとブルーイさんのところに行って、年取ったブラッドハウンドを借りてくると思うな」、彼女が笑うとモミジバフウの樹液が口の端からこぼれた。緑蛾が一匹、彼女の頭の上にとまり、まるでリボンみたいに髪の房にくっついていた。「一度みんなで脱獄囚を追っかけたことがあるんだけど（まさにこの谷間でさ）、ブルーイさんとその猟犬、サム・ラドクリフとロバータ・レイシー、そして保安官と農場から駆り出されたすべての犬たち。日が暮れたら、遠くからでも森の中でランプの明かりがちらちらと見え、犬たちの吠え声が聞こえた。まるで祭日のようだったよ。父さんをはじめ男たち全員、そしてロバータ・レイシーも酔っ払って、それはえらい騒ぎだった。あのロバータばあさんの馬鹿笑いったら、遠くヌーン・シティーにまで届いてまた戻ってくるほどだった……それでね、あたしはその脱獄囚にすっかり同情してしまったよ。そして彼の身を案じた。あたしは彼で、彼はあたしで、連中が捕まえようとしているのはあたしたち二人なんだと思い続けた」、彼女は樹液を煙草のようにぺっと吐き出し、両手の親指をカーキのショートパンツのベルト通しに引っかけた。「でも彼はそのまま逃げおおせて、行方は遂にわからずじまいだった。こう信じている人もいる。彼は未だに……クラウド・ホテルに身を潜めているんだってね。それともたぶんランディングで暮らしているんだろうって」

「実際、誰かがランディングに住んでいるんだ」とジョエルは興奮して言った。そしてそれから、ちょっとがっかりした声で付け加えた。「ただそれは逃亡犯じゃなくて、女の人だけどさ」

「女の人って、それはミス・エイミーのこと？」

「別の女の人さ」と彼は言った。そしてそれを口にしたことを後悔した。「彼女は高さのある銀髪の鬘をかぶって、昔風の優美なドレスを着ている。でもそれが誰なのか知らないし、彼女が実在するのかどうかさえわからない」。しかしアイダベルはまるで愚か者を見るような目で彼を見ただけだった。だから彼はぎこちなく笑って言った。「ただの冗談だよ。きみを少し怖がらせてやろうと思ったんだ」。そしてそれ以上の質問には答えたくなかったので、彼は少し前を駆けていった。剣がぱたぱたと腿にあたった。ずいぶん遠くまで来てしまったように彼には思えた。そして彼は自分たちが道に迷ってしまったという考えを楽しんでいた。そんなホテルはおそらく実在しないのだろう。その名前から思い浮かぶのは、樹木の間に霧のようにぽっかりと浮かぶ、白っぽく仄かにかすんだ宮殿のようなものだ。それから茨《いばら》の壁に直面して、ジョエルは剣を鞘から抜き、通路を切り開いた。「お先にどうぞ、マイ・ディア・アイダベル」と彼は言って、深くお辞儀をした。アイダベルは口笛を吹いてヘンリーを呼び、そこを通り抜けた。その壁の向こう側を少し進むと、粗い小石の岸辺に沿ってクリークがのろのろと流れていた。ここではそれは小川《クリーク》というより、もはや川と言ってもいいくらいの幅だった。黄ばんだ籐の茂みのせいで、最初のうち壊れた堰《せき》がよく見えなかった。その下流には、高い脚柱に載って水上に張り出すように建っている奇妙な見かけの建物があった。塗装されていない厚板（今は灰色に変色している）でできており、まるで大工が何かに怯えて、途中で仕事を放り出して逃げてしまったような、風変わりな未完成感がそこには漂っていた。三羽のノスリが、屋根の崩れ残った部分にとまり、身を屈めて日光浴をしていた。蝶たちが青空の見える窓を出入りしていた。ジョエルはそれを見てすっかり気落ちしてしまった。ああ、これこそがクラウド・ホテルなのだと思ったからだ。しかしそうじゃないとアイダベルは言った。これはもう使われていない古い水車小屋なのだ。遥か昔は、農夫たちがそこで挽いてもらうために玉蜀黍を持ち込んだものだ。「昔はここにちゃんと道があったんだ。クラウド・ホテルまで通じる道がね。今じゃすっかり木が生い茂って、踏み分け径《みち》さえろくに残っちゃいない」。彼女は石をひとつ摑んで、それをノスリたちに向かって投げた。鳥たちは滑るように屋根から飛び立ち、岸辺を滑空した。彼らの影が重なり合った物憂げな輪を地上に描いた。

　そこの流れは、彼とアイダベルが水浴びをしたあたりよりずっと深くなっていた。色も暗く、底が見えない濁ったオリーブ色をしていた。泳いで川を渡らなくてもいいとわかると、彼はほっとして勇気を取り戻し、水車小屋の下まで進んでいった。そこにはどっしりしているが半ば朽ちかけた一枚の木材が渡されており、それを使って川を越えることができそうだった。

「あたしが先に行った方がいいね」とアイダベルが言った。「かなり古いものだし、今にも折れちまいそうだから」

　しかしジョエルは無理矢理彼女の前に出て、先に進んだ。結局のところ、なんといっても彼女は女子であり、彼は男子だった。いつもいつも先手を取らせているわけにはいかない。「きみとヘンリーはぼくのあとからついてくるといい」と彼は叫んだが、突然地下室のような暗闇に包まれ、その声は虚ろに響いた。きらびやかな水の影が、水車小屋を支えているひび割れて腐りかけた柱を、蛇のようにするすると這い上がっていた。銅色の水生昆虫が、精緻な蜘蛛の糸のブランコの上でぶらぶらと揺れていた。握りこぶしくらいの大きさのキノコが、湿って朽ちた木材の上に花開いていた。ジョエルは剣を使ってバランスを取りながら慎重に歩を運んだ。すぐ下を流れるくらくらするような深いクリークには目を向けないようにしていた。そのかわりに視線はまっすぐ対岸に向けられていた。その赤土の上では、太陽に照らされたっぷり実のなった瓢箪《ひょうたん》の蔓が、約束するように勢いよく緑色に繁茂していた。しかしながら突然、自分が対岸には決してたどり着けないだろうと彼は感じた。二つの土地の間に宙ぶらりんに留め置かれ、暗闇の中でたった一人、いつまでもこうやってバランスをとり続けなくてはならないのではないか。おまけにアイダベルが渡り始めると、その木材はぶるぶると揺れた。そういえば自分には連れがいたのだ。ところがそのときだ。彼の心臓は動転し、止まってしまいそうになった。全身が鉄のように固まった。

　アイダベルが叫んだ。「どうしたのよ？　なんで立ち止まるのさ？」

　しかし何も言えなかった。声が出てこないし、身体を動かすこともできない。というのはほんの一フィートばかり先に、彼の脚ほどの太さのある、そして鞭くらいの長さを持つヌママムシが、しっかりとぐろを巻いていたからだ。鏃《やじり》のような形の頭が前に突き出され、その種子に似た目はしっかり警戒態勢をとって、睨みをきかせていた。ジョエルの全身は既に蛇に噛まれたみたいにちくちくし始めていた。ジョエルのすぐ背後まで来ていたアイダベルは、彼の肩越しにそれを目にした。「ジーザス」、彼女は息を呑んだ。「ああ、ジーザス」、そして彼女の手が触れたことで、彼の内部は崩壊してしまった。クリークは凍りつき、水平に広がる檻のようになった。そしてまるで二人の乗っている木材が流砂にでもなったかのように、足はずぶずぶとそこに沈みこんでいくみたいだ。ミスタ・サンソムの目はどうやってヌママムシの頭に入り込んだのだろう？

「あいつをやっつけなさい」とアイダベルが命じた。「あんたの剣であいつをやっつけるんだよ」

つまりはこういうことだ。彼らはクラウド・ホテルに向かっている。そう、クラウド・ホテルだ。ルビーの指輪をつけた男が水中を泳いでいるところに。そう、そしてランドルフは手持ちの年鑑を見渡し、香港だかポート・オブ・スペインだかに手紙を送り続けている。そう、そして気の毒なジーザスは死んだ。大猫トビーに殺されたのだ（いや、違う、トビーは赤ん坊だ）。彼は火中に落ちたエントツアマツバメの巣によって殺されたのだ。そしてズー、彼女はもうワシントンDCに着いているのだろうか？　そこでは雪が降っているのだろうか？　そしてなぜミスタ・サンソムはあれほどまじまじとぼくを見つめるのだろう？　「それはなにしろとんでもなく失礼なこと」とエレンなら言うところだろう。ミスタ・サンソムが決して目を閉じないのは、なにしろとんでもなく礼を失したことなのだ。

　蛇は念入りの優美さをもってとぐろを解き、くねるように彼らの方に身を伸ばした。アイダベルが悲鳴を上げた。「あいつをやっつけて、あいつをやっつけて！」。しかしもちろんジョエルの頭にあるのは、ミスタ・サンソムの凝視だけだった。

　アイダベルは彼をくるりと振り向かせ、自分の背後の安全なところに押しやり、彼の手から剣をとった。「このじじい蛇め」と彼女は嘲るように言うと、蛇に向かって斬りかかった。蛇は一瞬そこに凍りついたみたいだった。それから目にもとまらぬ速さで、まるで針金が歌うように全身をぎゅっと引き締め、後ろに身をそらせ、そして勢いよく前に飛び出した。「畜生め！」と彼女は叫び、目を閉じて剣を鎌のように振るった。ヌママムシは空中に跳ね飛び、身をくねらせ、水にぴしゃりと落ちて、そこに扁平に浮かんだ。白い腹を上に向け、身体を曲げて、それは流れに運ばれていった。まるでちぎられた百合の根のように。少しあとになって、アイダベルが勝利の中で気を落ち着け、先に進むようにジョエルを宥《なだ》めて促したとき、彼は「もういい」と言った。「もういい」、だってリトル・サンシャインを見つけることに今更どんな意味があるだろう？　危険は彼の身に既に降りかかっていた。もう護符なんて必要ない。

第十一章

夕食をとっているときにエイミーが通告した。「今日は私の誕生日です。そうよ」と彼女は言った。「ええ、そうなの。でも誰一人そんなこと覚えてはいないみたいね。もしアンジェラ・リーがここにいたなら、きっと巨大なケーキが置かれていたことでしょう。一切れ一切れに賞品をつけてね。小さな金の指輪とか、私の真珠のネックレスに付け加えるための真珠の粒とか、あるいは銀の靴用バックルとか。ああ、あのころは！」

「誕生日おめでとう」とジョエルは言った。彼女に幸福になってもらいたいとはどうしても思えなかったけれど。というのは、ジョエルが帰宅したとき彼女は、どうあっても傘で思い切り頭をぶってやるからねと（とにかくそう言いながら）、廊下を勢いよく走ってきたからだ。そのときランドルフがばたんとドアを開け、彼女に真剣そのものの警告を与えたのだ。もしこの子に指一本でも触れたら、おまえのそのろくでもない首をひねり上げてやるからな、と。

ランドルフは黙って豚の関節の肉を噛み続けていた。そしてエイミーはジョエルを無視して、じっとランドルフを睨んでいた。彼女の眉はどんどんつり上がり、唇はまっすぐ閉じられ、細かく震えていた。「食べなさい。どんどん食べて、豚のように太るといい」と彼女は言って、手袋をはめた手をばたんと下に叩き付けた。まるで木材でテーブルを打ったようで、古い目覚まし時計がそれに誘発されて鳴りだした。ネジが切れてそれが弱々しく鳴り止むまで、三人は身動きもせずにそこにじっと座っていた。それから彼女の顔の皺は血管のようにくっきり浮き上がってきて、呆れるばかりに感傷的な啜り泣きがあり、それがしゃっくり混じりの涙となった。「この、阿呆なヒキガエル」と彼女は喘ぎながら言った。「他のいったい誰があんたを助けてくれたっていうのよ？　アンジェラ・リーならいっそ、あんたが縛り首になるのを見た方がましだと思ったことでしょうよ！　でもそうはならず、私が人生を無駄にすることになった」。途切れ途切れに礼儀正しく「失礼」と言いながら、彼女は十数回立て続けにしゃっくりをした。「これだけは言っておくわ、ランドルフ。こんなところにあと一刻たりともいるくらいなら、さっさと出ていって薄汚いニガーたちの家を掃除するわ。私が生活費を稼げないなんて思わないで。アメリカのどの町の母親たちも、私のところに子供を寄越してくれるわ。そして私たちはきちんとしたゲームをして遊ぶの。〈目隠し鬼〉やら、〈椅子取りゲーム〉やら、〈ロバの尻尾〉やらをね。そして子供一人あたり十セントをもらうの。それでまっとうな生活ができるわ。もうあんたに頼る必要なんてないのよ。まったくの話、私に正気のかけらでもあれば、すぐにでも警察当局に手紙を書いているところよ」

ランドルフはナイフとフォークを十字に交叉させた。そしてキモノの袖で唇をとんとんと叩いた。「悪いんだが、マイ・ディア」と彼は言った。「しかしきみの話にはどうもうまくついていけなかったみたいだ。いったい私のどこが悪いと思うのかね？」

彼の従姉妹は首を振り、深く神経質に息をついた。涙は既に止まり、しゃっくりも収まっていた。出し抜けに彼女は恥ずかしそうな笑みを浮かべた。「今日は私の誕生日なのよ」と彼女は言った。その声はためらいがちなものへと弱まっていった。

「ずいぶん奇妙なことだね、ジョエル。一月にしては異様なほど暖かいと思わないかね？」

ジョエルは彼らの声の上に重なる音がしないかと耳を澄ませていた。短い口笛が三度、フクロウの悲しげな啼き声が一度、アイダベルからの信号だ。彼のもどかしい気持ちの中では、ゼンマイのほどけた時計が、時間の進行までそっくり止めてしまったみたいに思えた。

「一月だ、そのとおり。そして、マイ・ディア、きみはある年の元日に生まれたのだ（ファミリー・バイブルの書き込みを信じるならばということだが、私の見るところ、もうひとつあてにはならんようだ。あまりにたくさんの結婚式が、九ヶ月も前の誤った日付けで記載されたりしているからね）」（出産によるやむを得ぬ婚姻が数多く存在したことを示唆しているのだろう）

エイミーの首はびくついてきゅっと縮まり、亀のように肩の間に引っ込んだ。そしてまたしゃっくりが始まった。しかし憤慨は前より薄まっており、いまではそれはより嘆きに近いものになっていた。「でもね、ランドルフ……ランドルフ、私には今日が私の誕生日のように感じられたのよ」

「じゃあ、少しだけワインを飲みなさい」と彼は言った。「そしてピアノーラで一曲聴こう。それから食器棚を見てごらん。湿気た動物クラッカーの箱が見つかるはずだよ。そしてどのかけらにも小さな銀色の虫が潜り込んでいるはずだ」。ランプを手に彼らは客間に移った。二階にワインを取りに行かされたジョエルは、素速くランドルフの部屋を横切り、窓を押し開けた。眼下では新たに開花した薔薇のかがり火が、八月の宵の中、花の眼差しとなって燃え上がり、その甘美な香りは色彩を施すべく空中に満ちていた。彼は口笛を吹き、小さな声で「アイダベル、アイダベル」と囁いた。ヘンリーを連れたアイダベルが、傾いだ円柱の間に姿を見せた。「ジョエル」と彼女は不確かな声で言った。彼女の背後では暮れゆく夜が、石でできた五本の指に手袋を滑りこませているかのようだった。そしてその指は影の中でぐいと曲げられ、彼女に向かってするする伸びてくるみたいだ。彼が返事をすると、彼女はその手を逃れ、急いで無事に窓の下にやってきた。「用意はできたかい?」、彼女はヘンリーのために白い薔薇の首輪を作ってやっていた。そして彼女の髪には白い薔薇が一輪、不器用に飾られていた。アイダベル、と彼は思った、きみは本当に美しく見えるよ。「郵便受けのところに行って」と彼は言った。「そこで落ち合おう」

明かりなしに行動するには暗くなりすぎていた。彼はランドルフの机の上にあった蠟燭に火を灯し、キャビネットのところに行って、封の切られていないシェリー酒の瓶をなんとか探し当てた。身を屈め蠟燭の火を消そうとしたとき、緑色の薄紙の便箋が目にとまった。そこには見慣れた優美な筆跡で「我が親愛なるぺぺ」という冒頭の挨拶だけが書かれていた。そうか、エレンにあてて手紙を書いていたのはランドルフだったのだ。でもぼくはなぜミスタ・サンソムに一語でも字が書けるなんて思い込んだのだろう？　暗い廊下で、ランプの明かりがミスタ・サンソムのドアの縁から洩れていた。彼が待っていると、吹き抜けるすきま風のせいでドアがさっと開いた。なんだか双眼鏡を逆向きにして父親の部屋を眺めているような感じだった。というのは黄色い澄んだ明かりの中で、それはミニチュアの部屋のように見えたからだ。結婚指輪をはめた手がベッドの脇にだらんと垂れ、曇りガラスでできた球体が投射するヴェネチアのいくつかの風景が壁を染めていた。鉤編みされたベッド・スプレッド。そしてそこにある鏡には彼の両目が、彼の微笑みがぐるぐる渦巻いている。ジョエルは忍び足で部屋に入り、ベッドの脇に膝をついた。

　階下ではピアノーラがばたばたしたカーニヴァル風の曲を叩き出し始めた。しかしなぜかしらそれは、そのひとときの静謐さと秘密性を損ないはしなかった。彼はミスタ・サンソムの手をそっと取り、自分の頬につけ、二人の間に温かみが生じるまでじっとそのままにしていた。彼はその乾いた指に口づけした。そして結婚指輪にも。その黄金《きん》こそは二人をしっかり繋ぐものだった。「ぼくはここを出て行くよ、父さん」と彼は言った。そしてそのときジョエルはある意味初めて、二人の間の血の繋がりを認めたのだった。ゆっくり彼は立ち上がり、両の手のひらを父親の両側の頬に押しあてた。そして唇に唇を重ねた。「ぼくのただ一人の父さん」と彼は囁き、背を向け、階段を降りながら、もう一度その言葉を繰り返した。でも今度は自分ひとりに向かって。

　彼はシェリー酒の瓶を小部屋の洋服掛けの上に置いた。そしてカーテンの陰に身を隠して客間をのぞき込んだが、エイミーもランドルフも、彼が階段を降りてきたことに気づいてはいなかった。彼女はピアノーラの椅子に座り、大儀そうに足で床を打ちながら、象牙の扇を熱心に動かしていた。ランドルフは退屈のあまりぐったりして、アーチ状の戸口を――そこにジョエルがほどなく姿を見せるはずだ――じっと見つめていた。でもジョエルはもういない。彼は外の郵便受けに向かって、アイダベルに向かって、外の世界に向かって走った。道路は身を浮かべることのできる川のように見えた。まるで突然の自由の息吹によって点火された打ち上げ花火が、ジョエルを星の煌めきの光跡の中に弾き飛ばしたかのようだった。「走るんだ！」と彼はアイダベルに近づきながら叫んだ。というのは彼には、ランディングが永遠に見えなくなるより前に立ち止まるなんて、考えただけでとても耐えがたいことだったからだ。そして彼女は彼の前を競って走った。彼女の髪は風に流され、後ろにきっぱり尾を引いていた。道路はうねるように上り坂になって、彼女はまるで月にかけた梯子を空に向けて駆け上っているみたいに見えた。丘を越えてしまうと二人は歩を止めた。そしてはあはあ息を吐き、頭をそらせた。「あの人たち追いかけてくるの？」とアイダベルが尋ねた。彼女が髪に挿した薔薇の花弁は宙に散っていた。彼は言った。「もう誰もぼくらに追いつけっこないさ」。道路から逸れないようにして（彼女の家の近くを通り過ぎるときでさえ）、二人はヘンリーを間にはさんで歩いた。犬の首に巻かれた花輪から散った薔薇が、石のように無機的な月の色を吸い込んでいた。アイダベルはお腹が減って、薔薇の花だって食べられそうと言った。「草だって、からかさキノコだって」。そうだね、と彼は言った、そうだね。街に着いたら「Ｒ・Ｖ・レイシーのプリンスリー・プレイス」でバーベキューをご馳走するよ、と彼は言った。

二人は彼が最初にこの道をやってきて、彼女が双子の姉と共に歌う声を遠くから耳にした夜のことを話した。彼の目はしっかり星の釘を打たれ、古いワゴンは彼を眠りの尾根の向こうまで運んだ。真新しい覚醒のうきうきした浮揚感の中で、弱々しいまどろみは追いはらわれていった。そして代わりに夢がその位置を占めた。記憶が紡ぎ直していくよりも速いスピードでどんどんほぐされていくその図柄の中で、アイダベルだけがあとに残った。それ以外のみんなは、影が闇に飲み込まれるように霞んで消えていった。「あたしは覚えているけど」と彼女は言った。「あたしはこう思ったんだよ。あんたはフローラベルと同じような意気地なしだろうと。誓って言うけどさ、今日まであたしは意見を大きく変えたことって一度もなかった」。それから恥じたように、彼女は唐突に道路脇の堤を降りて、そこにちょろちょろと流れているクリークから水をすくって飲んだ。と、出し抜けに彼女は背筋をすっくと伸ばし、唇に指を当てた。そしてジョエルに自分の方に来るように身振りで示した。「聞こえた？」と彼女は囁いた。茂みの奥で野太い声が聞こえた。そしてまた別の声、これはギターのように軽やかだ。それが、雨が優しく同じリズムを刻むようにひとつに混じり合った。風のようなさらさらとした意味ありげな呟きがあり、悲しげではないため息と、虚空より深い沈黙があり、そのあとに小さな笑い声が続いた。葉の密生した茂みを通り抜けるジョエルとアイダベルの足音を、苔がひっそり押し殺した。空き地の端っこまでやってきて、彼らは動きを止めた。二人の黒人が、月光とシダの薄膜に囚われ、裸で抱き合っていた。男のキャラメル色の身体には、彼よりも色の濃い恋人の両腕と両脚が堅くしがみついていた。彼の唇は彼女の乳首に寄せられていた。ああ、うーん、ああ、うーん、いいわ、サイモン、と彼女は囁いた。彼女の声は愛に震えていた。愛が彼女の身体を雷のように勢いよく貫いた。ゆっくりね、サイモン、素敵よ、サイモン、優しくね、ハニー、彼女は小声でそう囁いた。それからはっとこわばって、その両手はまるで月を抱擁しようとするかのように高く持ち上げられた。彼女の恋人は彼女の上に沈みこんだ。そしてそこで二人は両手脚をぐいと曲げていた。彼らは繁茂する苔の上で、地上に落ちたひとつの黒い星となった。

　アイダベルは勢いよく荒々しく、急ぎ足で引き返した。ジョエルはそれに追いつこうとしながら、しー、静かに！　と言った。ひとつには恋人たちを驚かせてはいけないと思ったからだし、もうひとつには彼女が今少しここに留まってくれないかと思ったからだ。その二人を見ていると、まるで心臓が全身で脈打っているような気がした。そしてうまく聞き取れないすべての囁きが集まり、ひとつの熱い切望の咆吼となった。彼には今ではわかっていた。それは忍び笑いでもなければ、突然の熱烈な言葉でもなかった。お互いがお互いのみを含む二人だけの世界。潮が引いて、彼は骨のように真っ白な砂浜の上に乾いた身で残されていた。かくも色のない、冷ややかな海からようやく抜け出せたのだ――それはなんて素晴らしいことだろう。彼はアイダベルの手を取って歩きたかったが、彼女は両手を結び目のようにぎゅっと握り合わせていた。そしてジョエルが話しかけたとき、彼女は荒々しい目で彼を見た。怒って、怯えているようでもあった。まるでその日の午後の二人の位置関係が、いつの間にか逆転してしまったみたいだ。その午後、彼女は水車小屋の床下における英雄だったというのに。しかし今、彼は彼女を保護するための武器を手にしていなかった。そしてもしそうではなかったとしても、彼女が何を殺してもらいたがっているのか、それが彼にはわからなかった。

遠くの方で、観覧車の光の渦が回転していた。ロケット花火が上がり、炸裂し、ヌーン・シティーの上に虹のシャワーとなって降りかかった。一張羅の夏服に美しく身を包んだ、ぎこちない動きの子供たちや年長者たちが、カーニヴァルの反映を瞳にきらきらと輝かせながらそぞろ歩いている。監獄に一人閉じ込められた若い黒人が、悲しげな目で外を見ている。人造宝石をたっぷり身につけ、赤い絹のストッキングで脚を光らせた一人の黒人娘が、彼に向かって淫らな言葉を浴びせながら、さっさと通り過ぎていく。ひびだらけの古屋敷のポーチでは、年老いた人々がその昔の巡回ショーの思い出話に耽っている。小さな子供たちは小便をするために垣根の裏に回り、そこにたむろして、笑い合ったり、つねり合ったりしている。その垢だらけの指からアイスクリーム・コーンが滑り落ち、ポップコーンの袋が破れ、涙が流される。しかし誰もが幸福だ。その先に待ち構えている退屈な仕事のことなど誰の頭にもない。

　よう、アイダベル。どうしてる、アイダベル。しかし誰一人としてジョエルには話しかけない。彼は彼らの仲間ではないのだ。誰も彼のことなんて知らなかった。R・V・レイシーだけが彼を覚えていた。二人が彼女の「プリンスリー・プレイス」の戸口に顔を見せると、「やあ、ベイビー・ラブ！」と彼女は言った。するとそこに集まっていた、派手に着飾ったすまし顔の町の不良娘たちや、牛のような鈍い目つきの、いかにも田舎者らしい農家の男の子たちが、ジュークボックスの音楽に合わせて身体を揺するのをやめた。一人の娘がやってきて、彼の顎の下をくすぐった。「どこでこの子を見つけたんだい、アイダベル？　キュートな子じゃないか」

「てめえ、余計なこと言うんじゃないよ」とアイダベルは言って、カウンター席に腰を下ろした。

ミス・ロバータ・レイシーは指を一本立てて、左右に振った。「アイダベル・トンプキンズ！　これまでたびたび警告したと思うけど、このあたしの店で、そういうギャングじみた言葉遣いはしてほしくないね。だいたいたいね、ベイビー・フェイス・フロイド（二人のギャング「ベイビー・フェイス・ネルソン」と「プリティ・ボーイ・フロイド」を混同している）みたいな振る舞いをするなら、あんたがこの店に出入りすることは禁じるって、何度となくはっきり言ったはずだよ。そしてまた、あんたのそういう身なりは若いレディーにはふさわしくないものだ。さあ、出て行ってちょうだい。その薄汚い犬を連れて」

「お願いです、ミス・ロバータ」とジョエルは言った。「アイダベルはお腹がぺこぺこなんです」

「だとしたら彼女はうちにいて、男に飯を作ってやる方法でも学んでいるべきだろう（笑い）。それにね、ここは大人のためのカフェなんだ（拍手）。ロメオ、そういう看板を表に出すことを覚えておいておくれ。それに加えてだね、アイダベル、あんたのお父さんがあんたの行方を探し求めて、ここにも顔を出していたよ。あたしの真剣な意見を言わせてもらえるなら、お父さんはあんたの元気いっぱいの小さなおけつを、こっぴどい目にあわせそうな意気込みだったよ（笑い）」

　アイダベルは細めた目でその女店主をじろりと見て、それから、それがいちばんの反論だと言わんばかりに床にぺっと唾を吐き、両手をポケットに突っ込み、ふんぞり返って店を出て行った。ジョエルはそのあとを追おうとしたが、R・V・レイシーがその手で彼の肩を押さえつけた。「ベイビー・ラブ」、顎のイボから生えている長い黒い毛をいじりながら彼女は言った。「エンジェル・ボーイ、あんたもなかなか変なのとつき合うねえ。お父さんの話によると、彼女はあのかわいらしい素敵なお姉さんの鼻を潰して、歯をほとんど叩き折ったってことだ」。にやりと笑い、狒狒《ひひ》のように脇の下をぼりぼりと掻きながら、彼女は付け加えた。「だからロバータはきつい女だなんて言いふらすんじゃないよ。あんたには優しくしてあげる」、そして彼に塩つきピーナッツの袋を手渡した。「これはおごりだ」

　ロバータばばあにもらったピーナッツなんて捨てちまいな、とアイダベルは彼に言ったが、やがて態度を和らげたらしく、自分一人でそっくり一袋むさぼり食べてしまった。そして彼に腕を取らせて坂を下り、巡回ショーのおこなわれている賑やかなお祭り広場に入っていった。回転木馬は、見るも哀れなおんぼろの代物だったが、陽気なベルの音に合わせて回転し、それに乗ることを許されていない黒人たちは、少し離れたところに鈴なりになって立ち、その魔術的な回転から、サドルに実際またがっている人たち以上の愉しみを得ていた。アイダベルは、ジョエルが壊してしまったのと同じようなサングラスを手に入れるべく、ダーツ投げに三十五セントをつぎ込み、麦わら帽をかぶった男が、そのかわりにステッキをごまかして押しつけようとしたとき、なんという騒ぎを彼女は起こしたことだろう！　かくして彼女は望みの眼鏡を手にしたわけだが、それは彼女の顔には大きすぎたので、しょっちゅう鼻からずり落ちることになった。十セントのテントで、二人は四つ足の鶏を見た（剝製だったが）。そして緑色の蛸のようにガラスの水槽に浮かんでいる双頭の赤ん坊を見た。アイダベルは長いあいだそれを検証するように眺めていたが、彼女がこちらを向いたとき、その目は潤んでいた。「かわいそうなベイビー」と彼女は言った。「かわいそうに」。アヒル少年が彼女の気持ちを明るくしてくれた。彼はまったくのお笑いだった。

間抜けた顔をして、両手でばたばた羽ばたきしながら、クワックワックワッと鳴くのだ。その手の指の間は水かきで繋がっていた。やがて彼はシャツの前をはだけて、白い羽毛の生えた胸を露わにした。

　ジョエルはミス・ウィステリアの方が気に入った。可愛い小さな娘だ、とジョエルは思い、アイダベルもそう思った。二人には彼女がこびとだとは思えなかったが、ミス・ウィステリアは自分は二十五歳だと主張した。ヨーロッパ大旅行《グランド・ツアー》から戻ってきたばかりで、かの地では冠をかぶったすべての王侯たちの前に出たのだと。彼女自身の小さな可愛い金色の頭にも、きらびやかな冠が載っていた。彼女はエレガントな銀色の舞踏靴を履き（彼女がつま先立ちで歩く様は驚嘆に値した）、その襞のついたドレスは紫色の絹でできており、お腹のあたりが黄色い絹の腹帯《サッシュ》で締められていた。彼女は飛んだり跳ねたり、くすくす笑ったり、唄を歌ったり、詩を朗読したりした。そして彼女が舞台を降りたとき、アイダベルはジョエルがこれまで見たことがないくらい興奮しており、飛んでいって彼女に声をかけた。「よろしかったら、私たちと一緒に冷たい飲み物でもいかがですか？」と。「喜んで」とミス・ウィステリアは、金色のソーセージのような巻き毛を捻りながら言った。「喜んで」。アイダベルはへりくだっていた。彼女はコークを買ってきて、座る場所を見つけて、ヘンリーを少し遠くにやった。というのはミス・ウィステリアは、自分は動物が怖いと告白したからだ。「率直に申し上げて」と彼女は回らぬ舌で言った。「神様が意図してこういうものたちを創られたとは思えませんの」。キューピー人形のように真っ赤に塗られた唇を別にすれば、彼女の赤ん坊のようにふっくらとした顔は青白く、エナメル光沢をつけたようだった。彼女の両手はまるで自前の生命を持っているかのように、せわしなく動き回った。そして彼女はその両手にちょくちょく目をやった。それらに深く面喰らっているかのように。両手は普通の子供の手よりも小さかったが、薄くて大人っぽく、爪には色が塗られていた。「どうもごちそうさま」と彼女は言った。「ショービジネスの人たちの多くは気取り屋だけど、わたくしは気取り屋みたいなのが好きになれませんの。わたくしは自分の芸術をみなさんにお届けすることが好きなのです……わたくしがどうしてこのような衣装をつけてちょこちょこ飛び回っているのか、多くの人はいぶかります……だってあなた、とみんなは言います、ハリウッドに行ってシャーリー・テンプルの代役をやれば、週に千ドルは稼げるじゃないのと……でもわたくしはこう答えます。幸福への道は幹線道路だけじゃありませんと」。自分のコークを飲み干してしまうと、彼女は口紅を取り出して、そのキューピー風のアーチを描き直した。それから思いも寄らぬことが起こった。アイダベルがその口紅を借りて、口いっぱいに道化師じみた線を引いたのだ。そしてミス・ウィステリアはその小さな両手をぱちぱちと叩いて、とってつけたような派手な歓声をあげた。この喜びようを見て、アイダベルは憧れいっぱいの愚かしい笑みを浮かべた。彼女にいったい何が起こったのか、ジョエルにはわけがわからなかった。このこびとが呪いでもかけたとしか思えない。しかし彼女が黄色い髪の小さなミス・ウィステリアにへつらい続けているのを見ているうちに、彼ははっと思った。そうだ、アイダベルは恋をしているのだと。いや、まだ引き上げるつもりはないわ、時間ならいくらでもあるもの。一緒に観覧車に乗らないかという誘いに「喜んで」とミス・ウィステリアは答えた。「喜んで」

素速い稲妻が星々を揺るがせた。ミス・ウィステリアのかぶった宝冠がこの短い安ピカの炸裂の中で引火し、観覧車のピンクの照明の中で、そのガラス玉の宝石が薔薇色に眩しく煌めいた。そして下に置き去りにされたジョエルは、彼女の白い翼のような両手がアイダベルの髪の上に置かれるのを目にした。それはそこからひらひらと飛び立ち、まるでその闇を食するかのように空間をぐいと握りしめた。観覧車は下がってきて、二人の笑い声はミス・ウィステリアの長い腹帯《サッシュ》のようにさざ波となってはためき、そして新たな稲妻に向けて上昇し、消えていった。それでもなお彼はこびとの小さな横笛のような声が、そのお祭り会場のすべての騒音の上方に、蚊の羽音のように執拗に唸っているのを耳にできた。アイダベル、どうか戻ってきてくれ、とジョエルは思った。もう彼女に会えないのではないかという気がしたのだ。ミス・ウィステリアの横に付き添うようにして空にそのまま消えていってしまうのではないか、と。アイダベル、戻ってきてくれ。ぼくはきみのことを愛しているんだ。ほどなく彼女はそこにいて、彼にこう言っていた。「ずっと遠くまで見えるよ。もうちょっとで空に触れられそうなくらいだ」と。そのようにしてジョエルは、ミス・ウィステリアと二人で観覧車に乗り込むことになった。よたよたと観覧車が上昇していくにつれて、アイダベルの姿が消えていくのを二人は見ていた。

　風が二人をランタンのように揺らせた。風が出てきたとジョエルは思った。テントの上の三角旗が細かくはためき、紙くずが地面を獣のように走り回り、北部の無法者が三人の女性を殺害した古屋敷の壁では、ぼろぼろになったポスターがジグを踊る骸骨のように身を激しく揺らしていた。ひとつ前のかごには日よけ帽をかぶった母親と小さな女の子が乗って、女の子は玉蜀黍の穂軸で作った人形を抱いていた。二人は下で待っている農夫に向かって手を振っていた。「降りた方がいいぞ」と彼は上に向かって声をかけた。「雨になりそうだ」。進むにつれてミス・ウィステリアの紫色の絹を風がさらさらと揺らせた。「家出をしてきたのね？」と彼女は言った。微笑むと兎のような歯が見えた。「ええ、わたくしは彼女にも言ったし、あなたにも言いますけれど、世の中というのはそれはもう恐ろしいところですよ」、彼女は両腕で大きく弧を描く仕草をした。そのときジョエルには、彼女はまさに「外側」に思えた。つまり地理そのものに、大地と海と、ランドルフの年鑑に載っているすべての都市になったみたいに。彼女の一風変わった小さな両手は、宙でぴくぴくと細かく震えながら地球を包み込んだ。「そしてああ、孤独なところです。わたくしも一度家出をしました。わたくしには四人の姉妹がおりました（モーディーはミス・メリーランドになってアトランティック・シティーに行きました。それくらい美人だったのです）。みんな背が高くて可愛い娘たちでした。そして母は（その魂に幸いあれ）靴を履かないで六フィートに近い背丈がありました。わたくしたちはボルティモアの大きな家に住んでいました。通りではいちばん素敵な家でした。わたくしは学校には行きませんでした。とても小さく、母の裁縫バスケットの中に座っていられるくらいでした。母はよく冗談に、おまえなら針の目をくぐり抜けられるかもねと言ったものです。モーディーの婚約者は私を手のひらに載せることができました。十七歳になってもわたくしは、食事をするのに子供用のハイチェアを使わなくてはなりませんでした。みんなは言いました。一人で遊んでいることはない、他にも小さな人たちはちゃんといるんだからと。みんなは言いました。外に出て彼らを探しなさい、彼らは花の中に住んでいるんだよ。たくさんの花びらをわたくしはむしりました。でもライラックはライラックですし、目にしたどんな薔薇の中にも人は住んでいません。ウィッシュボーン（占いに使う鳥の叉骨）が残すのは脂の染みだけですし、クリスマスの靴下の中に入っているのはキャンディーだけです。わたくしが二十歳になったとき、母は言いました。おまえに婚約者がいないのはよくないと。そしてニュージャージー州ニューアークの『スウィートハート結婚紹介所』というところに手紙を書きました。それで一人の男がわたくしと結婚するためにやってきたのですが、その人はわたくしにはあまりに大きすぎましたし、醜すぎましたし、七十七歳でした。それでもその人と結婚していたかもしれません。しかし相手はわたくしがそんなに小さいことを知ると、そのまま汽車で帰ってしまいました。小さくて素敵な相手を見つけることはできませんでした。子供たちはいました。でもこの小さな子供たちもすぐに大きくなるんだと思うと、時に涙に暮れたものです」。そんな思い出話を語っている間、彼女の声は終始厳粛にこわばっていた。両手は膝の上で静かに重ねられていた。アイダベルは下から手を振って何かを叫んでいたが、言葉は風に吹かれて聞き取れなかった。ミス・ウィステリアは悲しげに言った。「かわいそうな子、あの子は自分も畸形《フリーク》だと思っているのかしら？」。彼女は手を彼の腿の上に置いた。そして抑えがまるで利かなくなったみたいに、その指は彼の脚の内側に這い上がっていった。彼女はショックを受けたみたいに自分の手をまじまじと見ていたが、それを引っ込めることはできないようだった。ジョエルは心を乱されたが、思うに、ここで誰かを傷つけたりしたくはなかった――ミス・ウィステリアも、アイダベルも、玉蜀黍の穂軸で作った人形を持った女の子も。だからこんな風に言えたらどんなに素敵だろうと彼は思った。そんなことかまわないんですよ。ぼくはあなたを愛しているし、あなたのその手も愛しているから、と。世の中は恐ろしいところです。そう、ぼくはそれを知っている。何事も永続きはしない。この世界に永遠のものなんてあり得るのか？　永遠のように見えるものがあるだけなのか？　岩はぼろぼろになり、川は凍結し、果実は腐る。刺されれば、黒人も白人も同じく血を流す。訓練されたオウムは大抵のものより多くの真実を告げる。どちらがより孤独だろう。鷹か、あるいは虫か？　すべての花咲く心は、花の元となった草本と同じくしなびて乾き、あばただらけになる。年老いた男が口うるさいオールドミスみたいになる一方で、妻は口ひげをはやし始める。一瞬一瞬が変化に次ぐ変化だ。まるで観覧車のかごのように。隣家の芝生と愛は常により青々として見える。でも覚えているだろうか、「小さな三つ目」（童話《グリム》）の話を？　彼女に愛を見せれば、林檎は黄金色に熟する。愛は「雪の女王」を打ち負かし、愛があればこそ名前は見つけ出される。その名がルンペルシュティルツキンであれ、あるいは単なるジョエル・ノックスであれ。それはどこまでも不変だ。

　雨の壁が遠方からこちらに押し寄せてきた。それが実際にやってくるずっと前から、イナゴの大群の羽ばたきのような音を耳にすることができた。観覧車の運転係は乗客を降ろし始めた。「ああ、わたくしたちはいちばんあとになるわ」とミス・ウィステリアは弱々しく叫んだ。彼らはまさに頂上に留められていたからだ。雨の壁が彼らの上に被さってきた。彼女はそれを押し戻そうとするみたいに、両手をさっと上にあげた。雨が大津波のように頭上から襲いかかったとき、アイダベルも他のみんなも走って逃げた。

やがて眼下の人影の消えた地面に立っているのは、一人の無帽の男だけになった。ジョエルは血眼《ちまなこ》でアイダベルの行方を探し求めていたせいで、最初のうち彼の姿が今ひとつ目に入っていなかった。しかしカーニヴァルの照明が火花を散らしながらショートし、そのとき男の姿が突然、燐光を発したように浮かび上がった。ジョエルの目には、その男は手の届きそうなほど間近に見えた。「ランドルフ」と彼は呟いた。その名前は彼の喉元をしっかり握った。でもそれは一瞬の光景だった。すべての光はそこでじゅうっと音を立てて消えてしまったし、観覧車が地上まで降下したとき、もうランドルフの姿はどこにも見当たらなかった。

「待って」とミス・ウィステリアは濡れた衣装をまとめながら言った。「ちょっと待ってちょうだい」。しかしジョエルは彼女の背後を飛び越え、雨宿りのできる場所を次々に探し回った。十セントのテントにもアイダベルはいなかった。そこでは「アヒル少年」が蠟燭の明かりの横でトランプの独り遊びをしているだけだった。回転木馬のところで身を寄せ合っているグループの中にも、その姿は見当たらなかった。貸し馬小屋にも行き、バプティスト教会にも行ってみた。そしてやがて他の可能性も思いつけぬまま、彼はいつの間にか古屋敷のポーチに立っていた。木の葉が渦巻き状に集まり、その人気《ひとけ》のない広々とした空間を耳障りな音を立てながらぐるぐる進んでいった。無人の揺り椅子がゆっくり前後に傾いでいた。プリンス・アルバート（煙草のブランド）のポスターが鳥のようにひゅうっと宙を飛んできて、彼の顔に当たった。引き剝がそうとしたが、それはまるで生き物のように彼の顔に張り付いていた。そしてそれを相手に必死で闘いながら彼は突然、ランドルフの姿を目にしたときより強い恐怖を感じることになった。自分はその両者から決して逃れることはできないだろう、と。でもそれからこう思った。なぜランドルフのことを恐れなくちゃならないんだ、と。ランドルフがジョエルを見つけたという事実が証明するのは、彼があの望遠鏡のごとき両目のための使い走りに過ぎないということではないか。ランドルフは彼に何の危害ももたらさないだろう（とはいえ、けれど、それでも）。彼は両腕を下におろした。不思議なことに彼がそうした瞬間、プリンス・アルバートは自ら身を引くようにして、激しい雨に打たれ、遠吠えしながらどこかに飛んでいった。さて、同じくらいたやすく、彼はもう一つの怒りを鎮められるだろうか——ランドルフの姿を借りて勅使を送り込んだその名前を持たぬ怒りを？　ランディングの庭の蔦は、彼の両手首を絡め取るべく、はるばるここまで触手を伸ばしてきたのだ。そしてジョエルの目には、彼とアイダベル二人の計画が、空が雷鳴に裂かれるみたいに打ち壊される様子が見えた。いや、まだ大丈夫。もし彼がアイダベルを見つけられたら、そうはさせない。だからジョエルは屋敷の中に駆け込んだ。「アイダベル、きみはここにいるんだろう、アイダベル！」

　大きく弾ける沈黙がそれに答えた。あちこちから微かな雑多な音が聞こえる。羽ばたきに似た煙突の雨音、割れ落ちたガラスの上を行く鼠の足音、常に階段を慎み深く踏む女性の足、ドアを開けたり閉めたりする風、天井で哀しげな対話をする風、それは彼の顔に湿った饐えた息を吐きかけ、肺いっぱいの空気をそっくり部屋から部屋へと吹き通した。彼は自分の身を風の運ぶままにまかせた。彼の頭は風船のようにふわふわしていた。風船のように空っぽになったみたいだ。両目は氷となり、歯は棘となり、舌はフランネルとなった。彼はその朝、日の出を目にしていた。

しかし一歩一歩が彼を、永劫の企みを隠し持つ（あるいはそのように見える）断崖に向かわせている今、新たな日の出を拝めそうにはない。眠りは煙のようで、彼はそれを胸深く吸い込んだ。しかしそれは、色彩や斑点や火花の輪っかとなって空中に戻っていった。そしてそれらの火が、彼が床に倒れ込むことを防いでいた。彼らは、星の羽虫たちは、警告なのだ。眠るんじゃない、ジョエル、エスキモーの地では眠りは死を意味する。それっきりだ。覚えているだろう？　彼女は、彼の母は冷たくなっていた。髪に雪ひらの露の香りを漂わせて眠っていた。もし彼女の両目を今ここで解凍して開かせることができたら、彼女はジョエルを抱擁してこう言うだろう、「何もかもうまくいくわ」と。彼がランドルフに向かって言ったのと同じように。いや、彼女は凍った水晶のように割れて砕け、エレンはそのばらばらの破片を拾い集めて箱の中に収めたのだ。その箱は一ダース五十セントのグラジオラスの花に囲まれていた。

　彼にはどこかに自分の部屋もあり、自分のベッドもあった。二人の約束が彼の目の前で熱波のように細かく震えていた。ああ、アイダベル、どうしてきみはこんなひどいことをしてくれたんだ！

　ポーチに足音が聞こえた。水浸しの靴のくしゅくしゅという音が耳に届いた。出し抜けに懐中電灯の光が居間の窓から差し込み、それは一瞬、斑点だらけの古びた暖炉付きの鏡の上に据えられた。その輝きのせいで、鏡はゼリーの平板となり、その表面に映った外の人影は煙のようにぼやけていた。それが誰なのかは誰にもわからない。しかし光がスライドしていく様子や、玄関にその人物が入ってくる足音から、ジョエルにはしっかりわかっていた。それがランドルフであることが。ランディングを離れて以来、自分のとった行動が逐一観察されていたのかもしれないと思うと、情けない気持ちになった。彼の別れの挨拶は、ミスタ・サンソムの目にはいかばかり滑稽に映ったことだろう！

　彼はドアの陰に身をかがめた。玄関ホールの床を、懐中電灯の光が燃えるムカデのように這っていくのを、蝶番の隙間から目にできた。もしランドルフに見つけられたとしても、もう知ったことかと彼は思った。それはむしろ望むところだ。しかしそれでも、相手に声をかけることを何かが押しとどめた。くしゅくしゅという靴音は居間との間の敷居までやってきた。そして彼は耳にした。「リトル・ボーイ、リトル・ボーイ」、絶望の哀訴だ。

　ミス・ウィステリアはすぐ近くに立っていたので、彼女のしわくちゃになった絹の、むっとする湿った匂いを嗅ぐことができた。巻き毛はすっかりほどけ、小さな王冠は滑って斜めに傾ぎ、黄色い腹帯《サッシュ》は床に垂れて色を失っていた。「リトル・ボーイ」と彼女は言った。懐中電灯の光が傾き破れた壁を素速く舐めた。彼女のこびとの像と、様々な事物の飛びゆく影が壁の上で混じり合った。「リトル・ボーイ」と彼女は言った。声に含まれた諦めの響きが悲哀を際立たせていた。しかしジョエルはじっとこらえて姿を見せなかった。彼女の求めるものを与えることが、彼にはできなかったからだ。彼の愛は地中にあった。打ち砕かれ、動きもなく。両目のあるべきところには干からびた花があり、唇には苔がむしていた。彼の愛は遠く離れたところで雨を糧として、その残骸から百合が泡のように噴き出していた。

　彼女は後退し、階段を上っていった。そしてジョエルは、彼を必要とし、その姿を求めて、荒廃密林と化した部屋から部屋へと歩き回る足音を頭上に耳にしながら、自分をたまらなく蔑んだ。ミス・ウィステリアの恐怖に比べたら、ぼくの感じている恐怖なんてとるに足らないものじゃないか。ぼくには自分の部屋もあり、自分のベッドもあり、いつだって好きなときにここを飛び出して、みんなのところに戻っていける。しかしミス・ウィステリアには——小さな子供たちが避けがたく成長していくが故に涙する彼女には——いつまでも変わることなくその旅が続くのだ。死に瀕したいくつもの部屋を通り抜けて。そしてある淋しい日、彼女は隠れて彼女を待っていた者を見いだす。それはナイフを手に微笑む者だ。

第三部

第十二章

彼は自らに刑を宣告した。自分は有罪だ。彼自身の両手が評決を急き立てた。磁気を帯びたその両手が銃弾を発見した。それはサム・ラドクリフから盗まれ（ラドクリフさん、ごめんなさい。盗むつもりはなかったのです）、ノックス少佐の古い英領インド製のピストルに込められ（坊や、何度言ったらわかるのよ、その忌まわしいものに触るんじゃないって言ったでしょう――ママ、怒らないでよ、ママ、骨が痛むんだ。身体が燃えてる――善い人は冷たくなって死ぬし、悪しきものは炎の中で死んでいくのよ。地獄の風は発熱花の甘いエーテルで青くなっていて、角のはえた、蛇の舌を持つ子供たちは芝生の上でダンスをしているけれど、そこは太陽の表面なのよ。盗品は犯した罪の生涯のしるしとして、その尻尾にすべて結びつけられている。猫の尻尾につけられた空き缶みたいにね）、彼の頭を撃ち抜いた。ああ、ディア、そんなもの、くすぐられたくらいのものでしかない。ああ、ディア、次はなんだね？　すると、見よ！　彼はもう二度とそこに戻るようなことはあるまいと思っていた場所にいた。秘密の隠れ部屋に。彼はかつてそこに座って、ニューオーリンズの酷暑の午後に、焼け焦げた八月の樹木を抜けて雪が降っているのを目にしたのだ。トナカイの蹄が明るい音を立てて、通りを軽快にやってきた。悪漢のようなエレガントな黒いマントを着たミスタ・ミステリーがそのあとから、とびっきり美しいボートのような橇《そり》に乗って現れた。それは良い香りのする木材で作られ、赤い木彫りの白鳥が正面を優雅に飾っていた。そして銀の鈴がビーズのように連なって帆をなしている。揺れながら、大きくうねりながら、なんてきりりとしたメロディーをそれは奏でることだろう。ジョエルはミスタ・ミステリーのマントに温かく包まれ、橇に乗って進みながらそう思う。橇は深く積もった雪原を突っ切り、目も眩む斜面を滑り降りていく。

　でも出し抜けに、その秘密の部屋で冒険を継続させていくだけの力が、彼から失われてしまった。彼らの前に氷の壁が立ちはだかり、橇は確実な破滅に向けて突き進んでいった。その夜、ラジオのニュースが全米を震撼させることだろう。高名な奇術師であるミスタ・ミステリーと、すべての人に愛されたジョエル・ハリソン・ノックスは、六頭のトナカイと共に事故で死亡しました……ばりり、ところが彼らは氷をセロファンのように切り裂いて突き抜け、橇はランディングの客間に滑り込んだのだ。

　そこでは風変わりな趣きのパーティーが進行中であるようだった。その出席者の中にはミスタ・サンソムや、エレン・ケンダルや、ミス・ウィステリアや、ランドルフや、アイダベルや、フローラベルや、ズーや、リトル・サンシャインや、エイミーや、R・V・レイシーや、サム・

ラドクリフや、ジーザス・フィーヴァーや、ボクシング・グローブ以外には何も身につけていない裸の男（ペペ・アルバレス）や、シドニー・カッツ（パラダイス・チャペルで「モーニング・スター・カフェ」を経営している人物）や、長い剃刀を不吉な十字架のように首から鎖でぶら下げた、唇の分厚い囚人（ケグ・ブラウン）や、ロメオや、サミー・シルヴァスタインと、「セント・ディヴァル通り・秘密九人組」の中の、他の三人のメンバーがいた。彼らのほとんどは黒い色合いの、かなり改まったなりをしていた。ピアノーラは『主よ御許に近づかん』を演奏していた。橇が入ってきたことにも気がつかず、その黒々とした前屈みの列は、グラジオラスの花輪に飾られた杉材の箱のまわりを巡るように前進を続けていた。そして彼らはその木箱の中に、それぞれの捧げ物を入れていった。アイダベルはサングラスを、ランドルフは年鑑を、Ｒ・Ｖ・レイシーはイボから抜いた毛を、ジーザス・フィーヴァーはヴァイオリンを、フローラベルは安物の毛抜きを、ミスタ・サンソムはテニスボールを、リトル・サンシャインは護符を、という具合に。木箱の中には、白装束に身を包んだジョエル自身が横たわっていた。顔に白粉を塗られ、朱を施され、褐色がかった金髪は湿った巻き毛にまとめられていた。まるで天使のようだとみんなは言った。アルキビアデスよりも美しい、遥かに美しい、とランドルフが言った。そしてアイダベルが悲痛な声を上げた。本当よ、私は彼を助けようとしたの、でも彼は動かなかった、そして蛇は驚くほど素早かった。ミス・ウィステリアは小さな王冠を彼の頭にかぶせながら、ぐっと前屈みになり、あやうく木箱の中に落っこちそうになった。いいこと、と彼女は囁いた、わたくしは馬鹿じゃない、あなたが生きていることはちゃんとわかってるのよ。あなたが答えを与えてくれない限り、わたくしはあなたを助けてあげない。一言も口にしない。死んだ人は生きている人と同じくらい淋しいの？　すると部屋は微かに振動を始めた。振動はやがて更に強くなった。椅子はひっくり返り、骨董品キャビネットは中身を吐き出した。鏡にはひびが入り、ピアノーラは破滅的なジャズ音楽を即興で奏で、騒ぎ浮かれていた。家は沈んでいった。どんどん地中に沈んで、インディアンの墓場を越え、いちばん深いところにある木の根っこを越え、いちばん冷たい水流を越え、どんどん沈んでいって、炎の森にも耐えるマルハナバチの目を持つ、角の生えた子供たちの毛むくじゃらの腕の中に落ちていった。

　揺り椅子のリズムのことなら、うんざりするほど熟知していた。アランプ・アルンプ……その音を何時間も何時間も、どれほど長く聴いていたことだろう。空間をくぐり抜け、杉材の棺はいつしかその揺れと交じりあっていった。いったん落下が始まれば、その落下は永遠だ。共に絶え間なく前後に揺れ続ける揺り椅子と杉材の棺。彼は枕を握りしめ、ベッドの柱をぎゅっと掴んだ。というのはランプの明かりの海の上、ベッドは揺り椅子の波に揺られていたからだ。そしてその揺れは打鐘浮標《ベルブイ》の鐘音となった。その椅子の上で、じりじりと彼ににじり寄ってくる海賊は一体誰だろう？　見定めようとして、彼の目は刺すように痛んだ。レースの仮面は紛らわしく、曇りガラスが邪魔をした。その揺り椅子に乗っているのはあるときにはエイミーであり、あるときにはランドルフであり、それからズーになった。でもズーがここにいるわけはない。彼女はワシントンまでの道を歩いていているはずだ。その歩みの一歩一歩をアコーディオンの音で告げながら。聞き覚えのない声が彼と言い争っていた。彼をからかい嘲り、彼自身でさえろくに知らない彼の秘密を暴き立てた。黙れと彼は叫んだ。それを黙らせようとして泣いた。でも言うまでもなく、その声は彼自身のものだった。「ぼくはあんたが観覧車の下にいるのを見たよ」とその声は椅子の上の海賊を告発した。「いや、違うね」と海賊は言った。「私は一度たりともここを離れなかったよ、スウィート・チャイルド、スウィート・ジョエル。私は一晩中、階段に腰掛けてきみを待っていた」

　彼は始終苦いスプーンを噛んでいた。レモン水に浸したスカーフ越しに、呼吸しようともがいていた。誰かの手がまどろむ宵闇のカーテンを、宥《なだ》めすかすように下ろしてくれた。ズーの指を思わせる痩せて堅牢な誰かの指が、彼の髪をまさぐった。そしてほかの指たちもまた——それらの指はもう少しひんやりして、海のしぶきよりもっと活発にくるくる回った。ランドルフの声音はますます優しいものになり、その慰撫する装飾模様をいや増していた。

　ある日の午後、揺り椅子は紛れもない元通りの椅子となった。まるで鋏が彼の心の周りをくるっと切り取ったかのようで、命を失ったその不要物を剝ぎ取ると、そこにランドルフが形を得て、喜ばしいほどそばで光り輝いた。

「ランドルフ」とジョエルは彼の方に手を伸ばしながら言った。「あなたはぼくのことを憎んでいる？」、ランドルフは微笑みながら囁いた。「きみのことを憎んでいるって？」。「なぜならぼくが逃げ出したから」とジョエルは言った。「遠くまで逃げていって、あなたのシェリー酒を洋服掛けの上に置いていった」、ランドルフは彼を両手で抱き上げ、おでこにキスした。そしてジョエルは苦痛を感じ、感謝しながら言った。「ぼくは病気なんだ。とても具合が悪いんだ」、そしてランドルフはそれに答えて言った。「横になりなさい、マイ・ダーリン、じっとしているんだ」

彼は九月の奥深くへと漂い入っていった。深々としたベッドの安らぎだけで十分な未来と思えたし、すべての毛穴がその清涼な保護を吸収していった。そして自分のことを考えるとき、彼はいつもその思考を別の存在に、もう一人のジョエル・ノックスに——自分の幼少時代のスナップ写真を見るときのようなそこそこの関心を持つ相手に——向けた。なんていうのろまなんだ！　その存在を、かつてのジョエルを喜んで放逐したいところだが、まだそうはしなかった。彼はその存在をどこかでまだ必要としていたのだ。長い期間にわたって、彼は毎日手鏡で自分の顔を点検していた。それは概ねのところ、失望させられる経験だった。彼がそこで目にするものは、成人男子としての徴候がそろそろ現れているのではないかという推測に、何ひとつ確かな承認を与えてくれなかったからだ。それでもその顔にはある程度の変化が認められた。赤ん坊のようなふっくらしたところがなくなり、きりっとした輪郭がそれにとって代わっていた。柔らかだった瞳は厳しくなっていた。その顔は無垢な面影を浮かべていたものの、その無垢さに魅力はうかがえなかった。人に警戒心を与える顔だ。まったくのところ、幼児の顔にしては抜け目がなさすぎ、少年の顔にしては美しすぎる。彼が何歳であるか言い当てるのは難しかっただろう。唯一不愉快だったのは、まっすぐな褐色の髪だった。ランドルフのような金髪の巻き毛であればどんなによかったことか。

いったいいつランドルフが眠るのか、彼には見当もつかない。ランドルフがその揺り椅子から姿を消すのは、ジョエルが食事をするか、あるいは用を足すときに限られているようだった。窓から覗き込む盗賊の目を思わせる月のせいで、ときおりふと目覚めたとき、暗闇の中でランドルフの喘息用の煙草の火がまだ明るく脈打っているのを彼は目にした。屋敷は沈んでしまったが、彼は一人きりではなかった。他にも生き延びたものがいたのだ。それも見知らぬ人ではなく、この世の他の誰よりも親切で、誰よりも善良な人物だ。友人であり、彼が近くにいてくれることがすなわち愛なのだ。「ねえ、ランドルフ」とジョエルは言った。「あなたにも、ぼくくらい若かったことがあるの？」。ランドルフはそれに答えて言った。「そこまで年老いていたことは、私にはなかったね」。「ランドルフ」と彼は言った。「ねえ、知っている？　ぼくはものすごく幸福なんだ」。それに対しては、彼の友人は返事を返さなかった。幸福であることの理由はただ単純に、不幸には感じていないということであるようにジョエルには思えた。というか、彼にはある種の均衡がすんなりと呑み込めていた。そこには張り合うべきものなどほとんどなかった。彼にとって、ランドルフとの会話のあまりの多くの部分にかぶさっていた霞のようなものも、今ではすっかり晴れ上がって、少なくとも彼をもう煩わせはしなかった。彼は相手のことを絶対的に理解したように思えたからだ。さて、言うなれば誰かを発見していく過程において、多くの人々は同時に自らを発見するという幻想を経験することになる。他者の瞳に彼らの真の、輝かしい価値が映り込むわけだ。ジョエルにもそのような感覚があった。それもおびただしく。というのは、彼はそこで（正しいか間違っているか、それはさておき）一人の友だちをそっくり見通すという勝利を初めて味わったからだ。彼はもうこれ以上の責任を負いたくはなかった。自分の身を全面的に友人の両手に委ねてしまいたかった。病の床にこうして臥せり、相手に自分の命を丸ごと預けているのと同様に。その結果、手鏡を見ることが責め苦となった。いまではもう、成熟のしるしを検証しているのは一方の目だけであり、もう片方の目は（こちらの方が次第により鋭敏なものになってくるのだが）自分が今あるがままに留まることを願いつつ内面を凝視する、というようなことだったから。

「今日は空気に十月の冷ややかさが感じられる」とランドルフが言った。開きすぎた薔薇をベッド際の花瓶に差しながら。「どうやらこれが最後の薔薇のようだ。すっかり散る寸前だ。蜂たちでさえ興味を示さない。そしてここに秋の見本をひとつ持ってきたよ。スズカケの葉だ」。また別の日、空気はまだ温かみを宿していたのだが、彼は火をおこしてマシュマロを焼き、二百年もののカップでお茶を飲んだ。ランドルフは物真似を見せてくれた。彼はまさにチャーリー・チャップリンに生き写しだった。メイ・ウェストにも。エイミーの残酷なまでの形態模写も絶品で、ジョエルはベッドの上で笑い転げ、最後にはそれは何がおかしいというよりは、ただただ止めることのできない笑いになっていった。そしてランドルフは言った。いやいや！　これしきのものじゃなく、もっと本当におかしいものを見せてあげよう。「でもそのためには準備が必要になる」と彼は言った。その目は素速く輝き、部屋を出て行こうという素振りを見せたが、それからドアノブから手を離し、背後を振り向いた。「しかし私がそれをやっても……きみは笑ってはならないのだ」。それに対するジョエルの返事は笑いだった。彼は笑いを止められなくなっていたのだ。

しゃっくりと同じように。ランドルフの笑みは、まるでバターが溶けるみたいに顔からすっと消えていった。そしてジョエルが「やってみせて、約束したんだから」と叫んだとき、彼は腰を下ろし、その丸いピンク色の顔を両手に挟んでそっとさすった。「今はだめだ」と彼は疲れた声で言った。「またいつか」

ある日の朝、ジョエルは一通の手紙を受け取った。彼がランディングで受け取った初めての手紙だ。絵はがきだった。『マクベス』の本を手に現れたランドルフは（二人はそれを音読するつもりだった）、その絵はがきをジョエルに渡した。「この先に住んでいる女の子からだよ」と彼は言って、そこでジョエルの息がはっと止まった。脚の長いアイダベルが壁から偉そうに歩いて出てきて、揺り椅子を揺らせた。あの巡回ショーの夜以来、彼女について直接考えたことはなかった。どうして彼女のことがまったく頭から抜け落ちていたのか、その理由《わけ》はわからないが、でもそれがとんでもないことだとは思えなかった。結局のところ彼女は、屋敷が沈んでいくとき、ほかの人たちと一緒くたに失われてしまった人間なのだ。そんな人々は古いジョエルとは関わりを持っていたが、今ではそれらの名前は、節だらけの十月の風に綴られる斑《まだら》模様の木の葉同然のものだった。それでもアイダベルは戻ってきた。おそらくは幽霊として。でもここに、この部屋に。片腕の床屋に石を投げつける無法者のアイダベル。そして薔薇の花を手にしたアイダベル、剣を手にしたアイダベル。ときどきは泣くのよと言うアイダベル。秋のすべてはスズカケの葉であり、その赤色はアイダベルの髪の赤だった。茎の錆色は彼女のしゃがれ声の色であり、そのぎざぎざの形は彼女の顔の形の名ごりだった。

愉しげな綿花摘みの姿が描かれたその絵はがきには、アラバマの消印が押され、こう書かれていた。「ミセス・コリーの腹違いの妹、その夫はバプティストの牧師で、先週の日曜日、私は教会で献金皿をまわした！　パパとＦはヘンリーを撃った。そしてあたしを一生こんなところに閉じ込めた。どうしてきみは隠れていたんだ？　アイダベル・トンプキンズに手紙を書きなさい」

そう、はっきり言って、彼は彼女の書いたことを信じなかった。彼女は自ら我が身を一生閉じ込めたのだし、その相手はバプティストの牧師なんかではなく、ミス・ウィステリアだ。ジョエルはその絵はがきをランドルフに回し、彼はそのままそれを火中に投じた。一瞬のことではあるが、アイダベルと彼女の綿摘み農夫たちがくるくると丸まっていくのを見て、ジョエルはそれを取り戻せるなら、両手を失ってもかまわないとさえ思った。しかしランドルフは金色の読書用眼鏡の位置を調整し、本を読み始めた。「最初の魔女。あたしたち三人は今度いつ会うことにしようかね？　落雷、稲妻の中で、あるいは雨の中で？」。ジョエルは身を落ち着けて聞き耳を立て、いつしか眠りに落ち、そして叫び声をあげて目を覚ました。というのは彼はアイダベルのあとを追って煙突をよじ上っていたからだ。そして彼女がいたはずのところには、ただ煙があるだけだった。そして空。「静かに、さあ、静かに」とランドルフはまるで消えゆく光のようにゆっくりとした、優しい声で言った。ジョエルはランドルフがいることを嬉しく思った。その慈しみの心の中心にある静けさを。

だから彼はときどき、彼に対する愛をそっくり打ち明けてしまいそうになることがあった。しかし相手がたとえ誰であれ、自分の感情や知識の程度を推量させるのは、安全なことではない。彼はしばしば思ったのだが、たとえば誘拐されたりしたらどうだろう？　そのような場合のもっとも賢明な防御方法は、自分が誘拐されているということに気づいていないと、相手に思わせることだ。もし隠すことがただひとつの武器であるとすれば、悪漢などというものは存在しなくなり、彼は最後の最後まで微笑みを浮かべていることだろう。

　そして、もしたとえランドルフに話しかけたとしても、彼はいったい誰を相手に愛を告白することになるのだろう？　蠅の目のごとき複眼を持ち、男性でも女性でもなく、そのすべてのアイデンティティーが他のアイデンティティーを打ち消し、手当たり次第に装いを変える……ランドルフとはいったい誰なのだ？　何ものなのだ？　X（未知なるもの）、その輪郭の中にあなたはクレヨンで人物像を色づけする――理想的なヒーローとして。彼の役割がいかなるものであるにせよ、あなたの手によって初めてそれは存在を与えられる。ここでひとつ、彼が一人きりでいて、誰にも姿を見られず、その声も聴かれないところを想定してもらいたい。そのとき彼は透明人間となり、姿を思い描くこともできない存在となる。しかしランドルフのような人間はそのような幻想を正当化してくれるわけで、もしランプの精霊が眼前に現れたなら、ジョエルは間違いなくこう願ったことだろう。このような封印された日々が一世紀ほども続いてほしいと。

　しかしそんな日々も終わりを告げた。そしてそのときにはそれはランドルフの過失がもたらしたものと見えた。「もうすぐ私たちはクラウド・ホテルを訪れることになる」と彼は言った。「リトル・サンシャインが私たちに会いたがっている。きみはもうしっかり回復したようだからね。

そうじゃないというふりをするのは馬鹿げているだろう」。彼の声の裏には差し迫ったものが感じ取れたが、そこに見受けられる熱意がジョエルには今ひとつ信用ならなかった。というのは、その計画は内密の、疑いの余地なく愉快とは言いがたいいくつかの理由に基づくものであり、そしてそれらの理由はランドルフの実際の望みに反するものであることが、ジョエルには察せられたからだ。そしてジョエルは言った。「ここでおとなしくしていようよ、ランドルフ。どこにも行きたくないよ」。そしてその懇願が退けられたとき、ランドルフに対するかつての苛立たしい、苦々しい思いが蘇ってきた。彼はすっかり気分を害して、口論する気にもなれなかった。もちろんのこと、それが依存する状態の難点だった。彼にはランドルフと口論することがどうしてもできなかった。というのは怒りは、愛よりもっと安全性を欠いたものに思えたからだ。自らの立場の安全さを知るもののみがその双方を手に入れることができる。それでもなお、彼はもう少しで危うく口答えをするところだった。しかしちょうどそのとき、外部の物音が耳に届き、彼は口を閉ざした。その音は彼を過去へと遡らせた。「どうしてそんなにじっと目を凝らしているんだね?」とランドルフは言った。

「あの音は……ズーだよ」と彼は言った。夕刻の窓の外からアコーディオンのリフレインが聞こえてきた。「間違いない」

ランドルフは不快そうだった。「もし彼女がどうしても音楽をやりたいと思うのなら、私としては、できればハーモニカを選んでもらいたいものだが」

「でも彼女は出て行ったんだよ」。そしてジョエルは膝をついて起き上がった。「ここを出てワシントンまで歩いて行ったはずだよ」

「きみは知っているものと思っていたのだが」、ランドルフは『マクベス』に栞がわりに挟んだリボンを指でいじりながら言った。「最悪の時期、きみの具合がいちばんひどかったとき、彼女は団扇を持ってきみの枕元にずっとついていたんだよ。まったく何も覚えていないのか？」

そうか、ズーは戻ってきたんだ。彼が自分の目で彼女の姿を見たのは、そのすぐあとのことだった。翌日のお昼に、彼女はジョエルのためにブロスを運んできた。二人の間に挨拶は交わされなかった。微笑みもなかった。ものごとのふがいない成り行きに、二人ともそれぞれ気落ちしているみたいだった。ただ彼女の方にはまだそれ以上の何かがありそうだったが。彼女はジョエルのことを誰だか知らず、紹介されるのをそこに立ってじっと待っているという風だった。「ランドルフは、きみはもう帰ってはこられないと言っていた」と彼は言った。「でも彼が間違っていて、ぼくは嬉しいよ」

返事をするかわりにズーは深いため息をついた。まるで彼女という存在の奥底から引きずり上げられてきたようなため息だった。彼女は前屈みになってベッドの柱に額をつけた。そのとき首のネッカチーフがなくなっていることを知って、ジョエルは刺すような痛みを感じた。むき出しになった斜めの傷跡が、歪んだ唇のようににやりと笑っていた。そしてそのように二つに分かたれた彼女の首は、かつてのキリンのような光輝を失っていた。彼女はずいぶん小さく、縮こまって見えた。まるで精神のいくぶんかの縮小が二重に取り分を掠めて、肉体もその対象になったかのように。身長の幻想と共に、その獣のような優雅さ、矢のような威厳、自立した彼女の心の毅然たる紋章も消え失せていた。

「ズー」と彼は言った。「雪は見たのかい？」

彼女は彼を見た。しかしその目はどうやら、それが見ている対象と繋がりを欠いているようだった。実際、その両目はどこか寄り目に見えて、まるで慰謝してくれる内的なビジョンに、目がぴったり固定されてしまっているみたいだ。「あたしは雪を見たか？」と彼女は質問を繰り返した。なんとかその意味を理解しようとするかのように。「あたしは雪を見たか！」。そして彼女は急にぞっとするくすくす笑いのようなものに襲われ、頭を後ろにぐいとのけぞらせた。その唇は、まるで雨を飲み込もうとする子供のように大きく開かれた。「雪なんぞなかったさ」と彼女は荒々しく首を振りながら言った。グリースを塗られた彼女の黒い髪は波打って、日に焼かれた草のようなざらざらという音を立てた。「雪だなんて、そんなものただのたわごとさ。あの太陽！どこに行っても、太陽しかありゃしない」

「ミスタ・サンソムの目のように」とジョエルは自分の思いに寄せて言った。

「ニガーの太陽なのさ」と彼女は言った。「そしてあたしの心、そいつもまた真っ黒だ」、彼女はブロスの鉢を手に取って、それをじっと見おろした。まるで紅茶の葉を読み取るジプシーのように。「あたしは道ばたで休んだ。太陽があたしの目を焼いて、おかげでほとんど目が見えなくなってしまった……」

そしてジョエルは言った。「でも、ズー、もし雪がなかったのなら、きみはワシントンＤＣでいったい何を見たんだい？　つまりさ、ニュース映画に出てくるような人を誰か見かけなかった？」
「……石があたしの靴をすっぱりと鋭く切り裂いて、いくつも穴を開けた。一日中歩いても、ろくすっぽ進んだ気がしなくて、道ばたに座り込み、足が焼けるように痛んで、人の姿はどこにも見当たらなかった」、涙が二粒、彼女の顔の骨張った縁を、銀色の筋を残して流れた。「もうくたくたに疲れ果てて、たとえ我が身をつねっても、なんにも感じないようになっていた。その人気《ひとけ》のない場所にあたしはずっと座り込んでいて、やがて見上げると空に北斗七星が見えるようになった。そのときに道路を赤いトラックがやってきて、その大きな灯であたしを頭からつま先まで照らし出した」。トラックには四人の男たちが乗っていた、と彼女は言った。三人の白人と一人の黒人。黒人は荷台の西瓜の山の上に座り込んでいた。トラックの運転手が降りてきた。「すごく背が低い、葉巻を牡牛のように威勢良く吹かす男だった。シャツも着ていなくて、肩から手にかけてまで赤い毛がもしゃもしゃと生えていた。彼は草の上をとっても静かに歩いてきて、とっても優しくあたしを見るものだから、あたしは思ったんだ。この人はあたしの足の傷をかわいそうに思って、この車に乗っていきなって誘ってくれるんじゃないかってね」

　さあさあ、と男は彼女に言った。そして葉巻をとんとんと叩いて、その灰が彼女の顔の上に落ちた。さあさあ、姐ちゃん、溝に横になるんだ。余計なことは考えんでいい、とその男は言った。そして彼女を突いて、堤の上に押し倒した。彼女はまるでコガネムシのように無防備に、仰向けにそこに倒れた。「あたしは声を限りに叫び始めたよ。するとそのちびの牡牛のような男は言った。静かにしねえと、その頭をぶち割ってやるぞと」。彼女は立ち上がって走り出した。しかし他の二人の男たちが運転手の口笛にこたえて溝に飛び降り、彼女を両方から挟み撃ちにした。二人はどちらもパナマ帽をかぶり、一人は水兵のズボンをはいて、兵隊のシャツを着ていた。そいつが彼女を捕まえ、黒人にライフルを持ってくるように命じた。「その性悪のニガーはなにしろケグによく似ていてね、そいつがあたしの耳にライフルをつきつけたんだ。そして運転手はあたしの可愛いドレスの正面をびりびりと引き裂いて、パナマ帽の男たちに、さあ、好きにしろと言った。あたしは神様が銃身を通してあたしに語りかける声を聞いた。神様は言った、ズー、おまえは間違った道を間違った方角にやってきたんだ。おまえは林檎を食べた、と神様は言った。そしてそれは芯まで腐っていた。我が主は天から見下ろしておられ、慰めを与えてくださった。その悪魔たちが牡山羊みたいにぐいぐい跳ね回っている間、あたしはその耐えがたい難儀の中で、聖なる言葉をずっと唱え続けていた。そう、たとえ死の影の谷を歩むとも、我は恐れず。なぜならば主は我とともにあるがゆえに。ああ、そのとおりです、とあたしは言って、愚かものたちは笑った。しかし主はその水兵男の姿形をおとりになって、それであたしたちは、あたしと主は愛し合った」。男たちはパナマ帽を取っていたんだが、そのあとでまたかぶり直した。そのうちの一人が運転手に言った。なあ、あんた何か具合でも悪いのか？　運転手は葉巻をぎゅっと噛み、耳の後ろをぽりぽりと掻いて言った。いや、正直に言うとな、おれは人に見られてやるのがどうもな。いいとも、と男たちは言って、堤を上って引き上げていった。黒人もそのあとをついていった。三人とも声を上げて笑っていた。それが運転手の顔をぴくぴくと引きつらせた。「その目は年寄りの牡猫のように黄色くなった。そして何かが変だった。というのは、彼はすごくびくついていたから」。運転手は彼女に手を触れようとはせず、彼女の脇に力なくしゃがみこんだ。まるで恋人の遺体に寄り添うか、あるいは偶像に跪くみたいに。そのときトラックの警笛が鳴らされ、男たちが声をかけた。そして彼は近くにかがみ込んだ。「その男はあたしのおへそに葉巻を押しつけたんだよ。神様、あたしの中に火が生まれた。まるで子供が生まれるみたいに……」

ジョエルは両耳を塞いだ。ズーの話は実に醜悪なものだった。彼女が帰ってきたことが心底おぞましかった。彼女は罰を受けるべきなんだ。「もうやめてくれよ、ズー」と彼は言った。「もう聞きたくない。聞きたくないんだ……」。しかしズーの唇はひくひく震えていた。そしてその目は盲《めし》いたように、ねじれて内なる光景に向けられていた。沈黙の轟きの中で、彼女は無言劇の役者だった。キリストの歓喜が彼女の顔を痴呆じみたものにして、汗みたいにぎらぎらと光った。まるで説教師のように彼女の指は空気を揺さぶり、歓喜の懊悩が彼女の胸元でぐいっと引きつった。唇が生々しい叫びを発するべく剝き出しになった。息を全身に吸い込み、まるで永遠を抱きしめるかのように両腕を大きく振るった。彼女は十字架であり、磔《はりつけ》になるものだった。彼は耳を塞いで見ていたが、音が聞こえないだけそれは余計に恐ろしいものとなった。ブロスの鉢を手に、静かにおずおずと彼女がそこから退出したあとも、ジョエルは両耳に指を突っ込んだままでいた。やがて耳鳴りがどんどん大きくなり、それは音声の記憶さえをも聾《ろう》してしまった。

ジョン・ブラウンにはもう丘を越えることはできないだろう、彼らはそう確信していた。「彼がばたんとそこに倒れて、我々の上にのしかかってきたとしても、それは仕方あるまい」とランドルフは言った。ジョエルはきゅっと筋肉を引き締めた。そうすることでラバの負担が少しでも軽くならないかと思って。粗い布地の袋が鞍がわりに敷かれ、手綱がわりのロープがつけられていた。それでも彼らはなんとかそのラバにまたがり続けていた。もっともランドルフは危なっかしくふらふらよろめき、ずっと文句を言っていた。そして固ゆでの卵をきりなく食べ続けていた。ジョエルは手に抱えたピクニック・バスケットから卵を取り出し、彼に次々に手渡した。「もうひとつ卵を、マイ・ディア。なにしろまた、ひどい船酔いの気分なんだ。何かがせり上がってくるような気がしたら、別の何かを押し込むのが一番だ」

　煙った日だった。空は雨のかかったトタン屋根のようで、垣間見える太陽は魚の腹に似て青白かった。ジョエルは寝床から引きずり出され、すさまじい勢いでせき立てられ、まともな服に着替える余裕も与えられなかったので、寒さのために鳥肌が立っていた。着ているものといえば薄手のTシャツ（それも裏返し）に夏物の半ズボン（前ボタンがほとんどとれてしまっている）だけだったから。靴はかろうじてまともだったが、一方のランドルフが足に履いているのは室内用のスリッパだ。「私の両足は実にまがまがしく膨らんでしまって、こいつにしか押し込むことができないんだ。しかしこんな真っ昼間の光の中じゃ、きっと私はずいぶん薄気味悪く見えることだろうな。まったくの話、この哀れな獣が動くたびに、髪がごそごそと抜けていくみたいな不快極まりない感覚に襲われるんだ。そして私の目。私の目はサイコロみたいにぐるぐる回ってはいないかな？　そしてもちろん私は防虫剤の悪臭を放っている……」、彼が着たスーツは確かに防虫剤の臭気をガスのように振りまいていた。縮んだ麻のスーツは糊でこわばって、アイロンのせいでてかてか光っていた。それは中世の鎧のように隆起して、ぱりぱり乾いた音を立てた。そして彼は大げさなぐらい慎重に行動していた。というのはその縫い目たちは、終始下卑た意図を告げ続けていたからだ。

　十二時ごろに二人はラバから降りて、木陰にピクニックの用意を広げた。ランドルフはフルーツ・ジャーに入れたスカッパーノン・ワイン（アメリカ南部で作られるテーブル白ワイン）を持参しており、それをマウスウォッシュみたいにがぶがぶと飲んだ。ジャーが空になってしまうと、ジョエルはそこに蟻を誘い込んだ。敬虔なる昆虫とランドルフはそれを呼んだ。そして言った。「彼らは私の心を称賛の念と、深い懸念で満たす。神聖なる勤勉さに満ちた、無心の行進に込められたピューリタン精神。しかしかくも反個人主義的なる政府が果たして、理解を超えたものの詩性を認め得るものだろうか？　パン屑を運ぶことを拒否するものは間違いなく、その途上で暗殺者たちに出くわし、すべての微笑みの中に自分の破滅を見出すことだろう。私なら、孤独なモグラになりたいね。彼は棘と根っこに依存する薔薇でもなく、また変えようのない群れによって一生を支配される蟻でもなく。盲目のまま彼は独自の道を進んでいく。真実と自由はあくまで精神のあり方であると心得つつ」。彼は髪を撫でつけ笑った。どうやら自らを笑っている。「もしモグラのように賢かったら、自由で対等であったなら、どれほど見事な売春宿の女主人に私はなれたことだろう。しかしむしろ私は、どこにでもいる平凡な主婦に落ち着いていたかもしれない。石頭の亭主と、続けざまにうようよ生まれたガキたちを抱えて、ストーブでシチュー鍋を温めている、コルセットなしのずんぐりとした、みっともない生き物に」

何か重要なメッセージでも抱えているみたいに足早に、一匹の蟻が彼の首を上り、耳の中に入っていった。「蟻があなたの頭の中にいるよ」とジョエルは言ったが、ランドルフはほんのわずか肯《うなず》いただけで、話を続けた。だからジョエルは彼の方ににじり寄って、できるだけ礼儀正しく彼の耳の中を覗き込んだ。蟻が一匹、人の頭の中で泳いでいるのかと思うと、その光景にうっとりして、そこに沈黙があることに、そしてランドルフの目に緊迫し、引き延ばされた問いかけがあることにジョエルが気づくまでに、しばし時間がかかった。その顔つきはジョエルをなぜかチクチクと疼かせた。「ぼくは蟻を探していたんだ」と彼は言った。「それはあなたの耳の中に入っていったから。それって危険なことじゃないのかな。つまり、ピンを呑み込んじゃうみたいにさ」

「あるいは失意を」とランドルフは言って、その顔は諦めの糖衣のひだの中に沈み込んでいった。

ジョン・ブラウンの穏やかな足取りに、カサカサした森が開いていった。スズカケはその薄茶色の葉を、十月の雨に散らした。嵐となって降りかかる黄色の中を、斑に染められた小径が静脈のように曲がりくねりながら抜けていった。枯死しかけたテンナンショウの塔の上で、クランベリー・ビートルたちが彼らの到着を告げる歌を歌い、露の滴ほどの大きさしかないアマガエルたちはぴょんぴょん跳ねて、叫び声を上げ、そのニュースを光の中で——日がな薄暗い光ではあるが——伝え合っていた。彼らは荒れ果てた道を進んだ。かつてはその道を漆塗りの優雅な四輪馬車が走っていたものだ。馬車には、ビジョザクラの香りをまとい、パラソルの下でムネアカヒワのように賑やかに囀《さえず》るご婦人たちや、ハバナ葉巻の紫煙をくゆらし、互いにどら声で語り合う、ごつい顔つきの綿花長者の男たちや、彼らの子供たち（砕いたミントをハンカチーフに忍ばせたつんと澄ました少女たち、クロイチゴのような色合いの意地悪い目をした少年たち、咆吼する虎の話をして妹たちに悲鳴を上げさせる幼い男の子たち）が乗り合わせていた。過去を引き継ぐ雑草の間を音を立てて吹き抜ける秋の疾風が、ビロード服の残酷な子供たちや、髭をたくわえた屈強な父親たちを偲んで慟哭した。かつてはと雑草たちは言い、過ぎ去ったと空は言い、死んだと森は言った。しかし過ぎ去った歳月全体を嘆く役割は一羽のヨタカに任されていた。

　カモメが陸地の接近を船乗りたちに教えるように、松の連なりの後方に立ち上るくねった煙が、クラウド・ホテルのありかを告げていた。彼らが〈溺れ池〉の緑色の岸辺を巡るとき、沼地の泥を踏むジョン・ブラウンの蹄はずぶずぶと音を立てた。ジョエルは混血児《クレオール》か賭博師の姿がちらりとでも見えぬものかと池の水面に目をやったが、残念ながら、そのぬるぬるした油断ない連中はちらりとも姿を見せなかった。しかし岸辺から離れたところに、人の形をした曲がった樹木が腰を据えており、そのてっぺんから垂れ下がった苔は案山子《かかし》の髪のように見えた。この島をねぐらとし、その周りで騒ぎ立てている夕暮れの鳥たちは、このいかにも陰惨な光景を、陽気とは言い難い叫声《きょうせい》で活気づけていた。そしてナマズの立てる泡だけが、鰻のようにぬめっと静まった池の水面を乱していた。ダイアモンドの噴水のしぶきを上げる、愛らしく愉しげな少女たちの、どっと湧き起こる笑い声をジョエルは耳にした。鳥たちの甲高い叫びにも似ている。美しい竪琴のような声音の少女たちは、今ではもう静けさの中、恋人たちの腕の中に去って行った。混血児の、賭博師の腕の中に。

ホテルは彼らの眼前に骨の山のように立ちはだかっていた。屋根の上に物見台が尖塔のように聳え、その柵から身を乗り出しているのはリトル・サンシャインだった。彼は小径に望遠鏡の焦点を合わせていたのだ。二人が近づいていくと、彼はすさまじく激しい動作を見せたが、最初のうちそれは過剰なほどの歓迎の挨拶のように見えた。でもその逆上ぶりはまったく収まらなかったので、彼は「近づくな」という警告を発しているのだと二人にもわかった。ジョン・ブラウンの歩みを止め、二人は染まりゆく黄昏の中で、隠者が尖塔の落とし戸を抜け、下に降りてくるのを待った。ほどなく彼は、ずっと水際まで続く滑り台のような階段の上に再び姿を見せた。かつては雅やかであった芝生の残骸の上にかかったその滑走段は、ちりんちりんと軽やかな足音を響かせた。ヒッコリーの杖を振り回しながら、彼はがに股の脚で這うようによたよたと岸辺をやってきた。ジョエルの目にはリトル・サンシャインのその姿は、池の中の樹木の化身のように映った。

　何ヤードか手前で隠者は歩を止め、杖にもたれかかるようにして、膠《にかわ》のような目で二人を睨みつけた。ランドルフは名を名乗った。老人はまさかという顔で目をしばたたかせ、それから急に陽気にクスクス笑った。「まったくもう、びっくりさせるじゃないか！　ろくに何も見えやせんのだ。わしはここで望遠鏡をしっかり覗いておった。用もなくこんなところにやって来るのは誰だろうと思ってな。よくおいでなすった。さあさあ、わしのあとをついておいで。気をつけてな。このへんにはたんと流砂があるでな」

　彼らは一列になって歩いた。ジョエルはラバを引いていちばん後ろを歩いた。ランドルフのぐしょぐしょの足跡を追いながら、どうして彼はぼくに嘘をついたりしたのだろうと思った。彼らが来ることを、リトル・サンシャインが予期していたとはとても思えなかったからだ。

黴《かび》のはえたカーペットのおかげで柔らかくなった白鳥形の階段が、ホテルのロビーから曲線を描いて上方に通じていた。郭公の悪魔的な舌が壁の時計から飛び出して、無音のうちに四十年前の時刻を告げていた。ひびの入った予約係のデスクの上には、枯死した鉢植えの椰子が標本のように置かれていた。脚に痰壺を結びつけられたあとで（どこかにふらふら行ってしまっても、音で居場所がわかるように）、ジョン・ブラウンはロビーに残されることになった。落下したシャンデリアが埃の中に宝石を鏤《ちりば》めている舞踏室を、彼らは一列になって抜けた。風雨に晒されて裂け落ちた厚地のカーテンは、ワルツに合わせて波打つ床に、膝を曲げてお辞儀をする婦人にも似たかっこうで積もっていた。ピアノの上には美術館の展示品にかけられる薄布のように、蜘蛛の巣がかぶっていた。その前を通り過ぎるとき、ジョエルはいくつか鍵盤を叩いてみた。お返しに「チョップスティックス」（子供がよく弾く簡単なピアノ曲）でも演奏してくれないかと期待して。しかし代わりに聞こえてきたのは、ばたばたと逃げ惑う虚ろな足音だった。

舞踏室の奥の、かつてはミセス・クラウドの私的な居室だったところには、簡便に家具を配した広い部屋が二つあった。どちらも美しく清潔で、今ではそこにリトル・サンシャインが居を構えていた。その一画に彼は見るからに誇りを持っているらしく、そのことが彼らの驚きに魅惑の磨きをかけた。彼が扉を閉めると、周囲の廃墟はもうどこにも見当たらなかった。炎の明かりがシェリーレッドの木材を艶やかに輝かせ、天使の彫り物の羽に金箔をかぶせていた。そして隠者は自家製のウィスキーの瓶を持ちだし、その心地よい約束を光が織り込む場所に置いた。「このまえここに見えてから、ずいぶん長い年月が経ちますな、ミスタ・ランドルフ」と彼は椅子を暖炉のそばに寄せながら言った。「あんたはそのとき、今のこの可愛い坊やくらいの歳じゃった」、彼はジョエルの頬をつねった。爪が長く伸びていたので、あやうく皮膚が裂けそうになった。「あんたはここによく、画帳をもって来なすったもんだ。また来てくれんものかと、わしは楽しみにしておったんだが」。ランドルフは座った椅子の影の方に顔を傾けた。「馬鹿げた話じゃないか、マイ・ディア。きみにもわかるだろう。私が子供時代ここに来ていたのであれば、私という人間の大部分はここを離れたりしなかったということがさ。私は言うなれば、ここの常駐無料宿泊者みたいなものだった。少なくともそうであったことを望むよ。自分をどこかここ以外の場所に残してきたと考えるのは、まったく意に染まないからね」

　ジョエルは犬のように暖炉の前にしゃがみ込んでいた。隠者は彼に、頭にあてるためのクッションを手渡した。何週間も寝込んだ直後の、朝から晩まで渦巻きに逆らってまわるような慌ただしい一日だったから、今では眠気を誘う温もりに骨の髄まであやされて、彼の意識は次第に薄れ、流れゆく炎に運ばれるまま、眠りの滝へと落ちていった。青くかすんでいくまぶたの狭間で、ウィスキー飲みたちの言葉らしき響きが遠くこぼれ落ちた。もっと鮮やかに現実味を帯びているのは、壁の背後や天井の上から聞こえる囁きだった。ヴァイオリンの要請に応えてくるくると輪を描く舞踏靴。あちこちを通り過ぎていく子供たちの足音が、ダンスの中に混じり込んでいる。そして階段を上り下りし、行ったり来たりするおしゃべりな娘たちの立てる、ハミングに似た靴音。

割れたビーズやばらけた真珠がころころ転がり、太った父親たちの間延びした鼾が聞こえる。エンゼル・ケーキの上の花婿風の身なりをした演奏家たちが立ち上がってお辞儀をすると、扇が調子を合わせて軽快に打ち鳴らされ、手袋をはめたいくつもの手がもそもそと音を立てる（彼は火をのぞき込んでいた。彼らの顔まで目にしたいものだと切に願いつつ。そして炎が胎児を噴出した。細かい筋のある、ゆらゆら揺れ動くかたち、その顔立ちがゆっくりと形成されていく。でもしっかりかたちを定めたときにも、それは目映い光に包まれている。そちらに視線を寄せると、彼の両目はかっと熱く燃えた。ねえ、ねえ、教えてくれ、きみはいったい誰なの？　ぼくの知っている人なの？　きみは死んでいるの？　きみはぼくの友だちなの？　ぼくのことを愛しているの？　しかしその肉体を持たぬ彩られた頭部は、仮面の奥で生まれ落ちぬままに終わり、手がかりを与えてはくれなかった。きみはぼくが探し求めていた相手なの、と彼は問うた。それが誰を意味するのかはわからなかったけれど。しかし自分にも誰かそういう相手がいるはずだ。誰にだってそういう相手はちゃんといるんだもの。年鑑を手にしたランドルフ、懐中電灯の光で捜し物をするミス・ウィステリア、ここにはない遠い声、遠い部屋を記憶しているリトル・サンシャイン。彼らはみんな記憶を持つか、さもなければ何も知らずに生きてきたのだ。そしてジョエルは身を引いた。彼が炎の中にあるもののかたちを見定めたとして、その代わりに自分は何を見つければいいのか？　そんなこと知らない方が気が楽だ。手の中に天国を収めている方がいい。実際には存在もしない蝶々のように）。おやすみなさい、レイディーズ。素敵な夢を見てください、レイディーズ。さよなら、レイディーズ。私たちもこれにて失礼いたします！　扇を畳む別れのため息、男たちが無遠慮にブーツを踏みならす音、つま先立ちで歩く黒人娘たちのこっそりとした足音（彼女たちは忍び笑いしながら広大な蜂の巣を歩き抜け、蠟燭《ろうそく》を消し、夜に向かってシェードを下ろしていく）。オーケストラの残響が眠りの屋敷を奏でる。

　そのとき、ガラガラごとんという床を引きずるような不気味な音が始まった。ジョエルはこの騒音にすっかり目を覚まし、ほかの二人に目を向けた。彼らもその音を耳にしていた。ランドルフはウィスキーと会話のせいで顔を火照らせていたが、眉をひそめ、グラスを下に置いた。「ラバじゃよ」とリトル・サンシャインは、酔っ払い特有のクスクス笑いをしながら言った。「やつは歩き回っておるんだ」。そしてジョエルは思い出した。ジョン・ブラウンの脚に痰壺がくくりつけられていたことを。それが階段にぶつかりながら、頭上を通り過ぎていったようで、遠い音になったかと思うと、また近くになった。

「どうやって上にのぼったんじゃろう」と隠者は今では不安そうな口ぶりになっていた。「あいつが行くべきところじゃない。あの阿呆め、死んじまうぞ」。彼は燃えている薪《たきぎ》を一束手に取り、それを松明がわりにして、舞踏室の方によろよろと出て行った。ジョエルも勇気を振り絞ってあとをついて行った。ランドルフは泥酔し、身動きできない状態だった。

　松明の周囲に、歌う羽を持つ白色の合唱隊がどっと押し寄せた。荒々しく燃えさかる光の中、それらは所狭しと跳ねまわり、揺れ動いた。背中の湾曲したグレイハウンド犬たちがホールを駆け抜けていった。彼らの音を立てない影の足は、蜘蛛の巣の花壇を踏みつけていった。ロビーでは蜥蜴《とかげ》たちが恐竜のように、ぼんやりと姿を浮き上がらせていた。珊瑚色の舌をした郭公時計の鳥は永遠の三時を告げたまま、羽を鷹のように大きく、隼《はやぶさ》のように獰猛に広げていた。
彼らは階段の下で立ち止まった。ラバの姿はどこにも見えない。その位置を教える、痰壺のぶつかる音はもう止んでいる。「ジョン・ブラウン……ジョン・ブラウン」。ジョエルの声は静けさを強調しただけだ。すべての部屋で、眠れないでいる何かが聞き耳を立てていると思うと身が震えた。リトル・サンシャインが松明を高く掲げると、ロビーを見下ろすバルコニーが視野に入った。そこにラバが身を固くし、ぴくりとも動かず立っていた。「よしよし、ほら、降りて来るんじゃ！」と隠者が命令した。しかしジョン・ブラウンは後ずさりし、鼻を鳴らし、足で床をとんとんと叩いた。それから恐怖のために正気を失ったかのように速歩で突撃し、バルコニーの手すりを突き破った。ジョエルは衝突音を覚悟して身構えたが、音は聞こえなかった。彼が再び目を開くと、ラバは手綱のロープを首のまわりに巻き付けて梁からぶら下がり、ゆらゆらと宙に揺れていた。想像を絶した死の顔があり、そのランプのような大きな目は、松明に照らされて黄金色に輝いていた。炎の中に見えた姿だ。

朝がその部屋に訪れ、隅の方にキルトでくるまれた塊が丸まっているのが見えた。リトル・サンシャインがぐっすり眠り込んでいるのだ。「起こすんじゃないよ」とランドルフが小声で言った。彼は起き上がるときに、ウィスキーの空瓶を三本倒したが、それでも隠者は身動きひとつしなかった。彼らがホテルをこっそり抜けるとき、ジョエルはずっと目を閉じて、ランドルフに手を引いて導いてもらった。ラバの姿を目にしたくなかったからだ。はっと鋭く息を呑んだのが、ランドルフの示した唯一の反応だった。そしてその事故のことはただの一度も口にしなかったし、質問もしなかった。まるでランディングまで徒歩で帰るのは、最初から計画されていたことであるみたいに。朝は何も書き込まれていない石板のように、すべての未来に向けて開かれていた。あたかもひとつの終わりが既に訪れたかのようだった。それ以前にあったすべてのものが一羽の鳥と化し、あの水面に突き出た木まで飛んでいったみたいだ。気が触れたような高揚感がジョエルを捉えた。彼は走り、ジグザグに折れ曲がり、歌い、愛に浸った。アマガエルを捕まえた。それが好きだったからだ。でも好きだったからすぐに逃がしてやり、それが彼自身の心と同じように、勢いよくぴょんぴょん飛び跳ねるのを眺めた。彼は生きていることを祝し、自らを抱きしめ、宙を殴りつけ、山羊のように突きかかり、茂みの陰に隠れては飛び出した。バア！「ほら、ランドルフ」と彼は苔をターバンのように頭に巻き付けて言った。「誰だかわかる？」

しかしランドルフはそんな気分を共有できそうになかった。彼は唇を気難しげに、奇妙な形にぎゅっと結んでいた。ぐらぐら揺れる船の甲板を歩いているみたいに前屈みになり、身を左右に揺らせ、その生々しく血走った目はまるで頼りないコンパスだった。自分がどちらの方向に向かっているのかもよくわかっていないようだ。

「ぼくは、ぼくだよ」とジョエルは興奮して叫んだ。「ぼくはジョエルだよ。ぼくらは一人の同じ人間だよ」。そしてあたりを見回し、登れる樹木を探した。そしててっぺんまで上がって——天国に半分近づいて——両腕を大きく広げ、世界の支配を宣言するのだ。彼はランドルフのずっと先まで走って行って、白樺の木によじ登った。でも真ん中あたりの枝まで達したとき、突然頭がクラクラとして木の幹にしがみついた。その高所から彼は背後を振り返り、ランドルフが円を描いて歩いているのを目にした。まるで〈目隠し鬼〉をしている人のように、両手を前に突き出して。室内スリッパは既に脱げ落ちていたが、そんなことには気づきもしないようだった。そして時々濡れた動物のように身体をぶるぶると震わせた。ジョエルは蟻のことを思い出した。ちゃんと警告したのに。それは危険なことだと言ったのに。それともただコーン・ウィスキーのせいで頭がおかしくなっているだけかもしれない。しかしそれにしてはいやにおとなしい。酔っ払いというのは決して黙りこんだりはしないものだ。どうも奇妙だ。ランドルフは一種のトランス状態に陥ってしまったみたいだ。

　それからジョエルは真相を理解した。ランドルフがどれほど救いようのない状態であるかを彼は見て取った。ミスタ・サンソムよりも身体の自由がきかず、ミス・ウィステリアよりも幼児化しているのだ。外の世界に出て一人ぼっちになったとき、そうする以外に彼にいったい何ができよう？　輪を描き、彼の内なる無のゼロを示す以外に。ジョエルはするすると木から降りた。てっぺんまでは行けなかったが、そんなことはもうどうでもよかった。自分が誰なのかがわかっていたし、自分が強いことがわかっていたから。

　ランディングまでの残りの道筋を、彼は懸命に知恵を絞って考えた。ランドルフは一言も口をきかなかった。二度転倒し、地面に座り込んだ。生真面目な、赤ん坊のような眼差しで。そのたびにジョエルは助け起こした。またあるときには古い切り株にもろにつまずいた。そのあとジョエルは彼の上着の裾を摑んで導いていった。

大聖堂の通路ほども長く、木の葉越しのどんよりとした光に重々しく照らされた小径が姿を現し、やがて「トビー、猫に殺された」という墓標があった。ジーザス・フィーヴァーがその下に埋められているムーン・ツリーの前を通り過ぎ（その墓標には何ひとつ記されていない）、二人はランディングの裏口にたどり着き、庭に入った。

そこにあるのは滑稽極まりない光景だった。ズーは壊れた円柱のわきにしゃがみ込んでいたが、奴隷呼集の鐘をぐいぐい引っ張って、それを引っこ抜こうとしているみたいだった。そしてエイミーは髪を振り乱し、顔にまるで戦闘化粧のように泥の筋をつけ、ズーの作業を指図しながら、前に行き後ろに行きしていた。「引っ張るんだよ、馬鹿娘、ほら、引っ張るんだ……それくらい、そのへんの子供だって！……さあ、もう一度頑張って」、それから彼女はランドルフを目にした。顔が歪み、頰の痙攣が始まった。そして彼に向かって叫んだ。「私を止めようとしても無駄よ。私を止めることはできないからね。全部があんたの持ち物じゃない。あんたの持ち物であるのに劣らず、私の持ち物でもある。そして真実が知られれば更にそうなる。私は自分の好きなようにやりますからね。私のことは放っておいてちょうだい、ランドルフ。さもないと、あんたのためにならないからね。保安官のところに行って、国中を旅して、そして演説するのよ。そんなことできないと思っているでしょう。でも私はきっと、きっと……」

ランドルフは見向きもしなかった。彼女がそこにいることが目にも入らないみたいに、そのまま庭を横切っていった。彼女はあとを走って追いかけ、彼の袖を引っ張り、声をかけた。今では懇願するみたいに。「私にあれをちょうだい、ランドルフ。ねえ、私はよくやった。あんたに言われたことはその通りやった。あんたたちは出かけていると言った。みんなリス狩りに行ってしまって、しばらくは戻らないと。素敵なグレーのドレスも着たわ、ランドルフ、小さなティー・ケーキも作った。家もきれいにしたし、じっさい彼女も私のことを気に入ってくれたわよ、ランドルフ。彼女はそう言った。彼女はニューオーリンズのお店の話もしてくれた。そこでなら私の枝付き燭台も、鐘も、玄関の鏡も売ることができるって。あんた、聴いていないでしょう、ランドルフ！」。彼女は彼のあとを追って家の中に入っていった。

　彼女がいなくなるのを待ちかねたように、ズーは腹立たしげに鐘に唾を吐いた。そしてきつい蹴りをひとつくれると、鐘はごんという大きな音を立ててひっくり返った。「こんなぽんこつに誰がお金なんて払うものかね。あの人はおつむがおかしくなっているよ。妙な考えをミス・エイミーの頭に吹き込んじまったやつがいるのさ」

　ジョエルはタムタムみたいに鐘を手で叩いた。「誰がそんなことを吹き込んだわけ？」

「それは……誰だかあたしは知らないよ」。彼女はそこに立ちすくみながら、同時に歩き去って離れていくみたいだった。もう一度口を開いたとき、彼女の声はゆっくりとして、距離をとったところにあった。「ニューオーリンズから来たどっかのご婦人だよ……醜い小さな女の子供を連れていた。耳に機械を入れた子をね。つんぼの小さな子供さ。よく知らないよ。二人はもうどこかに行っちまった」

「ぼくの従姉妹のルイーズだ。耳が聞こえない」とジョエルは言った。彼女の補聴器をよく隠したことを、彼女に意地悪をしたことを思いだしながら。何度彼女を泣かせたことだろう！　もう数えきれないくらいだ。今度彼女に会ったら、ああ、すごく親切にしてやろう。言葉がひとつひとつきれいに聞き取れるように、大きな声で話そう。カードゲームに付き合ってやろう。でも彼女をかんかんに怒らせるのもまた楽しい。一度くらいそうしてもいいだろう。しかしエレンは彼の手紙に一度も返事をくれなかった。ひどい話じゃないか。もうどうだっていいや。血のつながった親戚だっていうのに。そしてたくさんの約束をしてくれたというのに。ぼくのことを愛しているって言ってくれたのに。でもそんなことはきっと忘れちゃったんだ。それならぼくだって、あんたのことを忘れてやるさ。いいとも。ふん、知ったことか。ぼくのことを愛しているって言ってくれたのに。「ズー……」と彼は言って目を上げた。そしてちょうどズーがニオイヒバの生垣を抜けて立ち去っていく姿を目にした。垣根は細かく揺れ、そして静まった。

　まるで鐘が唐突に鳴ったような音があり、緑がかった玉虫色を帯び、白々としてはっきりしない孤独のかたちが、庭から立ち上ってくるようだった。そしてジョエルは凧を追いかけるみたいに首を後ろに曲げた。雲が太陽を隠そうとしていた。それが通り過ぎるのを彼は待った。それが通り過ぎて後ろを振り向いたとき、何かの魔法がそこに働いているだろうと考えて。気がついたら自分はセント・ディヴァル通りの縁石に腰掛けているかもしれない。そしてニモ劇場の前で来週の演し物を調べているかもしれない。だってそうじゃないか。それは可能だ。どこにいたって空は同じ空だし、違っているのはその下の地上だけなのだから。雲は時計の針よりゆっくり移動する。そして彼が待っているうちに、それは雷の暗さを帯び、ジョン・ブラウンになり、パナマ帽をかぶった恐ろしい男たちになり、クラウド・ホテルになり、アイダベルの老犬になり、そしてそれらが去ったとき、ミスタ・サンソムが太陽となった。彼は下を向いた。魔法は働いていなかった。それでも何かは起こっていた。それともこれから起ころうとしていた。彼は不安を抱えたまま、麻痺したようにそこに座っていた。彼の前にある一本の薔薇の茎が、日時計の役を果たしていた。一時間がその影に沿って動き、二時間が経過し、影の線が消えた。そして庭全体が混じり合い、移動し始めた。

まるで頭の中で勘定をしていたかのようだ。ひとつの数字まで来ると、何かの直感によって決せられたように、彼は思った。今だ、と。そしてまったく唐突に立ち上がり、ランディングの窓と同じ高さに目を上げた。

意識はどこまでも鮮明だった。彼は対象にうまく焦点が合ってくれるのを待ち受けるカメラのようだった。十月の太陽が几帳面に沈んでいく中で壁は黄色に染まり、窓は冷ややかな季節の色を映す波打つ鏡と化していた。そんなガラスのひとつの奥から誰かが彼を見ていた。一対の目だけを除いて、彼の身体はすっかり感覚を失っていた。目は知っていた。それはランドルフの部屋の窓だ。目もくらむ夕日はガラスから徐々に身を引き、ガラスは暗さを増し、まるでそこに雪が降っているように見えた。雪片は雪の眼を、髪をかたち作った。ひとつの顔が白い美しい蛾のように細かく震え、微笑んだ。彼女はきらきらと銀色に輝きながら、彼を手招きしていた。彼にはわかっていた。自分が行かなくてはならないことが。怯えることなく、臆することなく。彼は庭の端で少し歩を止めただけだった。何かを忘れてきたみたいに、彼は立ち止まって後ろを振り向き、華やぎを欠いた降りゆく暮色を、自分が背後に残してきたその少年の姿を目にした。

訳者あとがき「あるいは育ちすぎた少年」

『遠い声、遠い部屋』は一九四七年のクリスマス・シーズンに、ランダムハウス社から刊行された。初版部数は一万部、これは新人作家の処女作としては異例のことだが、それまでに彼の書いた、そして雑誌掲載されたいくつかの短編小説が世間の話題を呼んでいたことが、そのひとつの理由となっている。彼はその時点で既に、「ミリアム」と「最後の扉を閉めろ」で二度O・ヘンリー賞を獲得していた。まだ二十三歳という若さで。

刊行された彼にとっての最初の長編小説『遠い声、遠い部屋』は、即座に「ニューヨーク・タイムズ」のベストセラー・リストに載り、九週間にわたってそこに留まった。初動で売れた部数は二万六千を超え、これはほぼ同時期に刊行され、全米ベストセラーとなったノーマン・メイラーの『裸者と死者』やアーウィン・ショーの『若き獅子たち』には及ばないものの、大衆向け読み物とは言えない純文芸作品としては、じゅうぶん賞賛に値する数字だった。そして売れ行き以上に、これほど世間《メディア》の熱い注目を浴び、様々な議論を呼び、良くも悪くも話題となった小説は他になかった。

その才気溢れる華麗な文体以上に話題を呼んだのは、ブックカバーに掲載された著者の写真だった。美少年、まさにその一言で表すしかない見事なポートレイトだ。スキャンダラスと言ってもいいくらいに、見る者に衝撃を与える写真だ。この写真が出た瞬間から、トルーマン・カポーティは俊英の文芸作家というように留まらず、鮮やかな社会的存在として、ひとつのアイコンとして機能し始めたのだ（そしてそれは結局彼の人生の最後まで機能し続けることになる）。

「どうやったらあんなきれいに写真が撮れるんだろう？」と質問されてカポーティはこう答えている。「写真を撮られるときは、頭の中を美しいことでいっぱいにしなくちゃだめだ。それがコツさ。そうすれば、誰でもきれいになる」

小説『遠い声、遠い部屋』の評判は賛否相半ばした。褒める人は大いに褒め、けなす人は大いにけなした。概ね年配の批評家は酷評し、若い人々はそこにある大胆さを諸手を挙げて歓迎した。

まずは悪い評から。ニューヨーク近辺のメディアになぜか酷評が多かった。

「凝りに凝った文体、しばしば病んだ頭の幻想の中に吸い込まれ、方向を見失っていく。それでもピクチャレスクではある。図書館には推薦しかねる」（「ライブラリ・ジャーナル」）

「ジョエル・ノックスの物語は語られる必要がなかった。著者のシステムからそれが取り除かれるという目的を別にすれば」（「ニューヨーク・タイムズ」日曜版ブック・レビュー）

「ミスタ・カポーティは魔女の秘薬を調合すべく、煮沸に煮沸を重ね、結局何ものも得られなかった」（「サタデイ・レビュー」）

「作品は未熟であり、そのテーマは人をぞっとさせるように仕組まれている……ホモセクシュアルという主題の仕掛けは悪趣味で、スパニッシュ・モスのようにだらりと重く垂れ下がっている」（「タイム」）

「才能溢れるマイナーな作家であるカーソン・マッカラーズの、ちゃちな模倣」（「パルティザン・レビュー」）

数少ない好評。

「『遠い声、遠い部屋』は、カポーティを最初から、類い希な才能を持つ作家としてこれまで称揚してきた批評家と読者が決して誤っていなかったことをはっきり証明した」とロイド・モリスは「ニューヨーク・ヘラルド・トリビューン・ウィークリー・ブック・レビュー」に書いた。

「最初の長編小説でこれほど興奮させられるものを書いたアメリカの若手作家には、書評家としてもうずいぶん長い間お目にかかっていなかった。カポーティの才能は間違いなく重要であるというだけではなく、成熟し奥が深い」

「彼の文章の強い魔力に屈服しないでいることは不可能だ。ここに描かれたような鋭さと刺激をそなえた情景を、最近のフィクションの中に見いだすことはむずかしい……処女長編小説ということでいえば、本書より構成がしっかりして、よくバランスもとれ、話の筋が通っている作品はいくらもあるだろう。しかしより芸術的に興奮させられ、確かな才能を持ち合わせた新人作家の到来を実感させられる作品は、またとあるまい」(「ニューヨーク・タイムズ」平日版)

ニューヨーク近辺のエリート書評家たちの多くが強い反感を示したのとは対照的に(彼らはそこでほのめかされるホモセクシュアルの要素を嫌った)、地方都市のメディアは概ねこの本を褒めちぎった。「この短い長編小説は、過去十年間の文芸シーンに持ち上がった中では、最高にめざましい現象《フェノメノン》だ」と「シカゴ・トリビューン」は書いた。

「登場人物たちのぶつかり合いは、フォークナーの創成したものに匹敵する物語を作り出している」(「ダラス・ニューズ」)

「見事極まりない文芸的技巧。他のフィクション・ライティングがみんなぐずぐずした凡庸なものに見えてしまう」(「インディアナポリス・タイムズ」)

ところでブックカバーに印刷された著者の経歴(著者自身が書いた)は実にでたらめなものだった。

「(筆者は)三流政治家のためにスピーチライターを務め、リヴァーボートでダンスを踊り、ガラスに花の柄を描くことでひと財産を築き、某映画会社のために脚本下読みの仕事をし、高名なミセス・エイシー・ジョーンズのもとで占い術を習得し、『ニューヨーカー』誌編集部で働き、ダイジェスト・マガジンのために逸話の選択をおこなった」

「『ニューヨーカー』誌編集部で働き」という部分を除けば――それもただの下働きのコピーボーイに過ぎなかったのだが――すべて真っ赤な嘘ばかり、まさにジョエル・ノックス少年が白日夢の中で思い描きそうな華麗な幻想の羅列。カポーティ節、全開である。

　個人的な話をさせてもらえれば、僕が最初に読んだカポーティの作品は短編集『夜の樹』だった。高校三年生のときにがんばって原文の英語（ペンギン・ブックス）で読んだ。そしてその文体の鮮烈さに強く打たれた。とりわけ「無頭の鷹」は、僕にとってのひとつの大事な指標となった。それから大学に入って、この『遠い声、遠い部屋』を読んだ（河野一郎訳・新潮社刊）。そして短編小説とは趣を異にするその入り組んだ、むせかえるような小説世界に、否応もなく引き込まれてしまった。僕がこの本を英語ではなく日本語で読んだのは、当時の僕の英語力では、凝りに凝った美しくもややっこしい原文にとてもついていけなかったからだ。

　この小説を読んでいると、まるでジェットコースターに乗ってお伽の国を旅しているような感覚に襲われる。不思議な情景、不思議な人物たちが次々に登場し、その像が大写しになり、色合いを変えて微妙に歪み、そして霞んで消えていく。出版された当時の文壇では、これらは「南部文芸特有の誇張されたゴシック趣味だ」と決めつけられたようだが、今読むとそれが、地域性や文芸的流行みたいなものを超えた、あくまで（どこまでも）カポーティ固有のイメージの、華麗なショーケースであったことが理解できる。

旅行者はヌーン・シティーに行くうまい方法をなんとか自力で見つけなくてはならない。というのは、その方角に向かうバスも列車も存在しないからだ。

というシンプルな文章で本書は始まるわけだが、読み進むにつれてその文体はどんどん華麗になり、幻想的な色彩を強めていく。文章はしばしばきわめて感覚的になり、場合によっては整合性より言葉の響きそのものが大事な意味合いを持つようになってくる。そこに描き出される異様な情景が、普通ではない言葉遣いを筆者に求めているように。メタファーは遥か遠方にまで飛躍し、画像は自在に気ままに屈曲し、予想もしないような単語が唐突に飛び込んできて読者の感覚を鋭く小突く。

「カポーティ・スタイル」と言ってしまえばそれまでだが、そこには処女長編小説にかけるカポーティの強い意気込みと、自己の才能に対する紛れなき自負を読み取ることができるだろう。実際のところ、カポーティはこの小説以降、ここまで感覚・感性に徹した文章を書いてはいない。自分でも「これはちょっとやり過ぎたかな」と思ったのかもしれない。あるいは「こういうタイプの文章ばかり書いていたら、やがては袋小路に迷い込んでしまうだろう」と感じ取ったからかもしれない。いずれにせよ彼は、このあとに書いた長編小説『草の竪琴』においては、よりシンプルで、読者の共感を呼びやすい文章で物語を語っている。「カポーティ節」が派手に炸裂する箇所もところどころ見受けられるものの、そこでは間違いなくある種の方向転換がおこなわれている。

しかしこの『遠い声、遠い部屋』という長編処女作をとりわけ愛する読者は数多い。『遠い声、遠い部屋』には、この作品でしか味わえない、青年（あるいは育ちすぎた少年）カポーティの魅力が溢れかえっているからだ——そう、ところどころ「やり過ぎ」なぐらいに。

　言い訳をするのではないが、そのようなわけで本書の翻訳は難儀をきわめた。とくに後半の華麗な、感覚的な文章の絡み合いは、まさに密集したイバラの藪のような様相を呈しており、時として無力な翻訳者を呆然とその場に立ち尽くさせた。それでもなんとか原文の醸し出す芳醇な空気と、繊細にして大胆なリズムを再現すべく、力を振り絞りベストを尽くした。まさに怖いもの知らずの、若き日のカポーティの世界を堪能し、愉しんでいただければと思う。

　翻訳チェックにあたって、柴田元幸氏と、トロント在住の日本文学研究者テッド・グーセン氏の教示を仰いだ。厄介なイバラの藪の切り開きに援助の手を差し伸べてくれた両氏に深く感謝したい。

　なお『遠い声、遠い部屋』という訳題に関しては、先輩の翻訳者、河野一郎氏のつけられたものをそのまま使わせていただいた。長年にわたって読者に親しまれてきたタイトルであり、またそれ以上に適切な訳題が見当たらなかったからだ。

二〇二三年三月

村上春樹

本作品中には、現代においては差別表現と見なされかねない表現が含まれているが、著者が執筆した当時の時代背景や文学性に鑑みて、原文を損なわない範囲で翻訳している。

カバー作品

宮永愛子
《suitcase -key-》
2019
ナフタリン、樹脂、封蠟、ミクストメディア
Photography by KIOKU Keizo

Truman Capote
トルーマン・カポーティ

1924年ニューオーリンズ生まれ。19歳のときに執筆した「ミリアム」でO・ヘンリー賞を受賞。'48年『遠い声、遠い部屋』を刊行し、「早熟の天才」と絶賛を浴びる。著書に『夜の樹』『草の竪琴』『ティファニーで朝食を』『冷血』『叶えられた祈り』など。晩年はアルコールと薬物中毒に苦しみ、'84年に死去。

OTHER VOICES, OTHER ROOMS
by Truman Capote

遠《とお》い声《こえ》、遠《とお》い部屋《へや》
トルーマン・カポーティ著　村《むら》上《かみ》春《はる》樹《き》訳

発　行　2023年 7 月 30 日

発行者　佐藤隆信
発行所　株式会社新潮社　〒162-8711　東京都新宿区矢来町 71
電話　編集部　03-3266-5411／読者係　03-3266-5111
https://www.shinchosha.co.jp
装　幀　新潮社装幀室
印刷所　錦明印刷株式会社
製本所　加藤製本株式会社

乱丁・落丁本は、ご面倒ですが小社読者係宛お送り下さい。
送料小社負担にてお取替えいたします。
価格はカバーに表示してあります。

ISBN 978-4-10-501409-4　C0097

ティファニーで朝食を

トルーマン・カポーティ
村上春樹訳

朝のシリアルのように健康、レモンのように清潔、自由奔放で少しあやしい、16歳にも30歳にも見える不思議なヒロイン、ホリー・ゴライトリーが、待望の新訳で登場！

ここから世界が始まる トルーマン・カポーティ初期短篇集

トルーマン・カポーティ
小川高義訳

NY公共図書館所蔵、高校生から20代初めの未発表作14篇を収録。ホームレス、老女、淋しい子どもへの共感。早熟の天才の類いまれなヴォイスに触れる短篇集。

心は孤独な狩人

カーソン・マッカラーズ
村上春樹訳

その聾唖の男だけが、人々の苦しみをいつも静かに受け止めた。フィッツジェラルドやサリンジャーと並ぶ愛読書として、村上春樹が最後のとっておきにしていた名作。

巨大なラジオ／泳ぐ人

ジョン・チーヴァー
村上春樹訳

その言葉は静かに我々の耳に残る——洒脱で憂愁をたたえ、短篇の名手と言われた都会派作家チーヴァー。村上春樹が厳選して翻訳、全篇に解説を付した稀有な小説集。

スタン・ゲッツ 音楽を生きる

ドナルド・L・マギン
村上春樹訳

フィッツジェラルドこそが小説であり、スタン・ゲッツこそがジャズであった。村上春樹が最も愛するテナー・サキソフォンの巨匠、その熾烈な人生に迫る傑作評伝。

ペンギン・ブックスが選んだ日本の名短篇29

ジェイ・ルービン編
村上春樹序文

イギリスの老舗出版社が選んだは荷風、芥川から百閒、三島、星新一、中上そして現代の若手作家まで。村上春樹が日本文学を深く論じた必読の序文70枚を附す。